아무도
불안하지
않다

아무도

불안하지
않다

김혜정 소설집

강

차 례

붉은 가시

몸을 일으키는데 와락 구토가 치밀었다. 어설픈 새벽잠이 악몽을 부른다는 걸 알면서 침대로 기어든 것이 화근이었다. 팔이 잘린 채 보도에 널브러진 사내의 모습이 지워지지 않았다. 아내가 출근하면 으레 어질러진 것들을 정리했는데 손가락 하나 까딱할 수 없었다.

어젯밤에 아내는 배란일을 놓치면 안 된다고 조바심 냈다. 수연이 하나로 족하다며 둘째를 낳지 않겠다고 한 건 아내였다. 새삼스럽게 아이 타령을 하는 아내가 낯설었다. 안 그래도 매사에 갈피를 잡지 못하고 있는 처지였다. 아내는 집요했지만 시르죽은 물건이 일어서지 않았다. 등을 돌린 채 누워 아내도 나도 밤새 뒤척거렸다. 어학연수 차 뉴질랜드에 가 있는 수연이를 불러들이자는 말이 목구멍까지 올라왔지만 차마 꺼내지 못했다. 전에도 한번 그 말을 했다가 일주일이나 말을 섞지 않았다.

휴대전화가 울리기에 아내인가 했는데 낯선 목소리가 흘러 나왔다.

"이일환 선생님이시죠? 저 유희준입니다⋯⋯"

전시 기획자이고 미술대학 후배라며 반가워했다.

"선배님, 정말 대단하십니다. 퍼펙트해요. 그로테스크하면 서도 익살스럽고 거친 듯 부드럽고⋯⋯ 인체를 그토록 적나 라하게 묘사할 수 있다는 게 놀라울 뿐입니다."

"무슨 말씀인지?"

"그렇듯 리얼하게 자신을 표현하는 용기야말로 진정한 작 가정신이라는 거죠. 게다가 엽기적인 사실주의야말로 요즘 트렌드잖아요."

"저, 뭔가 오해를⋯⋯"

"선배님도 참, 그림값이 천정부지로 치솟고 있는걸요. 무 엇보다 사고 후유증에서 벗어나셨으니 얼마나 고마운 일입니 까. 천재들이란 고통마저 영감으로⋯⋯"

대체 이자는 무슨 말을 지껄이고 있는 것인가. 교통사고 후 유증이라고는 왼쪽 팔꿈치에 가시가 박힌 것 같은 통증이 있 을 뿐이었다. 그런데 불운을 딛고 일어선 의지의 화가 운운하 다니. 전화를 끊으려고 해도 작자가 계속 횡설수설이었다. 휴대전화를 내려놓고 다른 일을 볼까 하는 순간, 작자의 얼굴이 떠올랐다. 사소한 일에도 감탄하고 누구에게나 과하게 친절한 후배였다. 그런 그가 불편해서 언젠가부터 연락을 하지 않고 지냈다.

"오늘은 꼭 뵙고……"

술이나 한잔하자는 말에 휘둘려 더럭 약속을 하고는 바로 후회가 되었다. 만나봤자 서로 어색할 게 뻔했다. 더구나 그림 이야기라면 별로 하고 싶지 않았다. 그렇다고 이미 한 약속을 깨는 것도 무책임한 일이 아닌가. 누구 하나 불러주는 사람도 없고 맹탕 같은 나날이었다. 최근에 외출이라고는 지난주에 병원에 다녀온 것과 한 달 전에 처형 부부와 식사를 한 것이 고작이었다.

약속 시각까지 인터넷 서핑이나 할까 해서 컴퓨터를 부팅했다. 메일을 알리는 메시지가 떴다.

자네를 기다리고 있네.

누가 나를 기다린다는 것인가. 그런데 메일의 배경에 깔린 집의 노란 박공지붕이 낯익었다. 오 년 전 아내가 노후를 위해 사두었으나 줄곧 비워둔 K읍의 낡은 집. 석 달 전 거기서 낯선 사내를 보기는 했다. 하지만 그가 내 메일 주소를 알 턱이 없었다. 게다가 그 집에는 컴퓨터는커녕 텔레비전도 없지 않던가. 원시의 한 공간을 옮겨다 놓은 것 같은 집의 분위기와 그 사내에게 이끌리긴 했다. 지나고 보니 그를 정말 만났던 것인지도 의문이었다.

그렇고 그런 스팸메일이 어디 한두 개인가. 노란 박공지붕만
해도 흔하디흔한 것이다. 괜한 것에 마음 쓸 필요는 없겠지.

인터넷에 접속했다. 눈에 들어오는 것이 없었다. 컴퓨터를
끄려는데 다시 메일이 들어왔다.

자네가 올 거라고 믿네.

왠지 꺼림칙했다.

석 달 전 어떤 식으로든 삶을 재정비해야겠다고 생각했다.
오래전에 묻어버렸으나 삭지 않고 남아 있는 뼛조각 같은 것,
바로 그림을 그리는 것이었다. K읍의 빈집을 떠올리고 곧장
시외버스 터미널로 내달렸다.

그 마을에 도착했을 때는 해가 사위고 있었다. 경지 정리가
잘된 논밭과 과수원 너머 숲으로 둘러싸인 작고 한적한 마을
이었다. 숲 가운데 벽돌담의 아담한 교회와 초록색 기와를 인
집 몇 채가 저녁놀을 받아 고즈넉한 풍경을 자아냈다. 그 고
요의 끝자락에서 노란 박공지붕이 나타났다.

막상 대문 앞에 다다랐을 때는 과연 문이 열릴지 의심스러
웠다. 혹시나 해서 문을 살짝 밀자 삐걱, 소리를 내며 문이 열
렸다. 정원은 폐교의 운동장처럼 스산해서 오히려 신비감마저
느껴졌다. 군데군데 흙덩이가 쌓여 있고 무성한 잡초가 옆구
리에 닿았다. 잡초를 걷어내고 잔디와 묘목을 심는다고 상상

하자 정원이 살아났다. 한번 시작된 상상력은 가지를 뻗었다.

정원 한가운데 놓인 돌확 대신 연못을 파고, 옆으로 벤치와 탁자를 놓았다. 거기에 해먹과 그네까지 걸자 그야말로 꿈에 그리던 집이 펼쳐졌다. 바비큐 그릴에 고기를 굽고 해먹에 누워 낮잠을 자거나 그네에 앉아 책을 읽는다 생각하니 별천지가 따로 없었다. 어쩌다 영감이라도 받는 날에는 자연스럽게 붓을 잡게 되겠지. 내가 아니면 그릴 수 없는, 나만의 그림을 그리는 거다. 그런 생각을 하자 온몸에 새로운 피가 도는 느낌이었다.

날은 빠르게 저물고 공기 중의 습도는 점점 높아졌다. 어둠이 내려앉은 정원은 무채색의 풍경화로 바뀌었다. 현관문에 열쇠를 꽂는 순간, 기이한 느낌에 사로잡혔다. 한번 들어가면 나오지 못할 것만 같은 느낌, 서늘한 기운이 귀밑을 스쳤다. 문을 열자 퀴퀴한 냄새가 훅 끼쳤다. 간신히 전원을 찾아 불을 켰으나 실내는 어두컴컴했다. 조심조심 발을 내디뎠다. 대들보와 기둥은 살짝 건드리기만 해도 내려앉을 것 같고 발을 뗄 때마다 널빤지로 된 바닥이 삐걱거렸다. 귀살스레 늘어진 천 조각을 들추자 깨진 유리창으로 차가운 기운이 밀려들어왔다. 희미한 빛무리를 품고 있는 뒤뜰은 그 자체로 하나의 어둠이었다. 그림을 그리기는커녕 잠시 머무는 것조차 내키지 않았다. 그럼에도 무슨 영문인지 발이 앞으로 나아갔다. 먼지가 쌓인 거울과 아귀가 맞지 않는 장롱, 반닫이를 비롯한 옛 가구들과 잡동사니들이 굴러다니는 집 안은 쓰레기장이나 다름없었다. 먼지투성이인 조류 박제들과 여기저기 처져 있는 거미줄로 인해 방 안은 괴괴했다. 자투리 목재들과 정, 망치를 비롯한 연장들까지 널려 있었다. 그 사이를 까치발로 누비다가 구리줄에 발이 걸려 넘어졌다. 통증은 둘째치고 불길한 느낌 때문에 옴짝달싹하지 못했다. 가까스로 정신을 추슬렀을 때 톱날이 날카로운 전동톱 하나가 눈에 들어왔다. 집 안의 물건 중 유독 그것만을 누군가가 관리해온 것처럼 번쩍거렸다. 고속으로 돌아가는 톱날에 사지가 잘리는 상상만으로도 오싹했다. 이런저런 생각을 오가며, 챙겨 온 소주를 두 병이나 마시고 잠들었다. 깨어났을 때는 창문으로 햇살이 스며들어와 있었다. 밖으로 나가려는데 섬광처럼 무언가가 스치면서 눈이 번쩍 뜨였다.

빛의 중심, 캔버스 앞에 한 사내가 정물처럼 앉아 있었다. 붓을 쥔 채 그 앞에서 평생을 그러고 있었던 것처럼. 강말라 뼈만 앙상한 몸에 입성도 추레하기 짝이 없었다. 부스스한 머리칼에 붉은빛이 도는 피부, 도드라진 광대뼈와 상대적으로 움푹한 눈은 영락없이 고독한 짐승이었다. 우리에 오래 갇혀 있어 고유의 야생성조차 잃어버린. 짧은 머리칼 사이로 드문드문 새치가 보였지만 나이를 가늠하기는 어려웠다. 덥수룩한 구레나룻 때문에 인상은 험상궂고 까칠했다. 눈을 뜨고 있지 않았다면 그가 죽었다고 여겼을 것이다. 급히 밖으로 나가는데 밭은기침 소리가 발목을 잡았다. 그냥 돌아서기에는 이미 늦었다는 깨달음이 머리를 쳤다. 여기까지 오도록 밀어붙인 어떤 힘에 나를 내맡길 수밖에 없었다. 시체와 맞닥뜨리지 않은 것만도 다행이지 않은가. 왜 남의 집에 와 있는지 물어보기는 해야 하지 않을까. 용기를 내어 누구요? 하고 물었다. 혀가 말리면서 입안의 공명통이 내 목소리를 삼켜버렸다. 눈이 마주쳤는데도 그는 미동도 하지 않았다. 오랜 시간 불면에 시달린 눈이었다. 실핏줄이 드러난 흰자위와 불안하게 움직이는 눈동자. 그럼에도 묘하게 마음을 끌어당기는 눈빛이었다. 그가 나를 해코지하지 않을 거라는, 이유를 알 수 없는 믿음도 생겼다. 대체 이 사람은 무슨 이유로 여기 웅크리고 앉아 있는 것일까. 빈집이니 동네 떠돌이가 들어왔을 가능성도 있었다. 나 모르게 아내가 세를 주었는지도 몰랐다. 잘 왔네. 자넬 기다렸어. 그가 나를 바라보며 말했다. 뜬금없는 말이었지만 거기에는 마음을 움직이게 하는 무언가가 있었다. 이상한 것은 전에도 그와 이런 식으로 마주한 적이 있었던 것 같은 느낌이 들었다는 것이다. 그의 옆에 놓인 캔버스에는 정면을 향한 얼굴과 살짝 비낀 또 하나의 얼굴이 들어 있었다. 흑백의 명암, 부드러운 후광과 날카로운 선, 다양한 붓 터치의 도저한 깊이와 울림에 나는 전율했다.

그 그림을 어디선가 보았다고 느낀 것은 집에 돌아오고 나서도 한참 지나서였다. 그 그림을 사내가 그렸다면 전부터 내가 그를 알고 있어야 했다. 하지만 그 이전에 결코 그를 본 적이 없었다. 거기서 나와 어떻게 집으로 돌아왔는지 기억나지 않았다. 처음에는 아내에게 말하려고 했는데 번번이 놓치거나 엇갈렸고 시간이 지나면서 무뎌졌다. 나중에는 아예 잊고 말았다.

왼쪽 팔꿈치에 맹수의 이빨이 박힌 듯한 통증이 시작되었다. 거울 앞에서 옷매무시를 가다듬고 있는데 휴대전화가 울렸다. 유희준의 목소리가 조금 전보다 가깝게 다가왔다.

"지금 막 나가려던……"

내 목소리의 톤이 높다는 걸 깨닫고는 머쓱했다.

"죄송하게 됐습니다. 오늘……"

작자가 사정이 생겼다며 약속은 다음으로 미루자고 했다. 만날 생각이 있었던 것도 아닌데 맥이 빠졌다. 아침부터 실없는 전화질로 마음을 들쑤셔놓은 작자가 원망스럽기까지 했다. 외출 준비도 했겠다, 왼팔의 통증 때문에 병원에라도 다녀와야지 싶었다. 보기 싫은 의사라도 아쉬운 쪽은 나였다. 이번에도 눈 딱 감고 시키는 대로 해야겠지.

병원으로 가는 길이 길게만 느껴졌다.

의사가 특유의 느물거리는 표정으로 나를 훑어보더니 말문을 열었다.

"오늘은 좀 어떠세요? 또 팔에 가시가 박힌 것 같아요?"

"이번엔 괴물이 들어앉은걸요."

나는 일부러 빈정거리며 말했다.

"아, 그러세요? 괴물이라면?"

"그야말로 괴물이죠. 이빨이 닿기만 해도 피를 말려버리는 괴물이요."

내 오른팔에 손을 대는 의사의 입가에 야릇한 웃음이 달랑거렸다.

"아니, 이쪽 팔이요."

"아, 예."

의사는 여전히 능글능글한 표정으로 웃으며 콧부리까지 내려온 안경을 검지로 밀어 올렸다.

"자, 오른팔을 올려보세요."

"아픈 건 왼팔이라니까요."

"참, 그랬나요? 그럼 왼팔을 움직여보세요."

"움직이는 데는 문제가 없습니다."

"그럼 쭈욱 뻗어보세요."

팔도 못 뻗을까 봐?

"이렇게요?"

"잘하셨어요. 오른손으로 청진기를 만져보실까요?"

"예."

"왼손으로도요."

시킨다고 이걸 계속해야 하나?

"왼손으로도 만질 수 있겠어요?"

지금 만지고 있잖아, 이 화상아. 목구멍까지 올라온 말을 꾹 삼켰다. 생각 같아서는 의사의 얼굴이라도 한 대 갈겨주고 싶었다. 골탕이나 먹이고 말자는 쪽으로 마음을 돌려 왼손으로 의사의 목에 걸린 청진기를 잡아당겼다. 능구렁이가 표정을 관리하느라 움쩍도 하지 않았다.

"청진기를 만지고 있는 게 보여요?"

네놈 코털까지 보인다니까. 이번에도 튀어나오려는 말을 혀끝으로 눌렀다. 청진기를 빼서 낯짝을 후려치는 상상을 하자 화가 조금 가라앉았다.

"제 시력은 너무 좋아서 탈입니다."

"그럼, 이제 손뼉을 쳐보시겠어요?"

나는 주먹을 쥐었다가 펴고 손뼉을 친 뒤 다시 주먹을 쥐어보였다.

"손뼉을 치고 있어요?"

부아가 치미는 걸 꾹 참고 다시 손뼉을 쳤다. 의사라는 자가 주사를 맞으라든지 물리치료를 받으라고 하면 될 걸 매번 이상한 주문으로 약을 올렸다.

한번은 쟁반에 물을 반쯤 채운 플라스틱 컵 몇 개를 얹어놓고 쟁반을 들라고 했다. 한 손씩 빼서 컵을 들어 올리세요. 잘하다가 실수로 쟁반을 놓치는 바람에 바지가 흠뻑 젖었다. 의사가 나를 빤히 바라보았다. 그뿐인가, 빈 소켓에 전구를 끼

위 넣든지 신발 끈을 묶으라고 했다. 전구를 끼우면 내가 저녁을 사야 하고 신발 끈을 묶으면 자기가 사겠다나. 오기가 나서 신발 끈을 묶겠다고 했다. 하필 그때 손등이 가려웠다. 긁느라 조금 늦어졌을 뿐인데 시간이 지났다며 신발을 치워버렸다. 그러고는 프로이트를 들먹이며 반동형성이 어쩌고 같잖은 소리를 한참 지껄였다. 까짓 신경통 하나 치료하지 못하는 주제에 신경정신과에 가보라는 소견서를 써준 게 지난주였다.

병원에서 나왔을 때는 온통 잿빛인 하늘에 대기도 무겁게 내려앉아 있었다. 곧장 집으로 가는 것도 내키지 않고, 그렇다고 딱히 갈 데도 없었다. 갈팡질팡할 뿐 선뜻 발을 옮기지 못했다. 순간, 몽롱한 의식을 비집고 메일 속의 문장이 떠올랐다. 자네를 기다리고 있네. 나를 기다리는 사람이 있고, 번쩍거리는 전동톱이 있는 K읍의 빈집을 떠올리자 가슴속에서 뭔가가 꿈틀거렸다.

마을은 처음 온 것처럼 낯설었다. 구불구불한 길은 좁아졌다가도 금세 넓어지고 논밭은 비슷비슷해서 거기가 거기 같았다. 겨우 기억 속의 길을 찾았다고 생각하면 길은 다시 엉클어져 몇 갈래로 나뉘었다. 그 집이 있기나 할까. 석 달 전에 헛것을 보았는지도 모르는데 공연한 감상에 휘둘려 여기까지 오다니. 돌아서려는 순간, 노란 박공지붕이 눈에 들어왔다.

마침 대문이 빠끔히 열려 있었다. 초대받지 않은 잔치에 갔다가 예상치 못한 환대를 받은 기분이라고나 할까. 가슴이 두방망이질 쳤다.

정원은 잡초가 말끔하게 정리된 것은 물론, 작은 연못까지 생겼다. 그새 누가 정원을 가꾸었을까. 그 사내는 아직 있을까. 갑자기 물을 가르는 소리가 요란하더니 잉어 한 마리가 뛰어올랐다. 이어 붕어와 잉어들이 자잘한 물무늬를 만들며 헤엄쳤다. 집 안쪽에서 무슨 소리가 들렸다. 일정한 간격을 두고 짧게, 다시 길게 이어졌다. 그것이 전기모터 돌아가는 소리라는 것을 깨닫자 손에 땀이 뱄다. 현관문을 밀고 안으로 들어섰다.

깡마른 몸에 좁은 어깨의 주인공은 전에 보았던 사내가 분명했다. 거실 벽에 세워진 거울에 전동톱이 비쳤다. 그것을 처음 보았을 때의 섬뜩한 느낌이 되살아났다. 설마 저 톱에 사지가 잘리는 일은 없겠지. 소매를 걷어 올린 사내의 몸에 생기가 넘쳤다. 거울 속에서 사내가 나를 흘끗 쳐다보았다.

"근처에 일이 있어서 지나다가……"

얼떨결에 둘러대고는 머쓱했다. 사내도 내가 거짓말을 했다는 것을 알아차린 눈치였다. 살짝 내리뜬 사내의 눈가에 잔주름이 맺혔다가 사라졌다. 그 모습 때문인지 그가 내 숨통을 터줄 것 같은 느낌이 들었다. 뭔가가 잘못된다고 해도 받아들여야겠지.

"잘 왔네. 아무 생각 하지 말고 좀 쉬게나."

사내가 방을 정리해두었다며 앞장섰다.

두 개의 방은 장지문으로 연결되어 한 개나 다름없었다. 황토색 장판에 녹색 카펫, 침대와 책장, 책상이 기역자로 놓여 있었다. 낡은 문고판 중 몇 권은 학창 시절에 읽었던 것들이었다. 도스토옙스키, 톨스토이, 빅토르 위고, 헤르만 헤세의 작품들. 책장 옆에 걸린 거울이며 탁자 위의 수건, 소품들은 정돈되어 있었다. 무엇보다 침대 위에 걸린 그림이 눈길을 붙잡았다. 머리는 말인데 몸은 근육질의 남자. 눈은 어두운 구멍처럼 열려 있고 입은 반쯤 벌어져 있었다. 귀두를 감싼 손마디는 뼈만 남아 앙상한데 기묘한 움직임이 느껴졌다.

옆방의 그림도 크게 다르지 않았다. 물고기 대가리에 사람의 얼굴, 비늘로 덮인 몸통, 지느러미의 곡선이 절묘했다. 반쯤 가림으로써 더욱 노골적인 성기와 끈적거리는 시선은 억제되어 있던 욕망이 스러지는 절정의 순간을 드러냈다. 아가미에서 빠져나온 혓바닥이 비틀리며 아옹아옹 이방의 언어들을 내뱉었다. 나를, 혹은 세상을 조롱하는 소리였다.

저 그림들은 어디서 난 것일까. 이런 데서 홀로 처박혀 지내는 사내가 그렸다고는 믿기 어려웠다. 설사 그가 그렸다고 해도 아니라고 하고 싶었다. 오래전부터 갖고 싶었으나 엄두 내지 못했던 것이 타인의 손에 들어가 있는 걸 보았을 때의 질투심인지도 몰랐다.

사내가 나를 힐끗 돌아보며 비릿한 웃음을 머금었다.

저자는 대체 무엇을 갖고 있기에 저렇게 의기양양한가.

나는 아무렇지도 않은 척하며 사내의 얼굴을 뜯어보았다. 불그스름한 피부에 끝이 내려간 입술이 낯익었다. 익히 알고 있는 화집 속에서 막 걸어 나온 자. 그림들도 하나같이 어디서 본 듯한, 그러나 정체불명의 것들이었다.

그럼 그렇지. 자의식 과잉에 유명 화가의 그림이나 베끼는 얼뜨기야.

그렇게 낮추보고 나니 비로소 마음이 놓였다.

사내가 흩어져 있는 화구들을 그러모았다. 곧 자리에 앉아 거침없이 붓을 놀렸다. 오로지 그림을 위해 존재한다고 온몸으로 말하고 있었다. 불현듯 그를 밀쳐내고, 그 자리에 앉는 상상을 했다. 그가 나동그라진 채 나를 노려보았다. 머리칼이 쭈뼛 섰다. 그를 향해 내뻗었던 손을 얼른 거두어들였다.

"기회라는 건 왔을 때 잡아야 하는 거야."

"무슨 말씀인지?"

"자네한테 그림 말고 또 뭐가 있나?"

그의 말이 가슴을 파고들었다. 내게도 그림이 아니면 아무것도 아니었던 때가 있었다. 하지만 교통사고 후 붓을 놓았다. 팔이 회복되어갈 즈음, 아내의 배려에 힘입어 캔버스 앞에 앉기도 했다. 이따금 영감에 휘둘리곤 했는데 그럴 때는 살아 있다는 걸 느꼈다. 하지만 막상 붓을 들면 모든 것이 생명력을 잃어버렸다. 석 달이 지나도록 그린 것이라고는 거칠기 짝이 없는 밑그림 몇 장뿐이었다. 벌거숭이와 다름없는 자신의 실체와 만나는 것은 그 자체로 고통이었다.

"모든 게 때가 있는 건데, 너무 늦은 거 아닐까요?"

"지금이 바로 그때라니까. 조급해할 거 없어."

나를 애써 감싸는 누군가가 사내를 통해 말을 대신하고 있는 것만 같았다. 언제 적개심을 품었나 싶게 그가 편안하게 다가왔다. 그는 피곤할 테니 쉬라고 하고는 잠자리에 들었다.

세상이 무너진다고 해도 이곳만은 끄떡없을 것처럼 고요했다. 하늘은 검푸른 빛을 내뿜어 내 안의 불안을 어루만져주었다. 역시 여기로 오기를 잘했다는 생각이 들었다. 사내가 나를 잘 알고 있다는 게 꺼림칙하지만, 그것도 느낌일 뿐이었다. 사내나 나나 그림을 그리는 사람이고 보면 그 정도는 이상할 것도 없었다.

오랜만에 깊은 잠을 자고 일어나서인지 몸이 가뿐했다. 사내는 산책이라도 하러 나갔는지 보이지 않았다. 커피를 마시려고 하는데 휴대전화가 울렸다. 유희준. 어떻게 생겨 먹은 자가 잊을 만하면 전화를 해서 속을 뒤집어놓았다. 전화를 받나 봐라. 오기로 버티다가 끈질긴 작자에게 굽히고 말았다.

"선배님, 드디어 몸의 해부학에 돌입하신 겁니까? 이건 경지에 올랐다고 할 수밖에는……"

작자가 너스레를 떨며 화랑에서 만나자고 했다. 마음이 흔들렸다. 한번은 만나서 얘기를 들어봐야 하지 않을까. 오랫동안 발을 끊었던 화랑에도 한번 가보고 싶었다.

화랑은 입구부터 관람객들로 북적거렸다. 줄을 서서 카운터의 팸플릿을 챙겼다. 큐레이터로 보이는 여자가 필요 이상으로 활짝 웃었다. 나는 고개만 숙이고 얼른 전시된 그림 앞으로 갔다.

일부러 없앤 듯 보이는 배경으로 인해 시선은 인물에 집중되었다. 팔다리와 머리, 몸통이 따로 흩어져 절규하는 화면은 전쟁터를 방불케 했다. 이목구비가 지워진 얼굴과 머리 없는 몸통, 머리는 둘인데 입은 하나인가 하면 성기가 잘린 채 벌어져 있는 가랑이. 깡말라 배배 꼬인 채 흐느적거리는 몸, 사방으로 뻗친 머리카락에서는 쇳물이 뚝뚝 떨어졌다. 입술이 뭉개진 입속에 검은 건반 몇 개만이 돌출되어 있고, 구멍은 막히고 콧대만 우뚝 솟은 코와 목에서 빠져나온 혀, 배꼽에 달린 귀…… 곳곳에 서린 불구의 이미지에도 불구하고 화면은 기이하게 활력이 넘쳤다. 거기에 짓눌려 고작 내 심장 뛰는 소리를 들을 뿐이었다.

대체 어떤 자가, 무슨 생각으로 그렸기에 이토록 절절한가. 내면에 깃든 암울한 모티브들을 거침없는 선으로 드러낼 수밖에 없는 영혼! 어느새 그림들에 대한 반감이 사라지고 가슴이 벌렁거렸다. 화가의 이름을 보려고 팸플릿을 들추었다. 이

일환! 나와 이름이 같았다. 무언가가 회오리를 일으키며 머릿속을 휘저었다. 유희준의 농간이 분명했다. 작자의 휴대전화에서는 받을 수 없다는 멘트만 계속되었다. 서둘러 화랑을 빠져나왔다.

건널목 앞에서 신호등이 바뀌기를 기다렸다. 길 건너 무심코 바라본 한 지점, 인파 속에서 한 사람이 눈에 들어왔다. 팸플릿을 옆구리에 낀 채 종종걸음치고 있었다. 중키에 깡말라 뼈만 남은 몸, 좁은 어깨는 노란 박공지붕의 사내였다. 촌구석에 처박혀 있어야 할 그가 무슨 일로 여기까지 온 것일까. 하긴 그도 그림을 그리는 자인데 화랑 근처에 얼쩡거리지 말라는 법은 없겠지. 멀어지는 사내의 왼쪽 소매가 텅 빈 채 펄럭거렸다. 그림 속의 기괴한 형상들이 그를 뒤따랐다. 찐득한 핏덩이가 보도블록을 적셨다.

이봐, 자넨 행운아야!

개소리!

자네 이름을 확인했잖은가.

실체 없는 목소리가 귓바퀴를 맴돌았다. 몸이 공중 부양하며 앞으로 휩쓸렸다. 시곗바늘은 오후 세시를 가리키고 있었다. 휴대전화가 진동했다. 유희준. 이름을 확인하는 순간, 피가 거꾸로 솟는 느낌이었다.

"선배님, 정말 죄송하게 됐습니다. 제가 그만……"

이번에도 작자는 변명만 해댔다. 급한 일이 있다고 둘러대고는 전화를 끊어버렸다. 다시 벨이 울렸지만 받지 않고 집으로 향했다.

울화가 치밀어 집까지 어떻게 왔는지도 생각나지 않았다.

번호키를 누르는데 안에서 뜻밖의 인기척이 났다.

"어딜 갔다가 이제 오는 거야? 전화도 안 받고. 걱정돼서 들어왔잖아."

아내는 한 달에 한 번 처형 부부를 만나는 날이라는 걸 잊었느냐고 타박했다. 잊고 있었다고 굳이 말할 필요는 없었다. 아내도 대답을 들을 생각은 아니었던 듯했다. 늦겠다고 구시렁거리면서 나를 욕실로 떠밀었다. 거울에 비친 얼굴이 낯설었다. 움푹 꺼진 눈두덩에 부스럼이 난 입술, 웃자란 구레나룻이 추레한 중년 사내. 그 주인공이 나라고 믿기 어려웠다.

지금이라도 아내에게 털어놓는 게 낫지 않을까. 화랑에 다녀왔다는 것과 거기서 본 그림들에 대해서. 그림을 그린 사람 이름이 내 이름과 같다는 것도. K읍의 집과 그 사내만 해도 처음부터 말하지 않은 것이 잘못이었다. 아니, 지금 와서 모든 걸 말해보았자 달라질 것도 없는데 아내까지 혼란스럽게 할 필요가 있을까.

누구와도 만날 기분이 아니었지만 서두르는 아내 앞에서 차마 입이 안 떨어졌다.

정교한 조각들과 커다란 창, 유럽의 야외 미술관 분위기가 나는 이탈리안 레스토랑이었다. 처형 부부는 무려 삼십 분이나 늦게 들어섰다. 동서가 악수를 청해왔다.

"자네, 요즘 잘나간다며?"

이건 또 무슨 말인가. 이럴 때는 말을 아끼는 게 나았다.

"근데 제부랑 너 얼굴이 영 안 좋다. 건강도 좀 챙겨."

"요즘 일이 좀 많아서 그래."

"그러니까 안팎으로 돈 들어올 일만 남았다는 거야?"

"형부도 참, 그런 거 아니에요."

"그래도 자네, 우리 처제 고생한 거 보답하려면 아직 멀었어. 안 그런가?"

제 앞가림도 하지 못해 마누라 피나 빨아먹고 사는 기생충이라고 비꼬는 투로 들렸다. 그는 전에도 걸핏하면 그런 뉘앙스로 자존심을 긁곤 했다. 물론, 매사를 삐딱하게 받아들이는 것도 내 안에 자리 잡은 피해의식이나 열등감인지 모른다.

"이참에 아이 하나 갖는 게 어때? 이제 더 늦출 이유가 없잖아?"

"그 문제는 본인들이 알아서 하게 놔둬요."

"본인들이 못하고 있으니까 하는 말이지. 처제는 그러고 싶은 것 같은데. 손바닥도 마주쳐야 소리가 나는 법인데 말이야."

무슨 말을 해야 할지 몰라 머뭇거리고 있는데 때마침 요리사가 나왔다. 볼로냐와 피렌체 사이의 산간 고지대에서 주로 먹는다는 '스파게티 알라 푸치니'. 요리사가 큰 거북 모양의 파마산 치즈에 럼주를 붓고 불을 붙였다.

"좋은 음식에 와인 한잔해야지?"

"물론이죠. 정말 근사하다."

치즈가 녹자 아내는 내 앞에 놓인 스파게티에 채소를 섞어 비볐다. 집에서는 늘 그런다지만 이런 데서까지 꼭 이렇게 해야 할까. 하지 말라고 아내의 옆구리를 찔렀다. 아내는 아랑곳하지 않았다. 아이에게 하듯 냅킨을 펴주고 손에 포크까지 쥐여주었다. 그러려니 보아넘기는 처형 부부의 표정은 더욱 나를 낯 뜨겁게 했다.

나를 제외한 세 사람은 부동산과 프랜차이즈 산업, 국내외 정세에 열을 올렸다. 나중에는 연예인 스캔들까지 들추어냈다. 그들의 말이 귀에 들어오지 않았다. 건너편 테이블의 가족에게 자꾸 눈이 갔다. 부부가 번갈아 가며 아이에게 음식을 덜어주었다. 음식을 먹는 수연의 모습이 눈에 선했다.

"제부, 안 먹고 뭐 해?"

"스파게티 보니까 수연이 생각이 나서요. 그 녀석 스파게티 좋아하는데……"

내 말이 끝나기도 전에 세 사람의 눈길이 나에게 모였다가 흩어졌다. 아내가 그만하라며 나를 쏘아보았다.

"내가 뭘 어쨌다고 그래?"

나도 모르게 목소리에 힘이 들어갔다. 세 사람의 표정이 굳었다.

"애, 음식 앞에 두고 먹지 않고 뭐 해? 당신은 뭐 해요? 술이나 좀 따르지 않고."

술잔이 오갔지만 이미 썰렁해진 분위기를 되돌리기는 어려워 보였다. 이참에 수연이 문제에 대해 말해두자는 생각이 들었다.

"이 사람 지나친 교육열 때문에 애만 생고생이라니까요."

세 사람은 서로 눈길을 주고받을 뿐 말이 없었다. 나는 와인 잔을 단숨에 비웠다. 동서가 내 눈치를 보면서 잔을 채워주었다. 몇 잔을 연거푸 마셨는데 취하기는커녕 오히려 정신이 말똥말똥했다. 어느새 와인 병이 비었다. 나는 와인을 더 주문하려고 웨이터를 불렀다. 세 사람은 누가 먼저라고 할 것도 없이 서둘러 자리를 마무리했다.

집으로 돌아오는 길 내내 아내도 나도 말 한마디 하지 않았다.

집에 오자마자 곧장 방으로 들어가는 아내를 불러 세웠다.

"영어고 뭐고, 수연이 당장 불러들여."

"당신, 정말 왜 이래?"

아내가 어이없다는 표정으로 한참 나를 바라보다가 말문을 열었다.

"다시 물어볼게. 그러니까 당신, 정말로 우리 수연이가 살아 있다고 생각하는 거야?"

"뭔 소리야?"

"수연이 죽었잖아. 벌써 삼 년……"

삼 년 전 어린이날 놀이공원에 다녀오던 길이었다. 느닷없이 끼어드는 오토바이를 피해 내가 핸들을 급하게 꺾었다가 가로수를 들이받았다. 나는 팔이 으스러졌고 아내는 갈비뼈에 금이 갔다. 수연이는 머리를 다쳐 수술했는데 피를 많이 흘려 끝내 깨어나지 못했다.

내가 기억하는 사고는 그런 것이 아니었다.

아내와 함께 친척 결혼식에 다녀오다가 접촉 사고가 났다. 나는 팔꿈치를 다쳤는데 나았고 이따금 가시가 박힌 통증을 느낄 뿐이었다. 아내는 팔다리에 멍이 든 정도였다. 수연이는 그날 학교에서 놀이공원으로 소풍 갔기 때문에 그 차에 타지도 않았다.

"안 되겠어. 김 박사가 소개해준 병원에 가서 상담 받자."

내가 아무리 무능해도 그렇지 이제 아예 미친놈 취급이라니. 아내가 그 의사와 짠 게 분명했다. 나는 거실 장식장에서 양주를 꺼내 병째 들고 마셨다. 화는 좀체 누그러지지 않았다.

"당신 계속 이러면 난 어떡해?"

나야말로 어떻게 해야 하는 걸까.

수연의 방문을 열었는데 방이 텅 비어 있었다. 책상이며 침대, 옷과 가방, 생일 때마다 사준 인형들은 다 어디로 갔을까. 그 애가 잠들기 전에 읽어주었던 동화책들도 보이지 않았다.

수연의 옷장이 있던 자리에는 뭉게구름만 떠다녔다. 수연이 좋아하던 구름무늬 벽지는 내 손으로 발랐다. 아빠의 손길을 느끼며 꿈을 키우라는 마음을 담아서.

아내 말이 사실이라면, 내가 수연이를 죽인 건데. 자식을 죽인 아빠가 이렇게 살아 있어도 되는 걸까. 어떻게 이런 일이 있을 수 있는가.

"나도 죽고 싶을 만큼 외로웠어. 그래도 죽을 수가 없었어. 왜 그런 줄 알아? 당신 때문에. 나 없으면 당신은 어떻게 살까 싶어서."

조금 전까지의 분노는 오간 데 없고, 아내에게인지 나 자신에게인지 모를 연민이 몰아쳤다. 그만큼의 두려움까지.

아내는 외국계 프랜차이즈 회사에서 일하는 커리어 우먼이었다. 직장 때문에 가정에 소홀한 것은 스스로 받아들이지 못했다. 내가 외출할 때는 셔츠를 다려주고 구두도 닦아주었다. 생일이나 결혼기념일에는 손수 케이크를 만들었다. 퇴직하면 세계 곳곳의 오지를 돌아다니자며 손가락을 걸었다. 노후에는 텃밭을 일구며 오순도순 살자고. 그런 밤이면 섹스도 환상적이었다. 당신 나 때문에 너무 힘든 거 아냐? 힘들긴, 내가 능력 좀 되잖아. 회사 탄탄해서 잘릴 염려 없지, 연금도 받을 수 있고. 당신은 하고 싶은 거 해. 그림 말이야. 누드모델이 필요하면 언제라도 말하고.

긴 밤이 지나고 아침이 찾아왔다. 아내는 아무 일도 없었다는 듯 식사를 준비하고 커피를 내렸다. 그런 아내에게 무슨 말이라도 건네고 싶었지만 끝내 하지 못했다.

아내가 출근하자마자 나도 모르게 술병에 손이 갔다. 딱 한 잔만 하자 했던 것이 두 잔이 되고 석 잔이 되었다. 의식이 점점 흐릿해지고 있다는 걸 알 수 있었다. 베란다 밖으로 눈을 돌렸다. 구름 사이로 화랑에서 본 형상들이 어른거렸다. 대체 누가 그린 것일까. 나와 이름이 같은 이일환이라는 자는 누구일까. 사내라고 착각했던 외팔이는? 그야말로 앞뒤 맥락이 뒤죽박죽인 부조리극처럼 이해할 수 없는 일들이 계속되었다. 사내를 만나야 한다는 생각이 들었다.

작정하고 왔건만 막상 박공지붕의 집 앞에 서자 망설여졌다. 사내를 만나서 뭘 어쩌자는 것인가. 그를 만난다고 뭐가 해결될 것도 아니지 않나. 설마 그에게 위로라도 받고 싶은 건가? 아니, 꼭 그런 것도 아니었다. 그렇다면 왜 온 거지? 지금 그런 걸 따져서 뭐 하나? 여기까지 왔으니 집 안에 들어가보라고 내 안의 내가 속삭였다.

정원은 아무것도 변하지 않아서 오히려 낯설었다. 연못의 붕어들과 녹색이 묻어나는 바람결마저도. 그간의 시간이 뭉텅 잘려 나간 느낌이었다. 인기척을 낼까 하다가 문틈으로 안을 들여다보았다. 달라진 것이 없다는 데 안심이 되었다. 사내도 보이지 않았다. 차라리 잘되었다는 생각이 들었다. 그동

안 일어난 일들과 의혹들의 중심에 사내가 있었다. 또 나를 여기까지 불러들인 것도 사내였다. 아니, 내가 그에게 이끌린 것도 사실이었다. 하지만 정작 그에 대해서는 아는 바가 없었다. 나를 잘 알고 있는, 때로는 나보다 나를 더 잘 알고 있는 존재가 거북하고 꺼려지기도 했다.

담배를 피우고 차를 끓였다. 차를 마시는 동안 조바심은 사라지고 여유까지 생겼다. 실내를 서성이다 사내의 방 앞에 선 순간, 머릿속이 하얘졌다. 낯익은 누드! 온몸의 피가 다 빠져 나가는 느낌이었다.

간신히 숨을 가다듬고 있는데 언제 들어왔는지 사내가 모습을 드러냈다. 도둑질하다가 들킨 기분이었다.

"왜 그렇게 놀라나?"

"아, 아뇨."

"그림 잘 팔린다는 소식은 들었지."

사내가 비아냥거리는 것 같아 거슬렸다.

"모처럼 술이나 한잔하지. 꼭 할 얘기가 있어서 말이야."

그가 안주를 준비하겠다며 방을 나섰다. 할 얘기가 있다고? 어림없는 소리. 어떤 변명이나 합리화도 어그러진 내 마음을 돌려놓을 수는 없을 터였다. 나는 다시 누드로 눈을 돌렸다.

비스듬히 누워 등을 구부린 채 무릎 사이로 얼굴을 묻고 있는 여자. 활처럼 휘어진 등허리의 곡선이며 길고 가느다란 팔다리. 섹스 후에 아내는 그렇게 누워 있곤 했다. 대접 모양의 가슴과 잘록한 허리, 크고 탐스러운 엉덩이와 기다란 엄지발가락은 아내가 분명했다.

아니, 여자의 알몸이란 게 다 거기서 거기지. 포즈만 해도 색다를 게 없지 않은가. 사내의 끈질긴 부탁에 아내가 마지못해 모델을 서주었겠지. 설령 그렇다고 해도 나를 속인 사실은 변하지 않았다. 당장 캔버스를 찢어버려야 분이 풀릴 것 같았다. 조각도를 찾다가 구석에 놓인 또 하나의 캔버스를 보는 순간, 머릿속이 텅 비었다. 피투성이가 된 아이인데, 얼굴은 뭉개져 형체도 알아볼 수 없었다. 등줄기가 서늘하고 이내 온몸이 떨렸다. 사내가 천연덕스럽게 웃으며 들어섰다.

"당신, 뭐야? 뭐냐고?"

목덜미를 잡은 채 사내를 캔버스 앞에 세웠다.

"왜 이러나?"

"몰라서 물어?"

보란 듯이 캔버스를 난도질하고는 사내의 목에 조각도를 겨누었다. 그가 눈을 감는 척하더니 날쌔게 몸을 피했다.

"이봐, 왜 이러는지 이유나 알자고."

"닥쳐!"

사내의 옆구리를 걷어찼는데 헛발질에 그치고 말았다. 다시 정강이를 걷어찼다. 사내가 발끈해서 일어나더니 내 턱에 주먹을 날렸다. 나도 맞받아쳤다. 엎치락뒤치락하는 사이에 조각도가 사내의 손에 들어갔다. 사내가 내 멱살을 잡았다. 어느 순간 사내의 손에 들린 조각도가 내 목에 닿아 있었다. 두려움 따위는 느껴지지 않았다. 어차피 삶에 미련은 없었다. 다만, 끓어오르는 울분을 주체할 수 없었다. 사내에게 욕이라도 퍼붓고 싶었다. 아니, 그를 밀쳐내 바닥에 패대기친 뒤 밟아주기라도 하면 속이 후련할 것 같았다. 순간, 그가 얄궂은 웃음을 머금은 채 내 손에 조각도를 쥐여주었다. 네 마음대로 해봐, 라고 그의 눈이 말하고 있었다. 마음만 먹으면 단번에 사내의 목에 조각도를 꽂을 수 있었다. 그럼에도 나는 옴짝달싹하지 못했다.

"왜, 용기가 없나?"

사내가 내 멱살을 쥐었던 손을 풀고 밖으로 나갔다. 잰걸음으로 가는 그를 뒤쫓았다. 점점 멀어져가는 사내의 왼쪽 소매가 텅 빈 채 펄럭거렸다. 한눈을 판 것도 아닌데 순식간에 사내가 사라지고 없었다. 나는 두리번거리며 그를 찾았다.

멀리 마른 잎을 매단 나무들이 일정한 간격으로 서 있었다. 가장 큰 나무에서 잎 하나가 툭 떨어졌다. 나머지 잎들도 차례로 몸을 던졌다. 잎을 모두 벗어버린 나뭇가지들이 기지개를 켰다. 나뭇가지 사이에서 빗살무늬의 빛이 터졌다. 황홀했다. 순간, 내 몸에서 어떤 움직임이 일어나는 것을 느꼈다. 나는 숨을 멈추고 촉각을 세웠다. 왼쪽 팔꿈치가 근질근질하더니, 붉은 가시가 돋았다. 처음에는 엄지손가락만 하던 것이 쑥쑥 자라나 팔뚝만큼 굵어졌다. 거기에 젖빛 이슬이 맺혔다. 가시에 손을 갖다 대자 뱀 대가리처럼 꼿꼿이 활개를 폈다. 시야 가득 붉은 기운이 들어찼다.

잘라버리자!

전동톱을 떠올리자 가슴이 벌렁거렸다.

한달음에 전동톱 앞에 섰다.

마치 이 순간을 위해 준비된 것처럼 톱날이 번들거렸다. 거울 속에서 한 사내가 톱날을 바라보았다. 톱날에 왼팔을 대었다. 알 수 없는 그림자가 폐곡선을 그리며 나를 거세게 끌어당겼다. 한 줄기 빛이 사내의 정수리에 내리꽂혔다. 나는 가슴이 활짝 열리는 걸 느꼈다. 한 치의 빈틈도 없는 집중력으로 전동톱의 작동 버튼을 눌렀다. 짜릿한 쾌감이 온몸을 타고 흘렀다.

누구도 그린 적이 없을 것 같은 추상화 한 점이 거울 속에 비쳤다.

세번째 남자

붉은 불빛 아래 녹색 거미줄, 그 위에 무당거미 한 마리. 이렇게 멋진 무대는 처음이야. 이런 무대에서라면 진짜 연기를 할 수 있을 것 같아. 그런데 저기, 저 사람은 누구지? 습습한 동굴에서 이제 막 빠져나온 사람 같은데. 곧 어딘가로 떠날 사람처럼 보이기도 하고. 담배라도 한 대 권하고 싶은걸.

당신? 그래, 당신이군. 안 그래도 당신을 만나고 싶었는데…… 당신한테 할 말이 있거든. 며칠 전에 경찰들이 찾아왔다는 거. 그들이 나를 퍽 반가워하더군. 미궁에 빠졌던 사건을 이제야 해결할 수 있게 되었네요, 하면서. 참, 넥타이가 어쩌고 했는데, 생각이 안 나네. 내가 요즘 이렇다니까. 아무튼 그들이 나를 의사한테 데려갔어. 아픈 데도 없는데 말이야. 의사가 나를 보며 눈을 찡긋한 걸 보면 내 상태가 그리 나쁜 것 같지는 않았어. 아무렴, 내가 나쁠 게 어딨겠어. 아, 담배 한 대만 피웠으면…… 참, 이제야 생각나네. 경찰이 한 말 말이야. 남편 차에 떨어져 있던 넥타이 말이에요, 국과수에 의뢰 했는데 그 사람 게 아니던데요? 그러는 거 있지. 경찰도 참 멍청하지 뭐야. 내가 새로 산 거니까 당연한 것을 가지고. 당신 거랑 같은 것을 찾느라 발품을 얼마나 팔았는데, 그것도 모르고 말이지.

내가 지금 무슨 말을 하고 있는 거지? 긴장하니까 수다스러워지네. 이제 곧 막이 오를 시간인데. 무대와 관객을 사로잡는 카리스마 넘치는 배우, 그게 나라는 걸 알면 당신도 놀라겠지?

당신과 나는 문이 마주 보이는 집에서 이 년 가까이 살았지. 오가다 마주치면 눈인사를 나누는 정도였고. 당신은 눈동자가 흐리멍덩하고 움직임이 둔한 게 어딘지 모르게 불길한 느낌을 주는 인상이었어. 당신 와이프는 알뜰주부 표창장이라도 줘야 할 것 같았고. 분리수거용 봉투를 안 쓰고 매번 남이 버린 봉투에 쓰레기를 쑤셔 넣으니 말이야. 외모는 수수하고 성격도 차분해 보였지만 그런 여자일수록 한번 돌아서면 무서운 법이지.

나는 동네 미용실이나 찜질방에서 여자들이 당신에 대해

수군거리는 말을 들었어. 택시 기사였던 당신이 삼 년 전 음주 단속에 걸렸고 운전면허와 개인택시 면허가 취소됐다는 거 말이야. 당신은 택시 면허까지 취소하는 것은 부당하다며 탄원서도 내고 진정도 했다더군. 하지만 아무도 술을 마시고 운전한 택시 기사의 손을 잡아주지 않았다지? 귀가 얇은 당신은 문 닫을 위기에 놓인 친구의 철물점을 넘겨받았는데 얼마 안 가 부도가 났고. 남은 거라고는 낡은 트럭 하나뿐이었다지? 그걸 몰고 다니며 과일이나 채소를 팔았지만 오래가지 못했고. 운전은 둘째가라면 서러워할 당신도 사업 수완은 젬병이었던 거야. 하긴 어눌하고 불길한 느낌을 주는 장사꾼이란 그림부터 신통치 않잖아.

어느 날인가 당신이 집으로 돌아왔을 때 문이 굳게 잠겨 있었어. 당신 와이프가 전세금을 빼서 아이와 함께 떠나버렸으니까. 하루아침에 당신은 경비실 앞에 버려진 잡동사니 신세로 전락하고 말았지. 다시는 집에 들어갈 수 없다는 걸 알면서도 날마다 집 앞을 어슬렁거렸어. 아침이면 따발총 소리를 내는 트럭을 몰고 나갔다가 때가 되면 돌아왔지. 물론, 때라는 게 정해져 있는 것은 아니었지만. 다 죽여버릴 거야, 다 죽여버릴 거라고. 술에 취해 소리를 지르고 말이야. 그 소리에 아이들은 선잠을 깼고 여자들은 은밀한 일을 그르쳤다며 투덜댔지. 꼴에 분홍색 넥타이가 다 뭐람. 목매달 때나 쓰면 모를까, 저런 걸 왜 걸고 다니는지 몰라.

오늘은 당신한테 재미있는 이야기를 들려주려고. 나의 첫 번째 남자 이야기.

난 어렸을 때 덫을 놓아 잡아먹은 토끼 고기 맛을 잊지 못했어. 그 특유의 쫄깃한 식감 말이야. 그래서 토끼 고기를 맛보게 해준 사람과 결혼했지. 물론, 토끼털 외투를 사줄 만큼 돈이 있는 사람이었고. 그는 스포츠를 하기보다는 보는 것을 좋아했어. 우아한 빙판 위의 세련된 몸짓과 트리플 악셀 점프의 가슴 졸이는 흥분을 즐겼지. 단단한 어깻죽지의 호리호리한 족속들이 산소의 압박을 가로지르는 헤엄에도 곧잘 빠져들었어. 대신 격투를 끔찍이 싫어했지. 대체 왜 저렇게 피칠갑을 해야 하지? 혀를 차면서 채널을 돌렸어. 격투가 가슴팍과 두개골, 주먹의 두께에 달려 있다고만 생각했던 거야. 돌아올 펀치와 킥의 각도를 계산하느라 재빠르게 돌아가는 눈동자의 스릴과 뇌의 열락을 몰랐던 거지. 나와 함께 거리를 걸을 때면 언제나 차도 쪽에 섰어. 식탁에서는 음식을 내 입에 넣어주었고. 꼬박꼬박 집에 데려다주는 친절이 몸에 배어 있었지. 이런 사람이라면 평생 기대어도 되겠구나 했어. 그게 착각이었다는 걸 알게 되기까지는 오래 걸리지 않았지만 말이야.

그는 피로연에서 내가 그의 친구들에게 미소 짓는 걸 보아내지 못했어. 부부 동반 모임에 갔다가 누군가가 내 옷맵시를 칭찬했다는 이유로, 쇼핑몰에서 애송이 남자 점원과 농담했다는 이유로 주먹을 휘둘렀어. 어쩌다 동창 모임에라도 다녀오면 어떤 놈을 홀리고 왔냐며 발길질하고. 심지어는 자기가 길들인 섹스 습관에 대해서도 불평하더군. 너랑 하면 포르노를 찍는 것 같아. 어느 놈한테 갈고닦은 실력이지? 나중에는 내가 클럽이나 호스트바에 드나든다고 억지를 썼어. 결국 내게 칼을 휘둘렀는데 그 칼에 자기가 찔리고 말았지.

어때? 괜찮았어? 그것보다 더 재미있는 이야기도 있는데. 들어볼 테야? 나의 두번째 남자 이야기.

그는 그림을 그리는 사람이었고 한때 미술대학의 강사이기도 했어. 외모가 훤칠하고 옷맵시가 좋아서 어디서나 눈에 띄는 타입이었지. 무엇보다 우수 어린 눈이 매력적이었고. 전시회장에서 그를 보고 첫눈에 반했는데 고백은 하지 못했어. 나중에 알고 보니 그도 그랬다는 거야. 그가 청혼했을 때 나는 세상을 다 얻은 기분이었어. 그는 나의 장점을 추켜세워주는 것은 물론, 단점을 감싸주는 사람이었어. 내가 결혼을 한 번 했던 여자라는 것이나 아이를 가질 수 없다는 것도 문제 삼지 않았어. 내가 예민하고 신경질적인 것을 두고 마음이 여리고 예술가의 혼을 가진 거라고 말해주었지. 그런 그와 신혼의 단

꿈에 젖어 있을 무렵이었는데, 그의 제자라는 여자가 불쑥 나를 찾아왔어. 사모님, 선생님이 어떤 분하고 결혼했는지 궁금했어요. 그런데 정말 멋진 분하고 하셨네요. 역시 우리 선생님은 눈이 높으셔. 그렇죠? 사모님. 말끝마다 사모님, 사모님 하면서 살갑게 굴더라고. 나도 그녀의 시원스러운 외모와 발랄한 성격에 끌렸어. 이따금 그녀와 밥을 먹고 차를 마시거나 쇼핑도 했지. 그녀는 분위기 좋은 찻집이나 맛집을 잘 찾아냈어. 선물을 고르는 안목도 있고. 무엇보다 남편의 취향을 잘 알았어. 베이지색 계열의 셔츠와 목이 있는 구두를 좋아하고, 위스키를 즐기는 것. 초콜릿 카스텔라 콘판나와 캐러멜마키아토, 아이리스 향을 좋아하고 레종 담배를 피우는 것까지. 미술을 전공해서 감각도 있고 눈치도 빠르겠거니 했어.

어느 날부터인가 그녀가 밤마다 전화를 걸어오는 거야. 그것도 남편과 잠자리에 들 때쯤이면 말이야. 나는 그녀의 넋두리를 들어주는 자상한 사모님 역할을 하느라 잠을 설치기 일쑤였어. 남편은 그러지 말라고 했지만 나는 그녀가 안쓰러웠어. 사모님, 밖에서 누군가가 저를 엿보고 있는 것 같아요. 반지하 방에서 웅크리고 있을 그녀에게 집으로 오라고 했어. 정말 가도 돼요? 그럼, 얼른 와. 그녀와 밤늦도록 술을 마시고 영화나 드라마를 보기도 했지. 어느 날인가부터 그녀는 밤마다 찾아왔어. 이건 아닌데 하면서도 불편한 마음을 드러낼 수도, 눈치를 줄 수도 없었어. 그러기 전에 그녀가 알아서 해야 하는 거잖아. 그녀가 곧 안정을 찾을 것이고 그러면 찾아오지 않겠지 하고 기다렸어. 그런데 그녀는 방세를 낼 수 없다며 아예 우리 집에 눌러앉았어. 그때도 나는 차마 거절을 못했어. 그녀는 밥값을 하겠다며 아침이면 일찍 일어나 식사를 준비했지. 그럴 필요 없다고 했는데도 좋아서 하는 일이라며 하게 해달라더군. 더 말릴 수도 없었어. 그녀는 마음먹은 일은 기어이 하고야 마는 성격이었거든. 그녀는 스태미나를 높여주는 음식이라며 새우와 낙지를 비롯해 더덕과 당근, 마늘을 재료로 요리하는 걸 즐겼어. 요리 솜씨도 좋고 데코레이션도 그럴싸했지. 그녀가 만든 음식 중 '감바스 알 아히요'는 최고였어. 지금도 가끔 그 맛이 생각나. 스페인 요리 전문점에서 먹어본 것도 그녀가 만들어준 것보다 맛있지 않았어. 내가 다른 건 몰라도 미각은 예민하거든. 탱탱한 엉덩이가 돋보이는 핫팬츠 차림으로 분주히 움직여 차린 음식 앞에 셋이 앉았지. 그녀는 남편을 향해 선생니임, 맛있죠? 하며 콧소리를 냈어. 남편의 눈은 브래지어 밖으로 밀려 나온 그녀의 가슴을 흘깃거렸고, 밥이 입으로 들어가는지 코로 들어가는지 모르겠더군. 그 정도에서 멈췄더라면 좋았을 텐데. 그녀는 선을 넘고 말았어. 악몽을 꿨다며 한밤중에 남편과 나 사이를 비집고 들어왔으니까 말이야. 더 이상은 안 되겠다는 생각이 들었어. 그만 집으로 돌아가야 하지 않겠냐고 그녀에게 말했어. 사모님, 제가 뭐 잘못한 거라도 있어요? 그건 아니라고, 갑작스럽게 식구가 느는 것에 적응이 안 된다고 했지. 그런 거라면 걱정 안 하셔도 돼요, 사모님. 집이 이렇게 넓은데요, 하고 버텼어. 나는 곧 조카가 들어올 거라고 거짓말하고 원룸을 얻어주었어. 그녀는 얄궂은 미소를 띠며 쫓겨나는 기분이라는 말을 남기고 떠났어. 어쨌거나 나는 홀가분했어. 그런데 웬걸, 일은 그때부터 시작이었어. 남편이 출장 간 날 밤이었는데, 그녀로부터 전화가 걸려왔어. 사모님, 저 누구랑 같이 있는지 맞혀보세요. 출장에서 돌아온 남편은 그 애 말에 마음 쓰지 말라고 했어. 어렸을 때부터 우울증을 앓아온 애야. 망상을 본대. 나는 내가 옹졸했구나, 하고 반성했어. 그런데 그녀는 끈질기게 전화를 해댔어. 전화를 받지 않으면 메시지를 보냈지. 따지고 보면 제가 먼저 선생님을 사랑한 거잖아요. 사모님이 가로챈 거라고요. 안 그래요? 전 아직도 선생님을 사랑해요. 물론, 선생님도 저를 사랑하고요. 그러니까 사모님이 물러나는 게 맞지 않나요? 남편이 변명하더군. 고등학교 때 사고로 오빠를 잃었대. 오빠랑 내가 닮아서 나한테서 오빠를 느꼈다는 거야. 그녀는 스토커 수준으로 남편 주변을 맴돌았고, 그것까지는 남편도 어쩔 도리가 없었다나 봐. 그런데 종강 술자리에서 그녀가 남편에게 자꾸 술을 따라주더래. 남편은 주변의 눈치를 보면서도 마지못해 받아마셨고. 다음 날 아침에 눈을 뜨고 보니 모텔이었대. 두 달 뒤 그녀가 임신 사실을 알려왔고. 알고 보니 남편처럼 당한 동료가 더 있었다는 거야. 남편은 다음 해에 교수 임용에 탈락했고 그 뒤로 대학은 돌아보지 않았지. 남편은 두 번 다시 그녀를 만나고 싶지 않았대. 그런데 남편의 결혼 소식을 들은 그녀가 나를 찾아온 거야.

누구 말을 믿어야 할지 모르겠더군. 남편에게 일주일 시간을 갖고 생각해보자, 하고는 혼자 여행을 떠났어. 몸속의 불순물을 빼려고 높은 산을 찾아다녔어. 산에서 내려오다가 발목을 접질려서 예정보다 일찍 돌아왔지. 현관에 발을 들이는 순간, 집 안 공기가 이상하다고 느꼈어. 불길한 예감이 들었어. 예감은 틀리지 않았지. 나는 봐서는 안 될 것을 보고 말았어. 그들은 서로에게 열중한 나머지 나를 보지 못했어. 그때 내 안에서 무언가가 서서히 일어났어. 살의 말이야. 그래, 그건 누구 하나가 죽어야만 끝날 게임이었던 거야. 나는 손에 잡히는 건 모두 집어 던졌어. 어느 순간, 내가 무슨 일을 저지르고 말 것만 같아 무서웠어. 누군가가 나를 붙잡고 말려주기를 바랐어. 마침 그때 문밖에서 딸의 이름을 부르는 당신 목소리가 들려왔어. 얼른 밖으로 뛰쳐나갔지. 당신을 붙잡고 하소연이라도 하고 싶었을까. 당신은 이미 사라지고 없더군. 다시 집으로 들어가고 싶지 않았어. 그길로 한참을 헤매고 다녔지. 이상한 것은 서너 시간을 쏘다녔는데 그 시간에 대한 기억이 없다는 거야. 카드를 사용한 흔적이 있기는 한데 어디서 뭘 샀는지 생각도 안 나고. 뭔가를 먹기도 했는데 그게 뭔지도 모르겠고. 정신이 돌아왔을 때는 이미 분노도 미움도 사라진 뒤였어.

집에 돌아왔을 때는 가벼운 산책을 하고 돌아온 것처럼 머릿속이 맑았지. 여기저기 널려 있는 속옷이며 잎이 잘린 산세베리아, 깨진 술잔, 나뒹구는 파편을 치우는데 몸과 마음이 가뿐한 느낌이었어. 남편은 나를 보자마자 무릎을 꿇더라고. 난 죽을 때까지 당신을 사랑할 거야. 매일 아침 눈을 떴을 때 당신이 내 옆에 있기를 바라. 당신을 위해서라면 죽을 수도 있어. 아니, 만약 내가 죽는다면 그건 당신을 위해서일 거야. 그러면서 보험증서를 내놓지 뭐야. 나는 딱 잘랐지. 그런게 다 무슨 소용이냐고. 정말이지 그런 것 따위는 눈에 들어오지도 않았어. 남편이 아무리 나를 달래도 내 마음은 차가워질 뿐이었어. 남편이 술을 마시자고 하더군. 이별주! 내키지 않았지만 뭐 이별주라는데 어쩌겠어. 마지못해 그러자고 했지. 술은 술술 넘어가는데, 대화는 겉돌았어. 몇 잔 마시지 않았는데 취기가 오르더군. 술이 약한 남편이 먼저 곯아떨어졌어. 그런데 참 이상하지? 잠든 남편의 얼굴을 보고 있으니까 가슴이 아릿하더라고. 남편의 얼굴을 어루만졌지. 남편의 체온이 느껴지면서 몸이 화르르 달아올랐어. 나는 특별한 날에만 입는 자줏빛 실크 잠옷으로 갈아입었지. 차르르 몸에 감기는 감촉 때문인지 마음마저 비단결이 되더라고. 남편의 이마와 입술에 키스했는데 남편의 목에 걸린 넥타이가 거치적거렸어. 그걸 풀어준다는 게 그만 조이고 말았어. 조금만, 조금만 더…… 남편은 애원하다시피 했어. 나는 그런 남편을 외면할 수 없었지. 넥타이를 조이면 조일수록 내 몸도 뜨거워졌어. 남편의 페니스도 논고랑의 살진 물뱀처럼 몸통을 세웠고. 놈이 비단뱀이 되는 것을 상상하는 사이 내 몸에도 물이 차올랐지. 남편이 버둥거리면서 그만하라고 소리쳤어. 나는 멈출 수 없었어. 이미 내 몸의 물이 차고 넘쳤으니까. 남편의 목소리와 내 목소리가 뒤섞여 방 안 가득 울려 퍼졌어. 어느 순간 비단뱀이 축 늘어지는 거야. 나는 맥이 빠졌지만 그렇게 물러설 수 없었어. 놈을 살살 구슬렸지. 아무리 구슬려도 놈은 일어설 생각을 하지 않더군. 비장의 카드를 꺼낼 수밖에. 혀 말이야. 순간, 혀가 얼어붙고 온몸에 소름이 돋았어. 무릎걸음으로 물러났지. 장롱에 붙어 있는 거울에 내 모습이 비치더라고. 이상하지? 거울 앞에 있으면 평소에는 들리지 않는 소리가 들리고 보이지 않던 것도 보이는 거 말이야. 흐트러진 머리칼이며 옷매무새를 바로잡아주는 것도 거울이고. 내가 한 일을 낱낱이 일러주는 것도 거울이지. 거울 속의 내가 울고 있었나, 웃고 있었나.

그 시간 이후로 나에게 세상은 다른 곳이 되었어. 다음 날 아침에도 전날과 다름없이 해가 뜬다는 걸 믿을 수 없었지. 나는 그 이전의 나로 돌아갈 수 없다는 걸 깨달았어. 햇살이 거실을 환히 비출 때까지 기다렸다가 베란다로 나갔지. 당신을 생각하면서. 나의 예민한 후각은 벌써 당신에게서 범죄의 냄새를 맡았거든. 다 죽여버릴 거야, 라는 말을 입에 달고 사는 당신. 당신이라면 그 일을 해낼 거라는 믿음 말이야.

정오를 막 지나온 해를 받은 영산홍이 마지막 꽃망울을 터뜨릴 무렵, 당신이 나타났어. 나는 달려 나가고 싶은 걸 꾹 참으며 당신을 지켜봤지. 예상대로 당신은 몸을 제대로 가누지 못했어. 툭 건드리기만 해도 고꾸라질 것 같더군. 당신의 목에 분홍색 넥타이를 매어주는 상상을 하자 깜깜하던 내 머릿속에 불이 들어왔어. 내 각본대로라면, 분홍색 넥타이를 맨 당신은 남편과 술을 마신 거야. 남편은 당신이 권하는 술을 넙죽넙죽 받아 마신 뒤 잠이 들었고. 당신은 그 넥타이로 남편을……

나는 흠흠, 콧노래를 부르며 화단으로 나갔어. 꽃잎보다 붉은 얼굴로 당신이 꽃잎을 따고 있었지. 꽃잎이 한 장 한 장 당신의 발밑으로 떨어졌어. 당신의 옆구리 가까이에 거미줄이 쳐져 있더군. 거기서 무당거미 한 마리가 그네를 타고 있었어. 교미 후에 수거미를 먹어 치우는 거미 말이야. 그림으로 치면 완벽한 구도였어. 꽃잎에서 손을 뗀 당신은 나와 눈이 마주치자 머리를 긁적이며 고개를 돌리더군. 못을 하나 박아야 하는데, 부탁드려도 될까요? 남편이 출장 중이라서요. 당신은 내 눈을 쳐다보지도 않고 예, 예, 라고 했지. 뭐든 거절하지 못하는 사람 특유의 말투 있잖아. 딩동댕! 내 머릿속에서는 일 단계 통과를 알리는 벨이 울렸어. 나는 당신에게 미리 준비해둔 물을 건넸지. 내가 먹는 수면제 몇 알을 녹인 물 말이야. 당신은 취했는데도 한 치의 흐트러짐 없이 정확한 위치에 못을 박았지. 그렇게 손끝이 섬세한 당신이라면 그 일도 무난히 해내겠구나 싶더군. 비로소 안도의 숨이 터져 나왔어. 나는 허브차와 과일을 내놓으며 당신의 눈동자가 풀어질 때를 기다렸지. 당신은 어쩔 줄 몰라 했어. 또 몽롱해지는 정신을 다잡느라 애쓰고 말이야. 하지만 의지라는 게 몸을 당해낼 수 없는 거잖아. 서서히 당신의 눈꺼풀이 내려앉더라고. 이제 됐다 싶더군. 얼마 안 가서 당신은 소파에 앉은 채 잠이 들었지. 아로마 향기 가득한 거실에 시디플레이어에서는 바흐가 어느 백작의 잠을 위해 만들었다는 '골드베르크 변주곡'이 흘러나오고. 나는 당신의 셔츠 단추를 풀어주고 양말도 벗겨주었어. 당신이 코를 골기 시작할 즈음, 분홍색 넥타이를 사러 나갔지. 당신 것과 같은 걸 찾으려고 발품을 좀 팔아야 했어. 내가 돌아왔을 때까지 당신은 깊은 잠에 빠져 있더군. 나는 넥타이가 적당히 낡게 보이도록 실밥을 뜯고 흠집도 냈어. 김칫국물도 한 방울 톡 떨어뜨렸다가 수세미로 문지르고. 어스름 녘에 깨어난 당신은 맨발에 앞섶이 벌어진 셔츠를 보고는 놀라움을 감추지 못하더군. 내게 몇 번이나 죄송하다며 머리를 조아렸어. 폐가 많았습니다, 하고는 셔츠 단추도 제대로 채우지 않은 채 현관으로 향했지. 양말은 한 짝만 꿰어 신고 말이야. 그렇게 어리숙한 당신이 마음에 들더군. 해장국을 끓였는데 드시고 가세요. 아닙니다. 나는 미소를 머금었어. 신세를 졌으니 갚아야죠, 하면서 말이지. 당신은 또 아닙니다, 라고 하면서 허리를 굽히더군. 제 성의를 생각해서 조금만이라도 드세요. 당신은 고개를 저었지만, 술에 절어 있던 당신의 위장은 콩나물이 익으며 내는 냄새의 유혹을 뿌리치지 못했지. 아니, 당신의 팔을 잡는 내 손의 유혹을. 앙큼한 여배우의 농염한 제스처를 말이야.

당신은 식탁 앞에 앉았어. 흔들리는 당신의 어깨를 따라 내 가슴도 덜그럭거렸지. 헉, 소리를 내며 당신이 고개를 떨어뜨렸어. 기어이 어린아이처럼 소리 내어 울더군. 나도 당신처럼 그렇게 울고 싶었어. 울 수 있는 당신이 부러웠지. 죽고 싶었습니다! 가여운 당신. 하지만 나는 당신의 넋두리나 듣고 있을 만큼 한가하지 않았어. 남편이 죽었어요. 당신의 눈을 뚫어지라 바라보며 말했어. 당신은 내 말의 뜻을 얼른 알아차리지 못하더군. 나는 손가락으로 안방을 가리키면서 저기 남편이 있어요, 라고 말했어. 도와주세요. 무슨 말씀이신지? 제발 도와주세요. 당신은 영문도 모른 채 방으로 들어갔지. 방을 나오는 당신은 사시나무처럼 떨더군. 저, 전 이만 가보겠습니다. 더듬거리는 당신의 말을 나는 얼른 낚아챘어. 우리 두 사람 다 살길이 있어요. 보험금이요. 나는 남편이 죽기까지의 자초지종을 설명했어. 조곤조곤, 애절한 뉘앙스로. 남편은 원래 내성적이었어요. 밖에서 억울한 일을 당했다면서 무슨 일인지 말은 안 하고 혼자 끙끙 앓았어요. 잠도 못 자고요. 수면제 삼아 술을 마시기 시작했는데 그게 중독돼서 술만 마시면 이렇게 저를…… 나는 당신에게 내 몸에 든 멍을 보여줬어. 웬 멍이냐고? 물론, 그것도 미리 준비해두었던 거지. 당신이 못을 박은 그 망치로 말이야. 당신은 몹시 안쓰럽다는 표정으로 나를 바라보았어. 남편은 몹시 괴로워했어요. 자기가 왜 그랬는지 모르겠다면서요. 술을 마시다가 결국 자해를…… 당신을 위해서라면 죽을 수도 있어. 아니, 만약 내가 죽는다면 그건 당신을 위해서야. 나는 남편의 말을 그대로 당신에게 옮겼지. 남편은 돌이킬 수 없는 길을 가게 되리라는 걸 알고 있었던 거예요. 하지만 잘못은 저에게도 있어요. 남편을 막지 못했으니까요. 그러니까 남편을 죽인 건 저예요. 저도 남편을 뒤따라가야 한다는 생각도 해봤어요. 말도 안 돼요, 라고 하면서 당신의 눈은 내 손과 발을 어루만져주더군. 극중 배역에 몰입한 배우가 상대의 다음 동작을 꿰뚫고 호흡을 조절하듯 나는 당신을 바라보면서 말했어. 부탁이에요. 우리 같이 해봐요. 죄송합니다. 전 할 수 없어요…… 생각보다 쉬울 수도 있어요. 아뇨, 전 모르는 일입니다. 안 들은 것으로 하겠습니다. 어차피 남편은 죽었고, 보험금은 남편이 저를 위해 남긴 거예요. 전 못합니다. 정말 못합니다. 하지만 당신의 눈은 벌써 저 덩어리를 어떻게 처리해야 하나, 머리를 굴리고 있더군. 신고하세요. 그래야 합니다. 천만에, 그럴 거면 애초 당신을 끌어들이지도 않았겠지. 나는 당신을 쏘아봤어. 그제야 당신도 그걸 깨닫는 눈치였어. 이미 당신은 그 일에서 벗어날 수 없다는 걸. 그 일을 하지 않고는 내 집에서 한 발짝도 나갈 수 없다는 걸 말이야. 살아 있는 사람은 살아야 하잖아요. 제발! 저더러 뭘 어떻게 하란 말입니까? 제가 하라는 대로만 하면 돼요. 나는 내 머릿속의 그림을 펼쳐 보였어. 경찰이 그걸 믿어줄 것 같아요? 그거야 우리 하기 나름이죠. 한껏 무르익은 배우의 제스처에 당신은 두 손을 들고 말았지. 선생님이 가르쳐주신 거니까 오답이라도 기꺼이 적겠어요, 하는 학생의 표정으로 말이야.

하늘은 스스로 돕는 자를 도우시느라 비구름이 몰려오기 시작했어. 밤이 깊어지자 비가 억수로 쏟아졌지. 자정이 지나고도 한 시간쯤 더 기다렸어. 오가는 사람이 거의 없는 시간까지 말이야. 우리는 손발이 잘 맞았지. 일층에 사는 덕도 톡톡히 봤고. 집 앞에 세워둔 남편 차에 덩어리를 옮길 때까지 길고양이 한 마리 얼씬하지 않았어. 곳곳에 설치된 감시카메라부터 살피는 당신이 어쩌나 미덥던지. 당신은 멀리 큰길가에 세워둔, 다음 날 팔아치우기로 한 트럭을 몰고 내가 운전하는 차를 뒤따랐어. 당신의 운전 실력은 과연 남달랐어. 목적지에 다다랐을 때 우리는 덩어리를 운전석으로 옮기고 안전벨트로 고정한 뒤 사이드브레이크를 풀었어. 당신의 트럭이 서서히 남편 차를 밀었지. 살인 사건을 추격하던 경찰이 빗길에 낭떠러지로 구른 남편 차를 발견한 것은 일주일이 지난 뒤였어. 남편의 시신은 사망 시간을 추측할 수 없을 만큼 훼손됐고. 차 안에는 내가 당신 모르게 살짝 떨어뜨려놓은 분홍색 넥타이가 나뒹굴고 말이야.

　일을 끝낸 뒤 우리는 당신의 트럭으로 돌아왔어. 바람이 미친 듯이 불더군. 활엽수의 커다란 이파리들이 뒤엉키며 쏴악쏵 소리를 내질렀어. 곧 메아리로 울려 퍼졌고. 남은 여정을 위한 숨 고르기라고나 할까, 당신은 말없이 창밖을 내다보았지. 그런 당신을 보고 있는데 무당거미가 떠올랐어. 영산홍 꽃잎을 따고 있던 당신 옆에서 그네를 타던 무당거미 말이야. 참 이상도 하지? 왜 하필 그 거미가 떠올랐을까. 우리는 돌아갈 길을 잃은 사람들처럼 한참을 거기에 머물러 있었어. 차 안에 갇힌 공기는 습하고 탁했어. 숨이 턱턱 막힐 지경이었지. 창문을 열자 거센 빗줄기가 들이쳤어. 우리는 머리끝에서 발끝까지 흠뻑 젖었어. 정수리가 쩍 갈라지는 느낌, 그건 외로움이었을까. 우리는 서로의 입술을 핥기 시작했어. 그래, 섹스는 외로울 때 하는 거니까. 그래야 제맛이니까. 운명, 당신은 우리가 만난 것은 운명이라고 했어. 그건 오히려 내가 하고 싶은 말이었는데. 고맙게도 당신의 분홍색 넥타이가 당신 차의 조수석 의자에 끼어 있었거든. 다시는 그 넥타이를 맬 수 없게 된 당신, 아무것도 모르는 당신은 미친 바람처럼 나를 안아주었지. 다 잘될 거라고 말하면서 말이야.

기나긴 유랑을 마치고 돌아온 여행자들처럼 우리는 각자의 자리로 돌아갔어. 당신은 빚을 갚고 가족도 찾았지. 나는 신도시의 새로 지은 아파트에 입주했고. 내 나이 묻지 마세요, 내 이름도 묻지 마세요, 어쩌고 하는 유행가 가사처럼 삶은 조금 무겁고 또 그만큼 가벼웠어. 지옥을 빠져나온 자만이 누릴 수 있는 행복이라고나 할까, 봄바람에 허파가 부풀어 오르는 나날이었지. 그런데 인생이란 흘러가는 게 아니라 채워지는 거라더니, 그 말이 맞나 봐. 별안간 남편의 제자, 그 스토커가 나타난 걸 보면 말이야.

남편의 죽음에 의문을 품은 그녀가 나의 일거수일투족을 감시했더군. 그걸 눈치채지 못한 것은 우리의 가장 큰 실수였지. 세상이 뒤바뀌는 건 대단한 잘못 때문이 아니라 한낱 작은 실수 때문이라고 했는데 말이야. 그녀는 당신과 내가 도시 외곽의 찻집이나 음식점, 러브호텔에 드나든 걸 알고 있었어. 우리가 서로의 앞집에 살았다는 것도. 그녀는 내가 질투심 때문에 남편을 죽인 여자라며 당신에게 신고하라고 했다지? 그러지 않으면 자기가 당신을 고발하겠다고. 당신은 얼굴이 하얗게 질려 나를 찾아왔지. 그런 당신의 모습을 봤을 때 어찌나 웃음이 나오던지. 겨우 그 말을 전하려고 온 거예요? 아니, 보고 싶어서. 너무 간절해서 오히려 담백한 목소리였어. 눈빛만은 여전히 불길했지. 착각하지 말아요. 우리의 거래는 오래전에 끝났어요. 당신의 눈이 벌게지더군. 우리 같이 떠납

시다. 아무도 찾을 수 없는 곳으로. 미안하지만 그런 일은 절대 없을 거예요. 내 말을 들어요. 제발! 내가 지켜줄게요. 가여운 당신, 당신은 모든 걸 떠안고 자수하고 싶지만 나를 혼자 남겨둘 수가 없어서 그렇게 하지 못한다고 했어. 나는 코웃음 쳤어. 대체 당신이 뭘 떠안는다는 거지? 모두 다요. 모두 다? 그래요, 당신이 무사할 수 있다면 모두 다 떠안을 수 있어요, 라고 하면서 나를 껴안았어. 순간, 내 머릿속에서 번개가 치듯 그 일이 떠올랐어. 이별주를 마시고 잠든 남편에게 내가 한 일 말이야. 나는 당신을 밀어냈어. 처음부터 내가 한 짓을 다 알고 있었다고 당신 눈이 말했어. 그래? 그래서 뭐 어쩌라고? 나도 눈으로 말했지. 당신은 나를 다시 껴안았어. 그만 돌아가요. 더 이상 찾아오지도 말고. 아뇨, 난 끝까지 당신을 지킬 겁니다. 사랑해요. 당신이 아니면 난 아무것도 아니에요. 당신의 성난 입술이 내 이마와 귀, 목을 지나 가슴을 베어 물었지. 저승에 가서라도 나와 사랑을 나눌 거라고 하면서. 내 머리는 당신을 내치는데 내 몸은 아니었어. 당신의 가파른 숨을 따라 물이 차오르고, 기어이 둑처럼 터졌지. 당신 말대로 우린 운명이었던 거야. 아니, 당신의 운명!

그래, 나는 당신을 신고했어.

앞집 남자 말예요, 남편하고 내가 와인이라도 한잔하려는 날이면 꼭 남편을 불러냈어요. 분위기 파악도 못하고. 숙맥인 남편은 그 사람한테 보험을 들었다고 자랑했나 봐요. 아내를 사랑한다면 그런 것쯤 들어줘야 한다고요. 그게 그만 고양이 입에 생선을 물려준 꼴이 됐지 뭐예요. 그날 제가 외출했다가 돌아왔을 때 남편은 이미…… 그 사람이 남편을 넥타이로…… 그것도 모자라 저를…… 노련한 배우의 표정과 목소리로 말이야. 물론, 겁에 질린 여자의 몸짓도 연출했지. 왜 여태 신고하지 않았습니까? 경찰이 묻더군. 무서웠어요. 그 사람이 날 죽이겠다고…… 내가 이사 간 걸 어떻게 알고 찾아와서는 내가 죽은 다음에도 나를 따라올 거라고…… 저승에 가서라도 나와 사랑을 나누고 싶다던 당신 말이 생각났거든.

　다 잘될 거라고 나를 위로한 당신. 이제 당신은 꼼짝없이 남편을 죽인 배역을 맡게 됐지 뭐야. 가족이 떠나버린 집 앞을 어슬렁거렸던 당신, 남편의 시신 옆에서 발견된 분홍색 넥타이의 주인인 당신. 아, 정말 소름 끼쳐요. 그 소리. 다 죽여버릴 거라고 했어요. 온 동네에 쩌렁쩌렁 울렸다니까요. 맞아요. 분홍색 넥타이, 그걸 늘 매고 다녔어요. 동네 여자들은 당신의 목소리를 흉내 내어 다 죽여버릴 거야, 라고 하며 그 분홍색 넥타이를 읊조리겠지. 어때, 이만하면 완벽하지 않아? 나의 세번째 남자인 당신.

　땡큐! 당신.

아내의 이구아나

새벽 다섯시. 일요일인데도 습관적으로 눈이 떠졌다. 초침 소리 때문에 방은 더욱 고요했다. 옆구리가 허전해서 손을 뻗었는데 아내의 자리가 비어 있었다. 침대 모서리로 밀려난 베개와 핏자국이 남은 시트만이 아내가 누워 있던 자리임을 말해주었다.

각방을 쓰고 일주일에 한 번, 정해진 요일에만 관계해야 하는 것이 아내가 제시한 결혼 조건이었다. 어제저녁 동료들과 마신 술이 과했던 터에 그 규약을 깨고 말았다. 취기 때문인지 아내의 발그레한 얼굴을 보자 아랫도리가 불끈 일어섰다. 아내에게 매달리다시피 했다. 그날이야, 하며 아내가 매몰차게 돌아섰다. 슬그머니 오기가 났다. 어떻게 된 게 툭하면 그날이야? 아내의 생리통이 심한데다 유산 후 생리 주기가 흐트러졌다는 걸 알면서도 나는 떼를 썼다. 그에 아랑곳하지 않고 돌아서는 아내를 붙잡아 억지로 침대에 쓰러뜨렸다. 아내의 귓속에 숨을 불어넣으며 사랑한다고 목젖이 달랑거리도록 말했다. 문득 금기를 깨면 안 된다는 생각이 들자 사납게 내달리던 놈이 주춤했다. 순간, 아내가 내 위로 올라왔다. 아내의 긴 머리칼이 내 얼굴로 쏟아졌다. 몰캉한 젖무덤이 내 가슴과 배 위로 무너져내렸다. 사향노루 수컷의 하복부 향낭을 쪼개 말린 가루에서 난다는 사향, 그 향기가 음낭을 통과해 온몸으로 스며들었다. 급류에 휘말리듯 사정하고는 곧바로 잠에 빠져들었다. 잠결에도 아내가 곁에 있는 걸 알아차렸을 때는 생각지도 않은 보너스를 받은 기분이었다. 관계 후에도 잠은 따로 자는 것이 규약이었으니까. 아내의 배에 슬쩍 다리를 올려놓았다. 거칠게 다리를 밀쳐내는 아내의 손이 파충류의 거죽처럼 차갑고 축축했다. 모처럼 받은 보너스를 날치기 당한 기분을 떨치지 못하고 코 고는 시늉을 했다. 곧 다시 잠에 빠져들고 말았지만.

잠의 부스러기를 털어내기 위해 기지개를 켰다. 관절에서 우두둑 소리가 났다. 헬스장에라도 다녀야지, 다짐하며 두 손으로 관자놀이를 눌렀다. 머릿속이 조금 맑아지는 느낌이었다.

욕실을 향해 가다가 무심코 아내의 방 쪽을 돌아보았다. 방문이 빠끔 열려 있었다. 아내는 문을 잠그고 자는데, 이상했다. 발소리를 죽인 채 아내의 방 앞으로 갔다. 아내의 방문을 함부로 열면 안 되는 것도 규약 중의 하나였다. 어차피 망쳐 버린 일인데 싶어 헛기침을 두어 차례 한 뒤 방문을 열었다.

가지런한 침구에는 아내가 자고 일어난 흔적이 없었다. 조금 전, 안방 침대에서 느꼈던 것과는 또 다른 허탈감이 밀려 왔다. 혹시나 하고 욕실을 두드렸지만 역시 기척이 없었다. 사우나라도 갔나? 대중탕은 병균의 집합소라고 여겨 발걸음도 하지 않던 아내가 무슨 바람이 불었는지 얼마 전부터 이따금 드나들었다. 이 새벽에 사우나에 갈 이유가 뭔가. 더구나 생리 중에. 게다가 최근 며칠은 겨울잠을 자는 동물처럼 꼼짝하지 않았다.

담배 생각이 간절했지만 대신 커피를 타서 들고 베란다로 나갔는데 뭔가가 발에 챘다. 양배추를 먹고 있는 이구아나를 보는 순간, 등줄기가 서늘했다. 한 달 전에 놈은 스스로 꼬리를 자르고 사라졌다. 그새 오 센티미터는 자란데다 거죽의 청록빛도 짙어졌다. 고막 아래 둥그런 비늘과 주둥이 부근에 튀어나온 혹만 해도 전의 두 배는 되었다. 무엇보다 잘린 꼬리가 볼썽사납게 자랐다. 가족이 어쩌고 하면서 끔찍이 여기던 놈을 아내는 왜 해치려고 했던 것일까.

보름 전쯤, 이른 저녁이었다. 아내는 이구아나를 목욕시켰다. 나는 공연히 심술이 나서 소파에 벌렁 누워 한창 뜨는 예능 프로를 보았다. 예능 프로가 끝나고 채널을 돌렸는데 영화

전문 채널에서 낯 뜨거운 정사 장면이 펼쳐졌다. 순간, 포르노를 보면서 관계한다는 동료의 말이 귀를 간질였다. 텔레비전 앞으로 아내를 불러들일 기회를 엿보았다. 몇 번인가 아내를 곁눈질했는데 어느 순간 아내의 손에 전지가위가 들려 있었다. 아내의 눈동자가 불안하게 흔들렸다. 아내가 놈에게 가위를 내리쳤다. 놈이 꼬리를 자르고 잽싸게 달아났다.

그 뒤로 아내는 그 어떤 것에도 흥미를 보이지 않았다. 놈이 눈앞에서 알짱거렸을 때가 오히려 나았다는 생각마저 들었다. 놈이 어디엔가 숨어서 내 혼을 야금야금 파먹는 것 같았다. 자꾸 이상한 꿈을 꿔. 무슨 꿈? 불길 속에서 공룡이 살려달라고 하는데 난 아무것도 못해줬어…… 놈을 찾아내야만 했다. 세탁소용 옷걸이를 길게 늘여서 서랍장과 장롱, 침대 밑이며 틈이란 틈은 모조리 쑤셔댔지만 소용없었다. 아내는 놈을 꾀기 위해 곳곳에 푸성귀를 놓아두었다. 나는 이불 속이나 욕조, 하다못해 변기에서 놈이 불쑥 튀어나오는 상상을 하며 진저리쳤다. 심지어 놈이 내 머리통을 갉아먹고 있는 게 보이기도 했다. 놈의 숨통을 끊어버리지 않고는 마음을 놓을 수가 없었다. 밤마다 아내 모르게 양배추를 양파로, 브로콜리를 마늘로 바꿔놓으면서 아침이면 널브러져 있는 놈과 마주하기를 바랐다. 한동안 놈이 보이지 않기에 한시름 놓았다. 그런데 다시 나타나다니. 그것도 하필 아내가 사라져버린 이 시점일 것은 뭔가.

일 년 전 유산의 후유증으로 아내는 육식을 하지 않았다. 몸무게가 오 킬로그램 이상 줄고 신경이 날카로워졌다. 그런 아내를 위해 나는 고무나무, 페페로미아, 쉐프렐라홍콩, 천냥금, 마삭줄쟈스민, 인디아, 콤팩타, 파키라까지 물만 주면 어지간해서 죽지 않는 화초를 사들였다. 화초를 키우면서 아내가 마음을 다스리기를 바랐다. 화초에는 도통 관심을 보이지 않던 아내가 별안간 이구아나를 기르자고 했다. 그 징그러운 파충류를 집 안에 두자고? 징그럽기는, 얼마나 귀여운데. 순하지 정 많지…… 나는 이구아나든 뭐든 파충류라면 질색이었다. 어렸을 때 풀숲에서 도마뱀을 보고 호기심에 슬쩍 손을 댔다가 소스라쳤다. 그 괴이한 감촉이라니. 금붕어는 어때? 수족관도 근사한 거로 사고. 아니면 청거북? 싫어. 그럼 햄스터? 아니, 난 이구아나를 기르고 싶어.

둘만의 공간에 새로운 생명이 들어오자 처음에는 활기가 돌았다. 나는 놈의 몰골이 우스꽝스러워 들여다보기도 하고, 아내에게 잘 보이려고 놈에게 아양도 떨었다. 이 녀석이 날 알아보나 봐. 뜬금없는 말을 하고 아내는 놈을 만져주고 목욕시켰다. 갓난아이의 엉덩이에 파우더를 토닥이듯 놈의 거죽을 닦아주었다. 보송보송해. 당신도 만져봐. 나는 흠칫해서 물러섰다. 놈의 거죽에 콩알만 한 갈색 반점이 돋자 아내의 얼굴이 하얗게 질렸다. 스트레스를 받은 거야. 이래서 오래 혼자 놔두면 안 되는 건데. 아내는 어지간해서는 밖에 나가지 않았다. 마트에 들러서도 종종걸음을 쳤다. 장바구니의 반은 놈의 것들로 채워졌다. 상추와 당근, 브로콜리, 애호박도 놈이 우선이었다. 그 채소들이 식탁에 오르면 놈이 먹고 남긴 걸 청소하는 기분이었다. 나중에는 그것들을 입에 대기조차 싫었다. 놈에게 사료를 먹이라고 해도 아내는 귓등으로도 안 들었다. 사료는 부족한 단백질과 칼슘 공급을 위한 이유식 정도로 족하다는 거였다.

놈은 무럭무럭 자랐다. 삼사 년만 지나면 이 미터까지 자란대. 아내는 베란다의 삼 분의 일을 차지하는 사육장을 주문 제작했다. 그게 베란다에 떡 버티고 있는 걸 보기만 해도 숨이 막힐 지경이었다. 놈을 몇 년씩이나 집에 두어야 한다는 것은 생각만으로도 끔찍했다. 나와 반대로 아내는 표정에 생기가 돌았다. 바닥재로 신문지가 좋다고 했다가 신문지에서 나오는 잉크가 몸에 해롭다며 톱밥으로 갈아주었다. 놈이 톱밥을 먹는 것을 보고는 소스라쳤다. 좀 비싸더라도 랩티바크로 바꿔야겠어. 자외선을 쏘여주어야 한다며 UVB등을 사고, 멀쩡한 스팟램프를 놔두고 놈의 건강에 이롭다며 락히터로 바꾸었다. 놈의 쉼터로 나무 그늘까지 만들어주었다. 넉 달째 접어들자 아예 놈을 풀어 기르자고 했다. 머리카락 하나 떨어져 있는 것도 못 보던 아내였다. 그건 안 되지. 왜 안 돼? 가족인데. 뭐, 가족? 난 얘가 피붙이처럼 당겨. 잘 놀라지, 따뜻한 거 좋아하지, 남하고 어울리는 거 싫어하지, 나랑 닮았어.

당신, 지금 제정신이야? 놈 때문에 티격태격하는 일이 벌어졌다.

나는 놈을 노려보았다. 놈도 주황색 눈알을 이리저리 굴리면서 볏을 세웠다. 주먹으로 으르자 놈이 쉬잇, 소리를 냈다. 놈의 머리통을 날려버리고 싶은 걸 가까스로 누르고 쓰다듬는 척했다. 놈이 눈을 감고 입맛을 다시며 발톱을 갉작였다. 네놈이 정 그렇게 나온다면 나도 생각이 있지. 뜨거운 물을 채운 욕조에 놈을 집어넣었다. 발버둥 치는 놈을 만져주는 척하다가 목을 비틀었다. 놈이 죽을힘을 다해 몸을 뒤트는 바람에 손아귀의 힘이 풀렸다. 그사이에 놈이 내뺐다. 놈을 잡아서 숨통을 끊어버릴 작정으로 샅샅이 뒤졌지만 끝내 찾지 못했다. 어이없게도 놈에게 진 기분이었다.

설마 했는데, 아내는 밤이 지나도록 돌아오지 않았다. 어제와는 또 다른 기분이고 조바심이 났다. 아내의 휴대전화에서는 받을 수 없다는 멘트만 계속되었다. 커피포트에 물을 올리다가 문득 등 뒤에서 허리를 감싸는 아내를 느꼈다. 밥 먹기 전에 먹는 커피는 안 좋다니까. 자, 이거 마셔. 아내가 매일 아침 내밀던 토마토 주스를 다시 마실 날이 올까. 아니, 아무 일도 없을 거야, 곧 돌아오겠지. 커피를 마시지 않고 샤워를 하러 욕실로 들어갔다. 팬티만 걸친 채 거울 앞에 선 사내의 눈썹 사이에 주름이 깊었다. 이마에 얼마 안 남은 머리카락마저 희끗희끗했다. 누런 이 사이로 거뭇거뭇한 충치 자국이 드러났다. 이와 이 사이가 벌어지고 잇몸이 들떴다. 의식하지 못하는 사이에 아내와 나 사이도 이렇게 되었을까. 일주일에 사나흘은 야근에, 지방 취재다 뭐다 해서 출장도 잦았다. 아내와 대화다운 대화를 나눈 게 언제였던가.

결혼하고 이 년 남짓 부부싸움 한번 하지 않았다. 내가 술에 취해 늦게 들어와도 아내는 싫은 내색 없이 넘어갔다. 월급이 적어도 투정하지 않고 오히려 나를 위로했다. 그런 아내가 고마울 뿐이었다. 그런데 이따금 아내가 이상하다는 생각이 들곤 했다. 나와 이야기하다가도 딴생각에 잠기거나 멍해질 때가 많았다. 관계할 때마저 그러는 터에 기껏 달아오른 몸이 식어버리곤 했다. 보름 전 일만 해도 도무지 이해할 수 없었다.

한밤중에 목이 말라 거실로 나가다가 멈칫했다. 아내가 붙박이장에서 무언가를 꺼내 입에 털어 넣더니 소리 내어 씹어 삼켰다. 눈은 무언가에 단단히 홀려 있었다. 잠결에 잘못 봤나 했는데 문제는 다음 날 아침이었다. 이거 왜 꺼내놨어? 뭐? 이 사료. 아내는 식탁 위에 놓인 이구아나 사료 봉지를 들고 있었다. 사료? 당신이 꺼내놓은 거 아냐? 아니. 이상하네? 저기 넣어둔 건데 왜 여기 나와 있지? 바닥에도 떨어져 있고. 인쥐가 있나 보지 뭐. 나는 일부러 대수롭지 않게 말하며 아내의 표정을 살폈다. 아내는 아무것도 기억하지 못했다. 나 또한 아내가 간밤에 먹은 것이 이구아나의 사료라고는 믿고 싶지 않았다. 하지만 그날 저녁 퇴근해 돌아왔을 때는 사정이 또 달랐다. 아내가 생호박을 우적우적 베어 먹고 있었다. 며칠 굶은 사람의 모습이었다. 내가 들어온 것도 알아채지 못했다. 호박을 다 먹은 뒤에는 손을 핥으며 연방 입맛을 다셨다. 당신 뭐 해? 그제야 아내는 멀뚱히 나를 쳐다보았다. 내가 누구인지조차 모르는 눈빛. 아내가 딴 세상 사람처럼 낯설었다.

그런 일들과 아내의 느닷없는 외박에 무슨 연관이 있는 걸까. 실종 신고를 해야 하는지도 고민스러웠다. 사고라면 벌써 연락이 왔겠지. 혹시 외도? 그 가능성은 더 멀었다. 남자는커녕 친구를 만나는 것도 보지 못했다. 외출이라고는 나와 함께 마트에 가는 게 고작이었다. 그럼에도 이번 아내의 외출이 길어질 거라는 예감은 어디서 오는 것일까.

여느 때보다 조심조심 수염을 밀었다. 반듯하게 다려진 바지와 셔츠를 보자 와락 아내가 그리웠다. 아내의 코트 옆에 걸린 점퍼를 입고 출근을 서둘렀다. 엘리베이터 앞에 서 있는데 가스 밸브를 잠그지 않은 것 같아 꺼림칙했다. 매번 되돌아가 확인하는 아내를 타박하곤 했었는데.

가스 밸브는 굳게 잠겨 있었다. 별일이 아닌데도 맥이 빠졌다. 소파에 털썩 주저앉아 있는데 인터폰이 울렸다. 화면에 비친 얼굴은 아파트 상가에 있는 슈퍼마켓 청년이었다.

"배달 왔습니다."

"시킨 거 없는데요."

"맥주 한 박스 시키셨잖아요? 오늘 배달……"

"안 시켰다니까요."

"어, 맞는데. 저기요……"

상대의 말을 자르고 인터폰을 내려놓았다. 엉뚱한 데다 화풀이하고는 내심 켕겼다. 다시 인터폰이 울렸을 때는 받지 않았다. 기분이 뒤숭숭해서 출근할 마음도 달아났다. 회사에 전화를 걸어 몸이 아프다고 둘러댔다.

아내의 방에 무슨 단서가 있지는 않을까. 아내의 방문을 열었다. 정돈된 침구와 가지런히 놓인 소지품들만이 아내의 부재를 확인시켜줄 뿐이었다. 침대에 걸터앉았는데 엉덩이 아래에서 이물감이 느껴졌다. 그것이 아내의 휴대전화라는 걸 확인하는 순간, 가슴이 벌렁거렸다. 부재중 전화는 모두 내 번호이고, 저장된 연락처 하나가 없었다. 없는 것은 연락처일 뿐인데, 아내가 세상에 존재하지 않았던 것처럼 느껴지는 것은 왜일까. 아내의 흔적을 찾아야만 했다. 화장대 서랍은 텅 비어 있었다. 워낙 깔끔한 성격에 정리벽이 있다고 해도 이 정도일 줄이야. 옷장이며 신발장을 열어보았다. 아내가 무슨 옷을 입고 어떤 신발을 신고 나갔는지 짐작할 수 없었다. 아내에게 이토록 무심했었나. 부끄러움의 밑바닥에서 길고 어두운 터널이 보였다.

아내의 고향은 전라도 어느 소도시에서 배를 타고 두 시간을 들어가는 섬이라고 했다. 갑작스러운 부음을 듣고 고향에 갔다가 배 시간을 놓쳤을까. 허둥대다 휴대전화를 두고 나갔고, 연락하는 것을 깜박했는지도 모른다. 캐나다에 있다는 언니에게 문제가 생긴 건 아닐까. 전에도 한번 아내는 언니를 만난다고 나가서 자정이 넘어서야 들어왔다. 처형이 왔으면 나한테도 알렸어야지. 당신 일도 바쁜데 뭐 하러. 잘 지내신대? 응? 아내의 텅 빈 눈을 보고 대답을 듣지 못할 거라고 예감했다. 더 이상 묻지 않았다.

그날처럼 지친 모습으로 아내가 돌아왔을 때를 위해 뭔가 해두고 싶었다. 화초에 물을 주고 누렇게 뜬 이파리들을 떼어냈다. 신문과 잡지를 한데 모아 분리수거함에 넣었다. 자상한 남편의 이미지를 떠오르게 하는 광고 속의 모델처럼 빨래 건조대의 수건과 속옷들을 걷어 개켰다. 브래지어와 팬티를 펼쳐놓고 그 안에 아내의 몸을 그려 넣었다. 갑자기 목이 메었다.

베란다로 저녁볕이 흘러들었다. 눈을 감자 눈을 뜨고 있을 때는 보이지 않았던 것들이 보였다. 미세한 먼지의 부피, 구아버의 열매가 벌어지는 모양, 스파트필름의 꽃잎이 열리는 움직임이 파노라마로 흘러갔다. 식물도 색에 반응하고 냄새를 맡는다고 했다. 환경이 주는 스트레스를 기억하고 저장하며 살짝만 건드려도 죽는 식물도 있었다. 아내를 위해 해준 게 뭐였나. 집안일이라면 손가락 하나 까닥하지 않고 리모컨이나 들고 뒹군 남편이라니.

욕조와 세면대, 변기를 닦고 구석구석 먼지를 털어냈다. 청
소기를 돌린 뒤 아내가 했던 것처럼 테이프로 머리칼과 음모
를 없앴다. 진작 이렇게 했더라면 지금처럼 후회하는 일은 없
었을까. 아니, 이번 일을 본보기 삼아 잘못된 걸 바로잡으면
되는 거지. 부지런히 몸을 움직였다. 옷가지를 세탁하려고 세
탁기의 덮개를 여는 순간, 둔탁한 것으로 정수리를 맞은 것처
럼 멍했다. 세탁조에 빈 맥주 캔이 차곡차곡 쟁여져 있었다.
족히 한 박스는 되었다. 맥주 배달을 왔던 청년이 떠올랐다.
혹시나 해서 열어본 다용도실의 벽장에도 와인 병이 가득했
다. 조립식 식탁 밑의 서랍장과 여러 상자에도 마찬가지였다.
찌그러진 캔과 와인 병들이 괴물처럼 보였다. 그것들이 공중
부양하며 나를 향해 일제히 야유를 퍼부었다. 순식간에 날카
로운 모서리를 세우며 달려들었다.

 머리를 쥐어뜯으며 물러서는 순간, 아내의 휴대전화가 울
리다 끊겼다. 코앞에서 버스를 놓쳤을 때처럼 기운이 빠졌다.
발신 번호를 눌렀다.

 "여보세요?"

 "송은미 씨 폰 아닌가요?"

 아내의 이름은 송은희였다.

 "예?"

 "아, 죄송해요. 제가 잘못 걸었나 봐요."

 전화를 끊으려는 여자에게 혹시 송은희를 찾는 게 아니냐,

하고 물었다. 여자는 대답이 없었다. 다시 물었을 때야 대답이 돌아왔다. 아, 아뇨, 아니에요. 여자의 말이 공중에서 툭툭 부러졌다. 저, 아내가 실종돼서 그러는데…… 뭐, 뭐라구요? 여자의 목소리는 아내를 알고 있다는 걸 숨기지 못했다. 나는 지푸라기를 잡는 심정으로 여자에게 도와달라고 말했다. 여자는 망설이다가 만나자고 했다.

마음은 급한데 걸음은 더디기만 했다.

카페가 한산한데다 여자 혼자인 테이블은 하나밖에 없었다.

"조미라 씨?"

"네."

"신영준입니다."

여자의 눈이 나를 훑어내렸다. 나 역시 여자가 누구인지 궁금했다. 직업이 직업이니만큼 사람 만나는 일에는 이력이 났는데도 입이 떨어지지 않았다.

"S 잡지사 기자님 맞죠?"

여자는 내가 쓴 글을 봤다고 했다. 어떤 글인지 모르지만, 잡문이 대부분인 터에 머쓱했다. 게다가 어떤 식으로든 내가 모르는 상대가 나를 알고 있다는 건 부담스러운 일이었다.

"은미, 언제 나갔어요?"

"이틀 전에요."

"어디 아픈 덴 없었나요?"

특별히 아픈 데는 없었다고, 내가 알고 있거나 이번에 알게 된 일들을 털어놓았다. 여자는 담담한 척하느라 애쓰는 표정이었다. 나는 여자로부터 뜻밖의 이야기를 듣게 될 거라고 짐작했다.

"어디서부터 말씀을 드려야 할지 모르겠네요. 그래도 말씀드리는 게 기자님이나 은미한테 좋을 거 같아서요…… 숨긴다고 과거가 없어지는 건 아니니까요. 하지만 과거는 과거일 뿐이니……"

여자는 아내가 돌아와도 모르는 척해달라고 했다. 나는 염려 말라고 하고는 내가 아내를 얼마나 아끼고 사랑하는지 장황하게 떠벌렸다.

"은희가 아니라 은미예요. 일란성쌍둥이거든요. 은희는 죽었어요."

"예?"

"혹시 이 년 전 화재 사건……"

그 일이라면 지금도 생생했다. 그때 전화를 걸어온 여자에게 마음의 빚이 남아 있었다. 처음 전화가 걸려온 건 휴일이었다. 도와주세요. 경찰에 신고하시는 게…… 신고했지만 도움이 안 된다고 했다. 나는 곧 가겠다고 해놓고는 원고 마감이 임박했던 터라 깜박했다. 며칠 후 여자로부터 다시 전화가 왔는데 전보다 훨씬 다급한 목소리였다. 거기 어디예요? 여자가 말한 현장에 도착했을 때는 부연 연기 속에서 소방관들이 시신과 부상자들을 실어내고 있었다. 경찰은 불구경 나온

주민들과 카메라를 든 기자들이 가까이 오지 못하게 막았다. 어떻게 된 겁니까? 업소 애들이 새벽까지 술 마시다 꽁초를 떨어뜨린 거겠죠. 그것은 걸러지지 않은 채 다음 날 아침 신문에 인쇄되었다. 며칠 뒤 국립과학수사연구소는 화재 원인을 알 수 없다고 발표했지만 보도되지 않았다.

"실은 은미랑 저, 거기서 일했어요……"

그 엄청난 화재 사건의 중심에 아내가 있었다니. 나는 애써 아무렇지도 않은 척했지만 이미 지옥의 문에 발을 들여놓은 기분이었다.

"도망치려고 했는데……"

사고가 나기 며칠 전 아내와 여자는 탈출을 시도했다가 붙잡혔다. 때마침 오래도록 연락이 끊겼던 아내의 쌍둥이 언니와 연락이 닿았다. 아내는 언니에게 구조를 요청했다. 경찰은 이미 포주들과 한통속이니까 기자에게 연락하라면서 내 이름을 가르쳐주었다.

"은미와 저는 가까스로 빠져나왔어요. 그런데 은미를 구하려고 왔던 은희는……"

은희는 죽고 은미는 살았다. 그 뒤 은미는 언니의 이름으로 살았다. 그 은미가 바로 아내였다. 이 모든 사실을 모두 받아들여야 하는 것은 나의 몫이었다.

"은미는 업소에 불을 지를 거라고 말하곤 했어요. 거기서 빠져나오려면 그 방법밖에 없었으니까요. 하지만 그게 어디

쉬운 일인가요? 그저 생각뿐이었죠. 그런데 막상 불이 나니까 자기가 그랬다며 미친 듯이 웃어댔어요. 그때 제 옆에서 졸고 있었으면서……"

"불은 왜 난 거죠?"

"글쎄요. 그거야 저도 모르죠."

화재가 일어난 지 두 달쯤 지난 일요일이었다. 반지하 방에서 누워 뒹굴기에는 날씨가 너무 좋았다. 마침 '세계보도사진전'이 생각나서 세종문화회관 미술관을 찾았다. 영양실조에 걸린 젖먹이의 앙상한 손가락이 절망에 빠진 엄마의 입술을 누르고 있는 사진에서 눈을 뗄 수 없었다. 한참이 지나서야 옆으로 자리를 옮겼는데 여자와 몸이 부딪쳤다. 죄송합니다, 하고 비켜서는데 이상하게 전에도 그런 적이 있었던 느낌이 들었다. 더 이상 사진에 몰입이 안 되었다. 다시 몸이 부딪쳤을 때 그녀와 나는 마주친 눈길을 한참이나 거두지 못했다. 차라도 한잔 마시자고 하고 싶었지만, 입이 떨어지지 않았다. 내가 다시 실수로 그녀의 발을 밟았을 때야 비로소 말을 건넸다. 차 한잔하실래요? 그녀가 해맑게 웃었다. 그럴까요? 순간, 기분이 고무공처럼 튀어 올랐다. 몇 마디 더 주고받다가 그녀의 목소리가 낯익다고 느꼈다. 머릿속에 연기가 차오르고 아우성이 들려왔다. 나는 기억의 조각들을 주워 모아 그 목소리의 주인공을 알아냈다. 화재가 일어나기 전에 걸려온 전화 속의 목소리! 설마, 하면서도 장난기가 발동했다. 나는 그녀에게 지나가는 말처럼 물었다. 혹시 전에 저한테 전화한 적 있어요? 네? 어떤 사람하고 목소리가 비슷해서요. 그녀는 네에, 한마디뿐이었다. 내게 한 대답인지 혼자 중얼거린 것인지 알 수 없었다. 그녀는 팔 잘린 아버지 옷의 단추를 채워주는 아이의 모습이 담긴 흑백사진에 눈을 붙박고 있었다. 실없는 말을 해서 간신히 얻은 데이트 기회를 놓치다니. 스스로가 한심했다. 그만 돌아서자, 하면서도 발이 떨어지지 않았다. 그녀를 흘끗거렸다. 그녀는 여전히 사진을 들여다보고 있었다. 한 번만 더 말을 걸어보자 싶어 그녀에게 다가갔다. 저기요. 저요? 예, 목소리가 좋으시네요. 제가요? 예, 성우 하셔도 될 것 같아요. 이런 목소리를 그냥 놔두는 건 목소리에 대한 예의가 아니죠…… 작업용 멘트가 절로 나왔다. 낯선 여자에게 그러기는 처음이었다.

그녀와 미술관 밖으로 나왔을 때는 한낮의 햇볕이 맹위를 떨치고 있었다. 그녀의 관심을 끌어보려고 긴장해서인지 더위도 느끼지 못했다. 그녀의 물색 민소매 원피스와 큐빅이 박힌 샌들, 무엇보다 어깨를 덮은 머리가 인상적이었다. 머리는 언제부터 길렀어요? 짧았던 적이 언제였는지도 모르겠어요. 늘 길었다는 얘기예요? 그녀가 고개를 끄덕였다. 머리 감을 때 불편하지 않아요? 불편하긴요, 말릴 때 기분이 얼마나 좋은데요. 아, 예에. 나는 곱슬머리에 대머리 조짐까지 보여서인지 숱 많은 머리와 긴 머리에 대한 선망이 있었다. 전 어려서부터 머리 때문에 스트레스를 받았어요. 그쪽 머리가 어때서요? 남자 머리가 뻣뻣한 게 더 이상하죠. 정말 그렇게 생각하세요? 물론이죠. 이마도 시원스럽잖아요. 곱슬머리에 대머리가 괜찮다는 여자가 있다니. 그것을 빌미로 그녀에게 술을 사겠다고 했다.

제가 얼마나 한심한 인간이냐면요. 주말이면 쿰쿰한 반지하 방에서 쥐 등짝만 한 침대에 누워 스무 시간 이상을 뒹굴어요. 나는 말해놓고 바로 후회했다. 약속도 한 시간 전에 취소하죠? 그녀가 웃으며 물었다. 어떻게 알았어요? 척하면 척이죠. 혹시 그쪽도? 그녀가 고개를 끄덕였다. 그런 의미에서 건배! 전 한밤중에 컵라면이나 아이스크림을 먹어요. 그녀가 말했다. 치킨이나 족발은요? 사실은 그게 주식이죠. 먹고 나서 꺽꺽거리지 않아요? 토할 때도 있어요. 우울증이라는 게 별건가요, 그런 거죠. 그녀와 나는 다시 술잔을 부딪쳤다. 그거요, 계절성 정서장애라는 건데요, 우리 몸이 받는 햇볕의 양이 줄어들면서 뇌가 멜라토닌의 과다 분비를 돕기 때문에 생기는 병이래요. 주로 겨울에 걸리는데 반지하에 살면 아무 때라도 걸리죠. 내 딴에는 제법 진지하게 말했다. 그러니까 우리가 정서적이니 어쩌니 하는 것들이 실은 신체적인 현상이다, 그 말이네요? 그녀가 되물었다. 바로 그거예요. 혹시 그 병 치료제는 없어요? 이천오백 럭스 이상 밝기의 전구요. 그걸 구하느니 차라리 옥탑방으로 이사 가는 게 쉬울걸요? 그렇게 시답지 않은 이야기에 손바닥을 마주치면서 술집을 세 군데나 옮겨 다녔다. 그 일은 지루한 일상에 불씨가 당겨진 사건이었다.

술기운 탓도 있었겠지만, 그녀와 나는 죽이 잘 맞았다. 물론, 첫눈에 반했다거나 오랫동안 기다려온 바로 그 사람이다, 하는 느낌은 아니었다. 오히려 편안하고 느슨한 종류의 감정이었다. 서로 다른 곳을 향해 흐르던 두 줄기의 시냇물이 한곳에서 만난 것 같다고나 할까. 그녀와 내가 섞여 자연스럽게 흐르는 느낌이었다. 호프집에서 나왔을 때는 자정이 훌쩍 지나 있었고, 택시가 잡히지 않았다. 하지만 그게 그녀와 모텔에 간 이유는 아니었다. 그렇게 헤어지고 나면 다시 만나지 못할 거라는 생각 때문이었다. 아니, 헤어지기 싫었다고 하는 편이 맞을 것이다. 내가 그녀의 손을 잡아끌었을 때 그녀도 뿌리치지 않았다. 체온이 다를 뿐, 기이하게도 그녀와 나의 피붓결이 비슷했다. 물론, 착각일 수도 있었다. 우리 혹시 어렸을 때 시장이나 정류장에서 잃어버렸던 남매 아닐까요? 생각지도 않은 말이 튀어나왔다. 설마요. 처음 만났는데 오래전에 알던 사람과 다시 만난 느낌인 건 왜죠? 그러게요, 하면서 그녀는 미소를 지었다. 그 후 한 달가량 그녀와 나는 하루가 멀다고 만났다. 그러는 사이에 그녀의 가족에 대해 알게 되었다. 그녀의 부모님은 일찍 돌아가셨고 하나뿐인 언니마저 국제결혼을 해서 외국에 살았다. 몇 안 되는 일가붙이와도 오가기는커녕 연락도 하지 않았다. 그래서 결혼 이야기를 쉽게 꺼낼 수 있었는지 모른다. 그녀와 나는 형식적인 절차를 없애자는 데에 생각이 같았다. 면사포 대신 미사보를 쓰면 돼요. 괜찮겠어요? 그게 뭐 어때서요? 일생에 한 번이잖아요. 그러니까요, 성당보다 엄숙한 데가 어디 있어요? 결혼식장으로는 더 이상 좋을 수가 없죠. 토요일 저녁 성장을 하고 신자들 틈에 끼어 미사를 보는 것으로 결혼식을 대신했다. 신혼여행지는 고를 필요도 없었다. 공룡 박물관 어때요? 그래도 신혼여행인데…… 꼭 거기로 가고 싶어요. 나는 특별히 가고 싶은 곳도 없었을 뿐 아니라 신부가 원한다는 데야 마다할 이유가 없었다. 경비를 생각하면 고맙기까지 했다. 나는 삼류 주간지의 말단 기자 처지였고 아내는 간호조무사로 일하다가 휴직중이었다. 둘 다 예물이나 예단, 가구 따위에 의미를 두지 않아 걸리적거리는 게 없었다. 시골에 계신 부모님에게는 일을 핑계로 알리기만 하고 넘어갔다. 각방을 쓰기, 관계는 일주일에 한 번만. 아내가 내건 조건은 한 귀로 듣고 한 귀로 흘렸다. 결혼하면 달라질 거라는, 근거 없는 자신감도 있었다.

그날 이후 은미는 언니에 대한 그리움과 자책감으로 날마다 술을 마셨어요. 꿈에서 공룡을 본다고 했어요. 결혼한다는 소식만 전하고 연락이 없기에 잘 지내겠지 했죠. 아니, 지난 일은 다 잊고 잘 살아주길 바랐어요. 근데 엊그제, 전에 같이 일했던 친구를 만났다가 은미 소식을 들었어요. 얼마 전에 은

미가 다녀갔대요. 뜬금없이 이구아나가 어쩌고 하는데 넋이
나간 사람 같더래요.

아내가 다녔다는 신경정신과는 집에서 택시로 삼십 분 거
리에 있었다. 의사는 아내를 쉽게 기억해냈다.

"왜 중절을 말리지 않았습니까?"

자연유산이 아니라 중절이라니. 그것도 세 번씩이나. 머리
가 얼얼했다.

"원체 마음이 약한데다 중절 후에는 죄책감에 시달렸어요.
그런 경우 현실에서 도피하려는 심리가 생기기 마련이죠. 전
생에 집착하게 된 것도 십중팔구는……"

"전생이요?"

"본인이 전생에 선녀였다는 거예요. 망상의 하나입니다만,
꿈이나 무의식 속에서 실제로 그런 걸 보는 경우가 있습니다."

"예?"

"환자분의 일란성쌍둥이 언니는 전생에 공룡이었고, 환자
분은 선녀였다고 하더군요. 공룡을 사랑하게 된 선녀가 공룡
과 결혼해서 천상에서 살고 싶어 했다는 겁니다. 아버지인 천
신에게 결혼 허락을 받으러 간 사이에……"

신혼여행지를 향해 가면서 아내는 줄곧 들떠 있었다. 차에
서 내린 뒤 길을 묻지도 않고 앞장서서 곧장 걸었다. 십여 분
정도 걸어가자 상족암이 나왔다. 수억 년 켜켜이 쌓여 있던

퇴적층이 바닷물에 씻기고 해풍에 깎이면서 생겼다는 암굴이었다. 그 앞바다에는 멀리 사량도와 욕지도가, 가까이에는 주상절리로 생겨난 병풍바위와 젖섬이 그림처럼 떠 있었다. 수만 권의 책을 쌓아놓은 모양의 해안 절벽에 감탄사가 절로 나왔다. 바다를 품은 섬들이 아내와 나를 품어주는 느낌, 아내도 나도 그 풍경이 된 것 같았다. 그때까지만 해도 아내의 선택이 옳았다고 생각했다. 중생대 백악기 무렵, 이 일대가 공룡들이 힘을 겨룬 무대였어. 갑자기 재앙이 밀어닥쳐 그들을 한순간에 휩쓸어갔지…… 망각의 세월 속에 묻혔던 그들의 역사가 아내의 말을 통해 생생하게 되살아났다. 물이 밀려 나가자 너럭바위 곳곳에 움푹 팬 구덩이들이 한 줄로 곧게, 혹은 어지럽게 찍혀 있었다. 어젯밤 공룡들이 이 지대를 지나갔어. 어젯밤에? 응. 아내는 그것을 눈으로 본 것처럼 말했다. 이 발자국이 그 증거야. 엄청나지? 아내의 손이 구덩이들을 가리켰다. 농담이라고 하기에는 아내의 표정이 너무 진지했다. 그것만이 아니었다. 전시장에 들어서자 아내의 입에서 공룡들의 이름과 그 생태가 쏟아져나왔다. 두 다리로 걸은 날개 달린 공룡이 조각류, 육식공룡은 수각류, 네 다리로 걸은 초식공룡이 용각류…… 이건 '안항구에라'야. 늙은 악마라는 뜻을 가진 이름의 익룡이야. 커다란 머리뼈에 몸체는 작고 물고기를 주로 먹었어. 아, 이건 '이구아노돈'. 백악기 전기 초식공룡으로 이구아나의 이빨이라는 뜻이야. 떼를 지어 돌아다녔는데 위협을 받으면 냇가나 호수로 피했어. 평소에는 네 다리로 걸어 다니다가 적이 나타났을 때나 높은 곳의 먹이를 먹을 때는 두 발로 걸어 다녔어…… 그때까지 내가 알고 있던 아내라고 믿기 어려웠다. 탐방로 중앙 촛대바위 앞 '티라노사우루스' 모형 앞에서 아내의 얼굴이 창백해졌다. 여기가 바로 공룡들의 무도장이야. 무도장? 응, 광란의 현장! 그들이 미친 듯이 날뛸 수밖에 없었던 건 갑자기 밀어닥친 재앙 때문이었어. 살아남으려면 죽을힘을 다해 몸부림칠 수밖에…… 십자 모양의 해식동굴 안으로 들어간 아내의 걸음이 더뎌지더니, 몸이 휘청거렸다. 왜 그래? 힘들면 그냥 돌아갈까? 아니, 꼭 가야 할 데가 있어. 기어이 선녀탕 앞까지 간 아내는 힘에 부치는지 주저앉았다. 하지만 표정만은 한층 여유로웠다. 그대로네. 뭐가? 바위랑 폭포. 옛날에 여기서 목욕을 했거든. 농담이거니 해서 하마터면 웃을 뻔했다. 아득한 심연을 자맥질하는 표정이라고 할까, 아내의 눈이 텅 비었다. 나는 웃음을 삼키면서 온몸에 한기가 끼치는 걸 느꼈다. 아내의 등을 떠밀다시피 해서 그곳을 빠져나왔다. 아내는 차마 걸음이 안 떼어지는 듯 몇 번이나 뒤를 돌아보았다. 허청허청 걷는 아내가 못내 불안해서 나 또한 몇 번이나 멈춰 서곤 했다.

호텔에 들어온 아내는 시름시름 앓기 시작했다. 신혼여행지 하나 제대로 잡지 못한 데 대한 부끄러움이 밀려왔다. 저소리…… 무슨 소리? 공룡의 발소리. 땅을 뒤흔들잖아. 내 귀에는 아무 소리도 들리지 않았다. 저 소리가 내 몸의 비밀을 깨워줘. 비밀? 그런 거 있잖아. 자신도 알 수 없지만, 분명히 있는 거. 나야말로 아내의, 아내 몸의 비밀이 무엇인지 알고 싶었다. 아내는 밤새 무언가에 사로잡혀 있었다. 그 때문에 신혼 첫날밤에 대한 기대는 무너지고 말았다. 다음 날 아침 식당에서 아내는 밥을 뜨다 말고 수저를 내려놓았다. 왜 밥맛이 없어? 아내는 내 말은 듣지도 못하는 듯 중얼거렸다. 우린 결국 찰나에 살고 있을 뿐인데…… 아내의 숨이 허공에서 미끄러졌다.

　일주일 내내 잠을 제대로 자지 못했다. 이제는 자야 한다는 것을 의식 이전에 몸으로 알 수 있었다. 마음은 여전히 갈피를 잡지 못하고 감정은 오르락내리락했다. 침대 시트에 남은 핏자국에 눈길이 닿자 가슴이 저릿했다. 죽지 못해 그 생활을 했는데 생리 때면 더 치욕스러웠어요. 은미는 안 하겠다고 버티다 죽도록 얻어맞곤 했어요. 어느 날 손님이 두고 간 잡지에서 기자님이 쓴 글을 봤나 봐요. 왠지 좋은 사람일 것 같다고, 그런 사람하고 결혼하고 싶다고 했어요. 그땐 무심히 지나쳤는데…… 여자는 아내를 찾아야 한다고 했고, 나는 그러겠다고 약속했다. 천상에 간 선녀는 공룡과 결혼하겠다고 했다가 천신의 노여움을 사서 쫓겨나고 말았습니다. 부랴부랴 지상으로 내려왔지만 이미 지상은 빙하로 덮인 뒤였지요. 현대 정신의학과는 거리가 있습니다. 최면술에서는 공룡에 대한 선녀의 애절한 마음이 현생에서 일란성쌍둥이로 태어난 동인으로 봅니다. 그럼 이구아나는 뭘까요? 현실에 존재하지 않는 공룡에 대한 일종의 대체물이지요.

설핏 잠이 들면 동굴 속에서 헤매는 꿈을 꾸었다. 눈을 떠보면 옹색하게 등을 구부린 나와 마주했다. 아내가 곁에 없다는 사실은 여전히 현실감이 느껴지지 않았다. 아내가 해준 두피 마사지와 안마, 주방이나 욕실에서의 키스와 포옹까지 소소한 일들이 떠올랐다. 그렇게, 아무 일도 없었던 때로 돌아갈 수만 있다면 공룡이든 이구아나든, 악마의 아가리에라도 머리통을 내주고 싶었다.

혼몽한 의식 속에서 규칙적인 소리가 들렸다. 자명종의 초침 소리는 아니었다. 숨소리, 그러나 사람의 숨소리라고 하기에는 너무 음습했다. 소리는 점점 가까워졌다. 무언가 스윽, 내 몸을 스치고 지나갔다. 차갑고 축축한 감촉에 소름이 돋았다.

얼마나 지났을까. 스삭스삭 놈이 멀어져가는 듯 소리가 희미해졌다. 몸이 가라앉으면서 눈꺼풀이 무거웠다. 도어록이 풀리고 문이 열리는 소리가 들렸다.

"당신이야?"

기다란 혀를 내민 어둠이 내 목소리를 삼켜버렸다. 지축을 뒤흔드는 공룡의 발소리와 이구아나의 가쁜 숨소리가 뒤섞이며 이어졌다. 나는 점점 체온이 떨어지고 몸이 축축해지는 것을 느꼈다. 잠든 사이 등에 비늘이 돋고 꼬리가 생겨날지도 모른다. 나는 가물가물해지는 의식을 붙잡기 위해 이를 악물었다. 사람마다 끔찍이 싫어하는 게 있대. 근데 그게 자기의 그림자라는 거야. 참, 우습지? 수억 년 늪을 휘돌아온, 지친 바람 소리를 닮은 아내의 목소리가 쉬익쉭 귀에 감겨들었다.

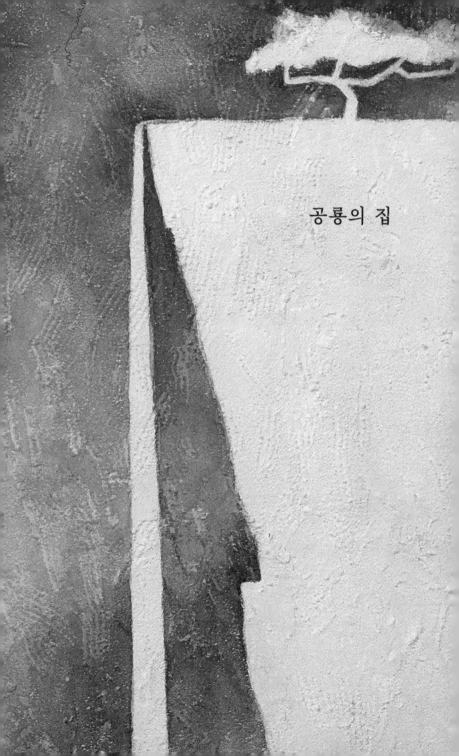

공룡의 집

"어쩌지? 오늘도 회식이네……"

남편의 전화에 여자는 마음이 느슨해지고 가슴이 살짝 부풀어 오르기까지 했다. 잘하면 새벽까지 오롯이 혼자만의 시간을 가질 수 있을 터였다. 여자는 와인 잔을 들고 베란다로 나갔다.

길 건너 늘어선 건물들과 달리는 차들이 자막 없는 영화의 장면처럼 스쳐 갔다. 산부인과 간판에 눈길이 닿자 여자는 절로 미간이 찌푸려졌다. 병원 지하 어디쯤에서 썩은 냄새를 풍기고 있을 핏덩이들이 떠올랐다. 몸 안의 독소들이 끓어오르는 걸 느꼈다. 순간, 그 건물 주변을 맴도는 여자애가 눈에 들어왔다. 세이! 여자는 얼른 현관으로 달려갔다. 슬리퍼를 꿰어 신다가 멈추었다.

지금 와서 저 애를 붙잡아서 어쩌려고? 애초 도난 신고를
할 생각도 없었잖은가. 호기심이나 연민이라면 갖지 않는 게
좋아.

일주일 전이었다. 남편이 지방으로 취재를 떠나자 여자는
휴가를 받은 기분이었다. 몸이 찌뿌듯해 사우나에 가려고 집
을 나섰다. 세균이 득실거리는 곳이라 여겨 사우나 근처에도
가지 않았는데 개업용 전단지에 혹해서 갔다가 몇 번 더 가보
았다. 여자는 자신의 변화가 낯설면서도 마침내 세상 한 모퉁
이에 발을 들여놓은 기분이었다. 요즘 도자기 피부가 대세라
더니 당신 피부를 두고 하는 말인가? 몸도 한결 유연해 보이
고. 아줌마들이랑 수다도 떨고 맛있는 것도 사 먹고 그래. 마
사지도 받고. 남편은 따로 돈까지 챙겨주었다. 건널목을 건너
다가 고등학생으로 보이는 애와 눈이 마주쳤다. 껑충한 키에
커트 머리, 이목구비의 선이 곱고 무엇보다 목이 길었다. 남자
애인지 여자애인지 헷갈렸다. 그 애가 여자에게로 다가왔다.
가까이서 보니 여자애였다. 궤도를 이탈한 별 같다고나 할까,
어딘지 뻐딱해 보이는 눈빛이었다. 그 모습에 여자는 이끌렸
다. 하지만 그것으로 끝이었다. 각자의 방향으로 발을 옮겼다.
여자는 그 애의 뒷모습을 물끄러미 바라보다가 돌아보는 아이
와 한 번 더 눈이 마주쳤다. 걸음을 옮기면서 여자는 이상하게
뒤통수가 무거웠다. 습식 사우나에서 얼굴을 쓸어내리다 불쑥

그 애의 눈빛이 떠올랐다. 온탕과 냉탕을 번갈아 오가고 비누질을 하는데도 그 눈빛이 지워지지 않았다. 그 애가 바로 앞에 서 있는 느낌이었다. 여자는 머리를 흔들었다.

집으로 돌아가는 길, 신호등 앞에서 그 애가 불쑥 여자의 앞을 가로막았다.

"선생님."

난데없이 선생님이라니, 여자는 어리둥절했다.

"저 세이예요. 숭의고 이학년 삼반, 세이요."

여자는 아이가 무슨 말을 하는지 이해할 수 없었다. 사람을 착각한 거겠지? 한참 여자를 쳐다보던 아이가 고개를 갸우뚱했다. 그새 녹색 불이 깜박거렸다. 여자는 건널목을 건너려고 몸을 돌렸다.

"도와주세요. 병원에……"

오래 벼른 듯 단단한 말투였다. 여자는 다시 아이에게로 몸을 돌렸다. 생판 모르는 사람에게 병원에 같이 가달라고 하다니, 무슨 사정이 있는 걸까. 여자는 적잖이 마음이 흔들렸지만 쓸데없는 인연을 걸지 말아야지 싶어 돌아섰다. 느릿느릿 걸음을 옮기는데 그 애의 말투며 표정이 다시 발목을 잡았다. 사정이나 들어볼 걸 그랬나? 아니, 괜한 일에 엮일 필요는 없지. 역시 돌아서기를 잘했다는 생각이 들었다.

아파트 입구에 다다랐을 때 그 애가 또 앞에 서 있었다.

"하룻밤만 재워주세요."

사뭇 당돌한 말투였지만 표정만은 간절했다. 여자는 대꾸하지 않고 엘리베이터를 탔다. 그 애가 따라 타는 것을 보고도, 따라 내리는 걸 알면서도 모르는 척했다. 번호키를 누르면서 설마 했는데, 문을 열자 그 애가 앞질러 현관 안으로 들어섰다. 거절하려면 지금, 신발을 벗기 전에 해야 한다는 걸 알면서도 여자는 그러지 못했다. 왜 그러는지는 스스로 의문이었다. 그 애는 외출했다가 막 집에 돌아온 것처럼 소파로 가서 털썩 주저앉았다.

"와, 푹신하다."

그 애는 소파에 앉아 엉덩이를 굴렀다. 그 모습을 바라보다가 여자는 불현듯 따라 해보고 싶었다. 자기도 모르게 발이 소파를 향해 나가는 걸 깨닫고 멈칫했다.

"아줌마, 먹을 거 좀 없어요?"

아이가 여자를 빤히 쳐다보며 말했다. 여자는 대답하지 않았다.

"먹을 거 좀 없냐구요."

"뭐 먹고 싶은데?"

"아무거나요. 지금 같아서는 공룡이라도 잡아먹을 수 있을 것 같아요. 혹시 저거 된장찌개 아니에요? 된장찌개 맞죠?"

하필 공룡인가 하면서도 여자는 찌개를 데워 상을 차렸다. 아이는 순식간에 밥 한 공기를 먹고 입맛을 다셨다.

"디저트 없어요? 기왕이면 신 거로요."

마침 사다 놓은 파인애플이 있었다. 여자는 파인애플을 접시에 담아 아이에게 내밀었다.

"와, 파인애플이 이렇게 맛있는 건지 처음 알았어요."

"많이 먹어. 또 있으니까."

"정말요?"

여자는 고개를 끄덕였다. 손뼉까지 치며 좋아하는 아이를 물끄러미 바라보았다.

"전 아줌마가 우리 선생님인 줄 알았어요."

"선생님?"

"네. 과학 선생님인데, 좀 특이한 분이에요. 근데 아줌마랑 닮았어요. 얼굴이랑 키, 목소리까지……"

선생은 주말이면 학생들과 함께 산에 올랐다. 아이들이 아무리 헉헉대도 기어이 정상까지 갔다. 비가 오는 주말이면 선생의 자취방에서 비디오를 보았다. 야한 영화를 선생은 예술 영화라고 극구 우겼다. 집안 형편이 어려운 학생의 학비를 남모르게 내주었고, 담배를 피웠다.

"게다가 공룡 박사였어요."

공룡에 대해 아는 것이 많아 별명이 '쥐라기 여자'였다는 선생. 그 선생이 어느 날 갑자기 사라져버렸다.

그 말이 가슴 밑바닥의 무언가를 건드렸고, 여자는 어지럼증을 느꼈다.

"아줌마, 어디 아파요?"

"아니, 괜찮아. 너야말로 피곤해 보이는데?"

여자의 말이 떨어지기 무섭게 아이가 소파에 벌렁 누웠다.

"솔직히 며칠 잠을 설쳤더니 졸리긴 해요."

"방에 가서 좀 누울래?"

"그래도 돼요?"

여자가 고개를 끄덕였다.

"와! 정말요?"

여자는 화장대와 간이침대뿐인 방의 문을 열었다. 아이가 방 안을 휙 둘러보고는 누울 생각은 하지 않고 이것저것 만지고 들추었다.

"방이 너무 칙칙한 거 아녜요?"

"응?"

"저 커튼은 신파극 하는 극장에나 어울리겠어요. 서랍장은 골동품 가게에나 가져다 놓으면 될 거 같고요."

"촌스럽다는 말이니?"

"촌스러운 건 둘째 치고, 이 방에 있으면 우울증 걸리기 딱, 이란 거죠."

그것으로 끝이 아니었다. 액세서리가 투박하다, 침대가 작아서 잘못하다가는 바닥으로 떨어지겠다, 툭툭 내뱉는 말마다 불평이었다. 맹랑한 애네, 하면서도 여자는 아이에게 끌렸다. 아이와 함께 침대에 엎드려 새우깡을 먹고 가위바위보 게임을 하며 깔깔거리는 걸 상상했다. 여자는 숨이 빨라지는 걸 느꼈다. 집에 누군가가 온 것도 처음이고, 남편 말고 다른 사람과 이야기를 나누는 것도 오랜만이었다.

"근데 여긴 누구 방이에요?"

"내 방."

"그럼 남편이랑 각방 쓰는 거예요?"

"아, 아니."

여자는 얼버무리고 방을 나왔지만, 속살을 보인 기분을 떨칠 수 없었다. 얼른 와인 한 잔을 마셨다. 아이가 앉았던 소파에 온기가 남아 있었다. 사실은요, 세이란 별명도 선생님이 지어주신 거예요. '세이모스 사우르스'의 약자예요. 엄청 큰 공룡이에요. 세이, 혀에 착착 감기는 이름이었다. 여자는 세이에 대해 더 알고 싶었다. 병원에는 왜 가려고 했는지 가족은 어떻게 되는지, 선생은 어떤 사람인지도.

여자는 슬며시 방문을 열었다. 시트를 반쯤 밀어낸 채 잠든 세이의 셔츠 단추가 풀려 있었다. 팽팽하게 부풀어 오른 가슴과 가슴 사이의 깊은 골, 보얀 살결에서 빛이 뿜어져 나왔다. 여자는 자신의 몸에도 화르르 생기가 도는 것을 느꼈다. 시트를 바로잡아주려고 하다가 여자는 멈칫했다. 세이의 허리에 복대가 둘려져 있었다. 임신한 게 분명해 보였다. 여자는 돌연 가슴이 먹먹했다. 거실로 나와 와인을 마셨다.

다음 날 아침 여자가 우유를 들고 방문을 열었을 때 방이 텅 비어 있었다. 사라진 것은 세이만이 아니었다. 예물로 받은 액세서리와 건조대에 널어놓은 여자의 속옷도 보이지 않았다. 지갑까지 비어 있었다. 여자는 배신감에 앞서 세이를 볼 수 없다는 데 안타까움을 느꼈다.

여자는 와인을 한 모금 들이켜고 눈을 지그시 감았다. 근육이 느슨해지는 느낌이고, 무지근하던 명치가 뚫렸다. 언젠가부터 남편이 출근하고 나면 술을 마셨다. 해가 질 즈음이면 샤워하고 향수를 뿌렸다. 오늘은 남편이 늦는다니까 그럴 필요도 없었다. 취기가 오르면서 여자는 가슴이 열리고 세포 마디마디가 꿈틀거리는 것을 느꼈다. 서서히 몸을 움직이기 시작했다. 청소를 끝낸 뒤 속옷과 수건을 삶고 끓는 물에 그릇을 소독했다. 내친김에 화초에 물도 주었다. 베란다에는 남편이 사들인 화초들이 빼곡했다.

일 년 전, 여자는 중절 수술을 했다. 그 뒤부터 가끔 하혈이 있더니 어느 날인가 핏덩어리가 쏟아졌다. 병원을 찾아갔다. 그러니까 중절은 안 된다고 했잖습니까. 자궁벽이 너무 두꺼워졌어요. 이대로 두면 자궁내막증식증이 올 수도 있습니다. 십중팔구는 암으로…… 방법은 자궁 적출밖에 없었다. 여자는 잠과 식욕이 사라졌다. 식욕이 간신히 돌아왔을 때도 몸이 육식을 받아들이지 않았다. 영문도 모르는 남편은 여자를 위로한답시고 물만 주면 살아내는 화초들을 사들였다. 그 무렵, 여자는 밤마다 꿈에 공룡을 보았다. 불길 속에서 포효하는 놈을 위해 무언가를 해주고 싶었지만 해줄 수가 없었다. 그러던 어느 날 마트에서 이구아나를 보고 가슴이 떨렸다. 징그럽다고 질색하는 남편을 기어이 설득했다. 이상한 것은 이구아나를 기르면서부터 공룡 꿈을 꾸지도 않고, 공룡 울음소리도 듣지 않았다는 것이다. 이구아나와 함께 있으면 묵은 빚을 갚는 기분이었다. 놈을 위해서라면 살점이라도 떼어주고 싶었다. 그런데 어느 날인가부터 놈의 눈길이 스산했다. 하루는 목욕을 시키려고 하자 놈이 몸을 비틀었다. 여자는 가만가만 만져주며 달랬지만 놈이 발톱을 세웠다. 여자는 놈에게 전지가위를 내리쳤다. 놈이 꼬리를 자른 채 사라졌다. 한 달 전 일이었다. 그날 이후 여자는 다시 공룡 울음소리를 들었다.

두시를 지나면서 해가 조금씩 기울기 시작했다. 여자는 볕이 가시기 전에 해바라기나 하자는 생각에 베란다로 나갔다. 그때까지도 세이가 건물 앞을 서성거리고 있었다. 건물 유리벽에 반사된 빛이 그 애를 되쏘았다. 여자는 가슴이 두근거렸다. 종알거리는 그 애의 목소리가 귀를 간질였다. 그 애를 위해 음식을 만들고 과일을 깎을 생각을 하자 가슴이 뛰었다. 아니, 아기를 얻을 수만 있다면 뭐든 하고 싶었다. 서둘러 집을 나섰다. 정신없이 달리다가 자동차의 경적에 멈춰 섰다.

내가 무슨 생각을 하는 거지?

아니, 어차피 저 애는 제 몸속의 아기를 죽이려고 하지 않는가.

그렇다고 남의 아기를 빼앗으려고 하다니.

여자는 방향을 바꾸어 달렸다. 아파트 주변을 한 바퀴 돌고
나서야 겨우 정신이 돌아왔다. 엘리베이터에 오른 뒤 깊은숨
을 내쉬며 가슴을 쓸어내렸다.

그래, 그건 안 되는 거야.

엘리베이터 문이 열리는 순간, 여자는 다시 멍해졌다. 세이
가 서 있었다.

"아줌마를 다시 만나야 할 것 같았어요. 염려 마세요. 이번
엔 아무것도 훔치지 않을 테니까요."

"쓸데없는 소리 하지 말고 돌아가."

"아줌마도 저를 기다린 거 아녜요?"

"뭐?"

"기다렸다는 거 다 알아요."

"너, 지금 뭐 하자는 거니?"

"아줌마 얼굴에 그렇게 쓰여 있어요. 보세요, 절 내쫓지도
못하잖아요."

"얘가 정말?"

"아무리 깊은 바닷속에서도 드러나는 발광멸 알아요? 그렇
게 자기 본성을 감출 수 없는 사람들이 있대요."

"네가 뭘 안다고 그래?"

"마트에서 아줌마가 이구아나를 훔치는 걸 봤어요."

도둑질이라니, 말도 안 되었다. 여자는 세이를 노려보았다. 마트에서 이구아나를 보고 놈을 갖고 싶은 충동에 사로잡혔다. 놈을 안고 나오는데 직원이 따라왔다. 다음은 필름이 끊긴 것처럼 기억나지 않았다. 며칠 뒤 남편이 퇴근길에 이구아나를 데려왔다.

"그때 아줌마 눈이 다 말해줬어요."

"나 지금 피곤하니까 그만 가줄래?"

세이는 여자를 뚫어지라 바라보았다. 여자는 강한 자력에 이끌리듯 세이에게 빠져들었다. 여자는 그런 자신의 마음을 잘라내고 싶었다. 세이를 향해 나가라고 소리쳤다. 세이가 놀라 주섬주섬 가방을 챙겨 뒷걸음쳤다. 여자는 커다란 무언가가 몸속에서 빠져나가는 것을 느꼈다. 와인을 석 잔이나 거푸 마셨지만, 취기는 오르지 않았다. 이 순간에도 세이가 자신을 엿보고 있는 느낌이었다. 여자는 다시 잔을 채웠다.

얼마나 시간이 지났을까, 초인종이 울리고 세이의 목소리가 들렸다. 여자는 문을 열어주지 말아야지 했다. 그런데 몸이 먼저 현관으로 나아갔다. 숨을 죽인 채 문에 귀를 대었다. 아무 기척이 없었다. 여자는 조바심이 났다. 망설이다 문을 열었다. 세이가 여전히 서 있었다. 여자는 무심한 척 시치미를 떼었으나 얼굴이 화끈거렸다.

"이거 돌려드리려고요. 돈은 찜질방 가고 컵라면 사 먹느라고 조금 썼어요. 나중에 이자까지 쳐서 갚을게요."

"됐어. 기왕 가져간 건데 가져."

"저도 필요 없어요."

"됐다니까."

여자가 돌아서자 세이가 여자의 팔을 잡았다.

"근데요, 한 가지 부탁이 있어요. 저번에 먹었던 된장찌개가 너무 먹고 싶어요."

아줌마는 꼭 찌개를 끓여줄걸요, 라고 말하는 눈빛이었다. 여자는 짐짓 싸늘한 표정을 지었다. 하지만 머릿속에서는 벌써 찌개 재료를 떠올리고 있었다.

입덧이라는데, 한 번만 눈감아주자. 오죽하면 다시 찾아왔을까.

찌개 재료가 없다는 걸 깨닫고 여자는 옷을 챙겨 입었다. 세이가 여자의 팔짱을 끼면서 따라나섰다. 그 애의 손에서 온기가 느껴졌다. 여자는 애써 담담한 척했다.

세이는 자기의 처지나 조금 전의 소동 따위는 까맣게 잊은 듯했다. 엄마나 이모와 함께 장을 보는 그저 앳된 소녀일 뿐이었다. 여자는 양파와 바지락, 고추기름을 비롯해 찌갯거리와 과일을 닥치는 대로 장바구니에 넣었다.

"감사합니다, 선생님. 아니, 아줌마!"

싱크대 앞에서 장바구니를 열고 있는 여자의 등을 세이가 껴안았다. 여자는 그 애의 체온과 등에 닿는 몸의 감촉을 새기듯 숨을 가다듬었다. 그 애가 팔을 푸는 순간, 몸속에서 무언가가 훅 빠져나가는 느낌이었다.

세이는 거실과 주방을 오가며 바닥에 먼지 하나가 없네, 걸레가 행주 뺨치네, 화분에 물을 줘야겠네 하며 연방 종알댔다. 여자는 자신도 알 수 없는 흥분에 사로잡혀 손을 재바르게 놀렸다.

"아줌마, 혹시 동생 있어요?"

무서운 속도로 날아든 야구공에 머리를 맞은 것처럼 아뜩했지만, 여자는 고개를 저었다.

"그럼 언니는요?"

여자는 못 들은 척하며 물을 세게 틀었다. 언니, 라는 단어가 하수구로 쓸려나가기를 바랐다. 손발이 떨리고, 두려움이 온몸을 에워쌌다. 세이가 무슨 생각을 했는지 더 이상 묻지 않고 텔레비전 앞으로 갔다. 여자는 얼른 뒤 베란다로 나갔다. 벽장에 감추어둔 맥주를 허겁지겁 들이켰다.

쌍둥이인 언니와는 보육원에서 함께 자랐다. 아홉 살 때 언니만 입양되었다. 곧 데리러 올 거라던 언니는 고등학생이 되도록 소식이 없었다. 언니네가 서울로 이사 갔다는 걸 보육원 원장에게 들었다. 여자는 돈을 훔쳐 서울행 기차를 탔다. 서울은 아무리 돌아다녀도 거기가 거기 같았다. 끝도 없이 이어지는 미로를 헤매었다. 며칠을 굶은 채 밤이면 공사장에 숨어들어 시멘트 포대를 덮고 잠을 잤다. 배고픔과 추위를 견딜 수 없었다. 옷가지를 훔치고, 개 밥그릇이라도 덮칠 지경이었다. 밥을 사주겠다는 남자를 따라나선 것을 후회했을 때는 이미 늦은 뒤였다. 우여곡절 끝에 간 곳이 그렇고 그런 일을 하는 업소였다. 그곳은 한번 발을 디디면 빠져나올 수 없는 늪이었다. 십여 년 동안 수없이 탈출을 시도했건만 매번 실패했다. 밥을 굶거나 매를 맞고 심지어는 창고에 갇히기도 했다. 더 먼 곳으로 팔려 갈 위기에 처했지만 빠져나올 수도 없었다. 그러던 중에 한 번 다녀간 적이 있는 날라리 고등학생이 찾아와서 휴대전화를 주고 갔다. 그때까지만 해도 무슨 영문인지 알지 못했다. 곧 휴대전화가 울리고 낯익은 음성이 흘러나왔다. 꽃과 뱀의 사랑 이야기를 아느냐고 물었다. 어렸을 때 언니가 지어서 들려준 이야기였다. 언니를 만나게 된다니 꿈만 같았다. 그런데 업소에 돌연 불이 났다. 여자는 유독가스에 질식했다가 의식을 되찾았다. 깨어나서야 휴대전화에 남겨진 메시지를 통해 자신을 찾아온 언니가 업소에 불을 냈다는 걸 알 수 있었다. 뒤늦게 발견된, 신원을 알 수 없는 한 구의 시체가 언니라는 걸 알았지만 여자는 입을 다물었다.

그 뒤로 여자는 줄곧 언니로 살아왔다. 언니를 흉내 내기 위해 밤낮을 가리지 않고 책을 읽었다. 말투와 표정을 고치고 걸음걸이와 옷 스타일도 바꾸었다. 음악회며 전시회도 부지런히 찾아다녔다. 어느 순간 여자에게 송은미는 지워지고 언니인 송은희만 존재했다. 이야기를 지어내는 재주만은 끝내 가질 수 없었지만, 그것만 빼면 완벽에 가까웠다.

공연한 노파심이지, 우연이란 게 어디 그리 쉬운 것인가. 오갈 데 없는 애한테 밥 한 끼 먹여 보내면 그만인걸.

여자는 애써 마음을 다스렸다.

"저, 이래 봬도 한때는 공부짱에 범생이였어요. 과학 선생님이 사라지지만 않았어도……"

세이는 과학 선생에 대해 더 이야기하고 싶은 눈치였다. 여자는 그 선생에 대해서라면 더 듣고 싶지 않았다. 화장실에 가야겠다는 핑계를 대고 세이의 말을 끊었다. 세면대 앞에서 마른세수만 연거푸 했다. 세이의 말이 귀에 맴돌았다. 세이를 얼른 돌려보내고 싶었다.

세이는 여자가 화장실에서 나오기를 기다렸다는 듯이 말을 걸었다.

"아줌마 남편은 무슨 일 해요?"

"기자."

"정말요? 멋있다. 저도 한때 꿈이 기자였는데. 세계적인 과학 전문 잡지사에 들어가고 싶었거든요."

"그래?"

"네. 기자님을 한번 만나보고 싶어요. 기자가 되려면 뭘 해야 하는지 여쭤보고 지금이라도 공부하면 될 수 있는지도 알아보게요. 근데 언제 들어오세요?"

"내일이나 돼야 올 거야."

"또 출장이에요? 아줌마 혼자 외롭지 않아요?"

"습관이 돼서 괜찮아."

"그럼 권태기는 없겠네요."

여자는 일부러 그런 게 뭐야, 하는 표정을 지었다. 세이도 이 정도로 끝내죠, 하는 듯 눈썹을 살짝 들어 올렸다.

"근데 두 분은 어떻게 만났어요?"

"사진전 보러 갔다가 우연히."

업소에는 손님들이 두고 간 주간지들이 더러 있었다. 그걸 읽다가 여자는 한 기자에게 막연한 호감을 느꼈다. 업소에 불이 난 지 한 달쯤 지나 여자는 기자를 찾아서 집까지 알아두었다. 어느 일요일 그의 집 앞에서 서성거리다 외출하는 그의 뒤를 밟았다. 사진 전시회장에서 시치미를 떼고 그에게 다가갔다. 그는 수더분한 인상에 소년 같은 구석이 있었다. 우리 처음 만난 거 맞아요? 예? 너무 잘 맞는 것 같아서요. 각기 다른 곳을 향해 흐르던 두 줄기의 시냇물이 한 곳에서 만나 흐르는 느낌이요. 그의 말에 이끌려 술집을 세 군데나 옮겨 다니는 사이 자정이 훌쩍 지났다. 택시가 잡히지 않았다. 쭈뼛대던 그가 여자를 붙잡았다. 여자는 못 이기는 척 그를 따라갔다. 은희 씨 만나고 보니까 제가 왜 여태 혼자였는지 알게 됐어요. 오래 기다린 보람이라는 게 이런 건가 봐요. 한 달쯤 지나 그가 청혼했다. 여자는 결혼 생활에 자신이 없었지만 그를 놓치고 싶지 않았다. 그에게 조건을 내걸었다. 사생활 존중 차원에서 각방을 쓰고 일주일에 한 번만 관계를 갖자고. 그는 신선한 제안이라며 쾌히 받아들였다.

"애는 없어요?"

"으응, 아직."

일 년 전, 생리가 끊겼는데도 여자는 임신한 것을 알아차리지 못했다. 임신은 꿈도 꾸어보지 않았으니까. 당신 가슴이 커지니까 더 섹시한데? 임신 사실을 알고 다시 태어난 느낌이었다. 먹고 싶은 거 있으면 뭐든지 말해. 남편은 과일이며 군것질거리, 철분제를 사다 날랐다. 여자는 입덧이 곤혹스러웠지만 임신한 기쁨에 비하면 아무것도 아니었다. 태교에 좋다는 음악을 듣고 동화책을 뒤적이며 뜨개질을 했다. 그렇게 두 달이 흘렀다. 그런데 우연히 정육점 앞을 지나다가 붉은 조명이 드리운 고깃덩어리를 보았다. 그것이 업소에서의 어떤 장면을 불러냈다. 여자는 몸에서 악취를 맡았다. 나한테서 이상한 냄새 나지? 응. 사향 같은데, 죽여줘. 나를 미치게 만든다니까. 이놈 좀 봐, 또 안달하잖아. 여자는 허브향이 나는 청결제로 하루에도 몇 번씩 아랫도리를 씻었다. 악취는 좀체 가시지 않았다. 벌써 세번째라면서 꼭 수술해야겠어요? 중절을 말리는 의사에게 여자는 떼를 쓰다시피 했다. 남편에게는 자연유산이라고 둘러댔다.

"그래서 그런가, 외로워 보여요. 공허해 보인다고 해야 하나?"

"내가?"

"여기 아줌마 말고 또 누가 있어요? 툭하면 멍때리고……"

여자가 웃어도 웃는 것처럼 보이지 않고 말할 때마저도 침묵하는 것처럼 보인다고 했다. 그런 점까지 과학 선생과 닮았다고.

"근데 정말 신기한 일은 따로 있어요."

"뭔데?"

"이거요."

세이가 휴대전화를 내밀었다.

"우리 선생님이에요. 과학 선생님."

나체 사진을 보는 순간, 여자는 머릿속이 텅 비었다. 낯 뜨거운 장면으로 이어지는 동영상 속의 주인공은 바로 자신이었다.

이 애가 어떻게 이런 걸 갖고 있지? 이것 때문에 의도적으로 다가온 건가?

여자는 처음부터 세이를 집에 들이는 게 아니었다는 후회가 밀려왔다.

"아줌마, 왜 그러세요?"

세이가 천연덕스럽게 물었다. 여자는 대답하지 않았다. 세이는 술 한잔 마실래요? 하고 물었다. 여자는 얘가 왜 이러나, 하는 생각이 들었다. 대꾸도 하지 않았는데 세이가 베란다로 나가더니 맥주를 가져왔다.

"아줌마 술꾼인 거 다 알아요. 슈퍼 아저씨가 그러던데요?

맨날 술 배달시킨다고……"

여자는 맥주를 벌컥벌컥 들이켰다.

"고등학교 이학년 때였는데, 우리 반에 껄렁한 복학생이 있었어요. 근데 걔가 그런 델 간 거예요. 남자들이 돈 주고 그런 거 하는 데 있잖아요. 거기서 찍은 사진을 블로그에 올려서……"

"……"

"선생님은 그 여자가 아닌 게 확실해요. 왜냐면 선생님은 동영상이 찍힌 시간에 저랑 같이 있었으니까요."

그 일이 있고 나서 선생은 연락이 끊겼다. 그야말로 감쪽같이 사라졌다. 소문은 SNS를 타고 퍼졌다. 세이가 알리바이를 들어 선생의 결백을 주장했지만 허사였다. 그 일로 부장 선생에게 대들었다가 징계를 받았고 그 여파로 학교생활이 꼬여 자퇴했다.

"선생님이 사라진 이유를 밝히고 싶었는데……"

여자는 세이의 말 중에 어디서부터가 거짓이고 어디까지가 진실인지 알 수 없었다. 그런 것은 이미 중요하지도 않았다. 동영상만 해도 나와는 상관없는 거다, 라고 스스로 다그쳤다.

"일 년 전쯤 마트에서 우연히 선생님을 봤어요. 근데 선생님이……"

선생이 자기를 알아보지 못하는 것은 물론, 이구아나를 훔쳐 달아나다가 직원에게 걸렸다. 이상해서 선생의 뒤를 밟았다. 그 집이 바로 이 집이고 그 선생이 바로 여자였다. 하지만 세상에는 닮은 사람이 많으니까, 하고 돌아갔다.

여자는 세이의 입을 틀어막고 싶었다.

"한동안 선생님을 잊고 지냈어요. 근데 사는 게 너무 힘드니까 선생님 생각이 났어요. 선생님이라면 절 도와주실 테니까요. 그래서 혹시나 하고 여기에 다시 와봤어요."

여자는 여간해서 집 밖으로 나오지 않았다. 세이는 포기하고 돌아가려고 하다가 우편함을 보았다. 거기서 송은희, 선생의 이름을 보았다. 그때부터 집 주변을 맴돌았다. 그러다가 음식물 쓰레기를 버리는 여자와 마주쳤다.

"난 널 본 적이 없는데?"

"그러니까요. 몇 번이나 아줌마 앞에서 얼쩡거렸는데 못 알아보더라고요. 그래서 정말 아니구나, 이제 오지 말아야지, 했어요. 그러다 일주일 전에 길에서 우연히 아줌마를 봤을 때 머릿속에서 번갯불이 번쩍했어요. 수수께끼가 풀린 거죠."

여자는 세이의 말보다 자신을 바라보는 눈빛을 견디기 어려웠다. 발가벗겨지는 기분이었다. 남편에게 과거를 숨기고 살면서도 이렇지는 않았다. 송은희, 언니의 이름으로 살아오면서 정말 언니가 된 것 같았으니까. 가짜도 믿어버리면 진짜가 될 수 있다는 것을 경험했다. 어떤 경우라도 과거에 얽매여서는 안 된다고, 그러지 않을 거라고 다짐하며 살아왔다. 그런데 난데없이 나타난 아이로 인해 모든 것이 뒤죽박죽되고 말았다.

"너 왜 이래? 왜, 돈 때문에 그러니?"

"그게 아니라는 거 아줌마가 더 잘 아시잖아요?"

"그만하자."

"근데 지금은 달라졌어요. 돈이 필요한 것도 사실이고요. 저번에 훔쳐 간 돈으로는 어림도 없어요."

"그래? 얼마면 되는데?"

"그거야 아줌마 마음이죠. 뭐, 남편하고 의논하시든가요. 그게 어려우시면 제가 직접 남편을 만나 얘기해도 되고요."

이제 협박까지? 여자는 한시라도 빨리 세이로부터 벗어나고 싶었다. 지갑을 털어 돈을 내밀었다.

"이거면 되겠어?"

세이는 여자를 빤히 바라보기만 할 뿐이었다.

"착각은 하지 마. 네 인생이 불쌍해서 주는 거니까. 네가 무슨 생각을 하고 있는지는 모르지만 그렇게는 안 될 거야."

세이는 돈은 거들떠보지도 않고 여자를 바라보았다. 이제까지와는 다른, 간곡한 표정이었다. 정말 악랄한 애라는 생각이 들었다. 여자는 입술을 깨물었다.

"아줌마가 선생님 해주면 안 돼요?"

"내가 왜? 왜 그래야 하는데? 분명히 말해두겠는데, 네 선생한테는 어땠는지 모르지만 나한테 넌 아무것도 아니야. 알겠어?"

너도 알다시피 난 어차피 그렇고 그런 여자야. 한동안 분수에 안 맞게 살아온 것도 사실이지. 하지만 모든 게 원점으로 돌아간다고 해도 후회는 없어. 처음부터 바닥이었던 사람은 더 떨어질 데가 없거든. 물론, 널 원망하지도 않을 거야.

"그러려고 그런 건 아니었어요. 선생님이 너무 보고 싶고, 아줌마가 선생님이었으면 좋겠다고 생각했어요. 정말이에요."

"허튼소리 그만하고 이제 돌아가. 병원에도 가고. 아직 나이도 어린데 앞날을 생각해야지."

"아줌마, 나 수술 못해요. 너무 늦었대요."

세이가 울음을 터뜨렸다. 불량배들에게 당한 일이었고, 죽으면 그만이라고 생각했다. 하지만 죽는 것도 말처럼 쉽지 않았다. 막상 살아야겠다고 마음먹고 보니 돈이 필요했다. 부모님은 여읜 지 오래되었고 그런 일로 도움을 청할 사람은 없었다. 아르바이트로 돈을 벌다가 수술 시기를 놓쳤고, 수술할 경우 생명이 위험할 수도 있었다.

"나랑은 상관없는 일이야. 그런 일이라면 다른 데 가서 알아봐."

여자는 차갑게 쏘아붙이고는 돌아서서 맥주를 마셨다. 세이가 여자 앞에 무릎을 꿇었다. 여자는 고개를 돌렸지만, 세이에게로 향하는 마음을 누르기 어려웠다. 그 마음길을 자르기 위해 여자는 유리잔을 바닥에 내리치고는 자신도 모르게 나뒹구는 유리 조각을 손에 쥐었다.

"아줌마, 잘못했어요. 잘못했으니까 제발……"

세이가 얼른 수건을 가져와 여자의 손을 감쌌다. 여자는 뿌리치며 돌아섰다. 세이도 물러서지 않고 여자에게로 다가섰다. 이번에는 여자의 손을 쥐고 입김을 불었다. 그 숨으로 상처를 아물게 해주겠다는 듯이. 여자는 세이를 향한 맹목의 감정이 다시 일어나는 것을 느꼈다. 세이가 여자를 껴안았다. 여자는 세이를 밀쳐내지 못했다. 세이의 심장이 뛰는 소리가 들렸다.

"아기를 낳아서 같이 키울까?"

여자는 자기 입에서 왜 그런 말이 나왔는지 알 수 없었다. 다시 주워 담고 싶었지만 이미 늦었다. 세이의 눈이 여자의 눈을 향해 있었다.

"단, 조건이 있어. 네가 아기를 낳아도 그 아이는 네 아기가 아니야. 넌 아기를 낳았다는 것도 잊어버려야 해. 그럴 수 있겠어?"

세이가 고개를 끄덕였다. 여자는 올라가는 입꼬리를 살짝 내렸다.

대신 난 널 먹여주고 입혀줄 거야. 넌 내 말이라면 뭐든 들어야 해. 배는 점점 불러올 테고, 넌 나한테 꼼짝없이 길들어가겠지.

"지금이라도 싫으면 말해."

"아뇨, 그렇게 할게요. 뭐든 아줌마가 하라는 대로 할게요."

여자는 크게 숨을 내쉬며 세이가 머물 집을 떠올렸다.

혼인신고를 한 지 얼마 안 되었을 때 세금 고지서가 날아왔다. 양부의 사망으로 언니에게 상속된 집이었다. 여자는 그 집을 비워둔 채 이따금 도우미를 시켜 청소를 해두었다. 드디어 집의 쓸모가 생긴 셈이었다.

"여기로 먼저 가 있어. 곧 뒤따라갈 테니까."

여자는 세이에게 주소를 적은 메모지를 건넸다.

"이게 뭐예요?"

"아기를 낳을 때까지 네가 살 집."

세이는 메모를 보고 생각에 잠긴 표정이었다. 여자는 세이가 무슨 생각을 하는지 궁금했지만, 묻지 않았다.

"아줌마, 우리 같이 살면 안 돼요? 아이를 낳을 때까지요."

세이의 말이 여자의 가슴으로 날아와 박혔다. 여자는 잠시 숨을 골랐다.

"정말 같이 살고 싶어?"

세이가 간절한 눈빛으로 고개를 끄덕였다.

"그럼 같이 살아. 그 집에서."

"정말요?"

여자는 고개를 끄덕였다.

"와! 우리 그 집에 가면 파티해요."

"파티?"

"아줌마랑 저랑 같이 살게 된 기념으로요."

여자는 그러자고 했다. 세이가 활짝 웃었다.

"참, 아줌마. 공룡 말예요. 왜 멸종됐냐면요……"

세이를 보낸 뒤 여자는 시계, 손수건 등 남편의 물건을 가지런히 정돈했다. 남편을 위해 무언가 해주고 싶었다. 하지만 막상 해줄 것도, 해줄 수 있는 것도 별로 없었다. 남편과 와인을 마시면서 임신 사실을 알리고, 캐나다의 언니네 집에 다녀오겠다고 할 생각이었다. 당신 좋을 대로 해. 대신 너무 오래 있지는 말고. 남편의 말이 들리는 듯했다.

언제부터 비가 내리고 있었는지 빗줄기가 제법 굵었다. 여자는 어려서부터 빗소리가 좋았다. 빗소리에 몸을 맡긴 채 눈을 감으면 몸이 둥둥 떠올랐다. 그렇게 어딘가로 흘러가기를 바랐다. 하지만 눈을 떴을 때는 그 자리라는 데 안도하곤 했다. 여자는 베란다 문을 활짝 열고 밖으로 고개를 내밀었다. 입을 벌린 채 고개를 젖히자 빗물이 입안으로 들어왔다. 곧 뼛속까지 스미는 느낌이었다. 순간, 정적을 깨고 무슨 소리가 들렸다. 여자는 숨소리를 죽이고 귀를 기울였다. 무언가가 느릿느릿 움직이는 소리였다.

어둠 속에서 서서히 정체를 드러낸 것은 등 비늘이 번들거리는 이구아나였다. 늪에서 막 빠져나온 것처럼 축축한 거죽에 꼬리의 황갈색이 짙었다. 여자는 놈에게 손을 갖다 대었다. 익숙한 감촉에 찌릿했다. 놈의 등 비늘이 꼿꼿해졌다. 여자는 놈에게서 눈을 떼지 못했다. 놈이 꼬리를 뒤틀어 여자의 발을 툭 건드리고 눈알을 굴리면서 이빨을 드러냈다. 여자는 흠칫 놀라 뒷걸음질 쳤다. 순간, 휴대전화가 울렸다. 반사적으로 눈이 휴대전화로 향했다. 다시 놈 쪽으로 눈을 돌렸을 때는 놈이 사라지고 없었다. 더는 놈과 실랑이하고 싶지 않았다.

여자는 세이를 떠올렸다. 등 뒤에서 껴안고, 상처 난 손에 입김을 불어주던 세이. 품에 안겼을 때의 모습이 생생했다. 가슴 깊은 곳에서 무언가가 뭉글뭉글 괴어오는 것을 느꼈다. 자신을 향한 세이의 서슬 퍼런 독기가 왜 누그러졌는지 알 수 없었다. 자신이 아기를 낳아달라고 사정했는지 아기를 낳지 않으면 죽일 것처럼 다그쳤는지도 기억나지 않았다. 어느 순간, 그 애와 부둥켜안은 채 울었던 것만 생각났다. 아줌마, 공룡 말예요. 숲을 파괴하고 숲에 아무것도 되돌려주지 않아서 멸종됐대요. 속씨식물과 포유류는 서로 도우며 살아남았고요. 그게 바로 아줌마랑 저랑 같이 살아야 하는 이유예요. 공룡의 집에서요. 공룡의 집? 네. 우린 쥐라기로 돌아갈 거예요. 전 나뭇잎을 먹고 아줌마는…… 까르르 까르르, 세이의 웃음소리가 먹빛 하늘을 가르며 흩어졌다.

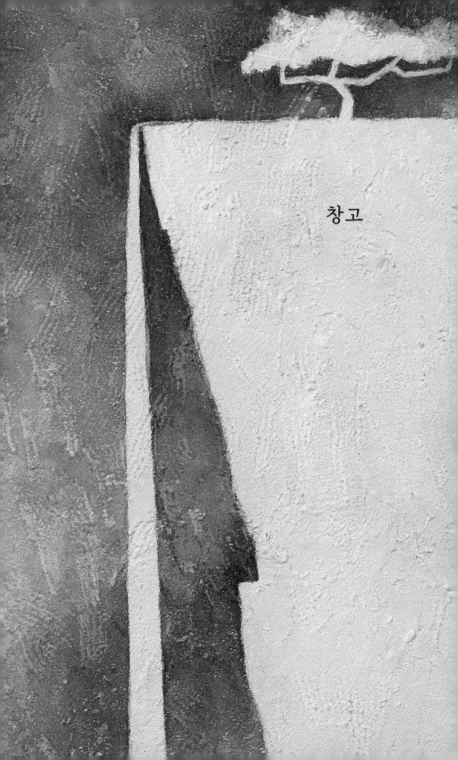

창고

빗방울이 투덕투덕 창문을 두드립니다. 동생이 얼른 깨어나 저 소리를 들으면 좋을 텐데요. 언니, 나는 비보다 빗소리가 더 좋아. 어렸을 적 동생은 비가 오면 자다가도 벌떡 일어나곤 했습니다. 빗소리를 듣겠다고 처마 밑으로 달려 나가기도 했고요.

어제 새벽 화재로 업소에서 일하던 여자 아홉 명 중 다섯 명이 죽었습니다. 두 명이 중상, 두 명이 경상을 입었고요. 동생은 유독가스를 마셔서 의식을 되찾으려면 시간이 걸릴 거라고 합니다. 이럴 줄 알았더라면 친구 S에게 동생과 저에 대해 솔직히 말해둘 걸 그랬습니다. 그 친구 마음이 따뜻하고 섬세해서 병문안도 와주고 동생을 위로도 해줄 텐데요.

이렇듯 저와 닮은 얼굴이 존재하다니 가슴이 뻐근합니다. 얼마 전에 반강제로 보톡스를 맞았다더니 이마와 볼이 탱탱합니다. 하지만 어딘지 균형이 맞지 않은 얼굴이 낯설게 느껴집니다. 부작용은 없어야 할 텐데요.

어렸을 적 동생과 저는 외모 말고는 비슷한 구석이 별로 없었습니다. 성격과 취미도 달랐습니다. 저는 책을 좋아하고 엉뚱한 이야기도 곧잘 지어냈습니다. 동생은 손재주가 좋았습니다. 무엇이든 접고 오리는 것은 물론, 종이와 연필만 있으면 단숨에 그림을 그려냈습니다. 학교를 제대로 다녔다면 화가가 되었을지 모릅니다. 아니, 십오 년 전에 동생이 입양되었더라면 모든 게 달라졌겠지요. 그때 헤어졌던 동생 소식을 일주일 전에야 들었습니다.

그날 저는 퇴근해 집에 오자마자 옷도 벗지 않고 침대에 누웠습니다. 전날 밤을 꼬박 새운 터라 몹시 피곤했습니다. 아무 데나 머리를 대기만 해도 잠들 것 같더니 막상 잠이 오지 않았습니다. 연구수업이 코앞인데 파워포인트를 비롯해 수업용 파일이 감쪽같이 사라졌으니 그럴 수밖에요. 기간제 교사였던 저에게 그 수업은 재임용의 결정적인 변수가 되는 거였습니다. 자정이 훌쩍 지났는데 휴대전화가 울렸습니다. 큰일 났어요, 선생님. 세이의 목소리가 다급했습니다. 하마가 사고를 쳤어요. 사고? 네, 그게…… 세이는 차마 입이 안 떨어진다는 듯 머뭇거렸습니다. 하마라면 학교에서 소문난 사고뭉치 복학생의 별명이었습니다. 입이 크고 콧구멍을 벌름대는 버릇이 있어 하마로 통했습니다. 녀석은 걸핏하면 결석이고, 학교에 와도 엎드려 자는 것으로 시간을 보냈습니다. 주먹질이나 패싸움은 말할 것도 없고 오토바이를 훔쳐 타고 밤거리를 누비기 일쑤였습니다. 무엇보다 여학생을 농락하는 것으로 유명했습니다. 녀석에게 얽혀 있는 여학생이 한 소대는 된다는 소문이 돌 정도였습니다. 제 신발장에 들어 있던 USB의 음란한 동영상 역시 녀석의 짓이 분명합니다. 물론, 그것은 악의라기보다는 관심을 끌려는 행동이었습니다. 공부에는 관심도 없는 녀석이 제가 담당하는 과학 동아리에 들어왔던 것만 봐도 알 수 있는 일이었습니다.

선생님 동영상이…… 저를 찍은 동영상이 하마의 블로그에 올라와 있다고 했습니다. 저는 세이가 불러주는 블로그에 접속했습니다. 그게 뭐 대단한 일이냐고 반문했을 때까지만 해도 그것이 낯 뜨거운 동영상일 줄은 생각지 못했습니다. 저는 빛에 노출된 인화지처럼 머릿속이 하얗게 비워졌습니다. 처음에는 저도 선생님인 줄 알았어요. 하지만 헤어스타일도 다르고 풍기는 분위기가 달라요. 하마가 합성한 게 분명해요. 아무래도 하마가 선생님을 골탕 먹이려고…… 왜 그런 일을? 하고 묻다가 며칠 전의 일이 떠올랐습니다.

교직원 회식 자리에서 교무부장이 치근거렸습니다. 기분이 엉망인 채 집에 돌아왔습니다. 재킷도 벗지 않고 담배를 피우고 있는데 하마의 문자메시지가 들어왔습니다. 제가 사는 집 앞에 와 있다고요. 한밤중에 하마라니, 꺼림칙했습니다. 문을 열자니 담배를 피운 것이 켕기고, 안 열고 버티자니 무슨 짓을 할지 모르는 녀석이라 마음이 쓰였습니다. 우선 창문부터 열고 방향제를 뿌렸습니다. 선생님, 안에 계시는 거 다 알아요. 담배 피우신 것도요. 녀석과 실랑이해봤자 좋을 게 없다는 생각이 들었습니다. 용건이 뭐야? 돈 좀 주세요. 녀석은 맡겨둔 돈을 찾으러 온 것처럼 말했습니다. 여자 친구가 자살 기도를 했다더군요. 그것도 저 때문이라고요. 내가 왜? 선생님이랑 저랑 그렇고 그런 사이라는…… 녀석과 저 사이를 여자 친구가 질투해서 생긴 일이라고 했습니다. 녀석에게 휘둘려서는 안 되겠다 싶어 딱 잘라 거절했습니다. 정 그러시다면 할 수 없죠. 그 말을 귓등으로 들어 넘긴 게 잘못이었습니다.

세이는 알리바이가 있다며 저를 위로했습니다. 동영상을 찍은 날이 마침 없어진 파일을 복구하느라 세이가 저와 함께 밤을 새운 날이라면서요. 일의 성격이나 무게로 보아 그것은 별로 중요한 게 아니었습니다. 전화를 끊고 다시 동영상을 들여다보았습니다. 동영상 속의 얼굴은 제가 아니었습니다. 합성한 것도 아니었습니다. 유난히 불거진 쇄골이며 참외 배꼽, 목과 어깨선 모두가 저라는 복사기에서 금방 튀어나온 것이었습니다. 제가 아니면서 저와 같은 얼굴. 눈여겨보지 않으면 아무도 분간할 수 없는 일란성쌍둥이, 그녀는 제 동생이었습니다.

일곱 살 때부터 보육원에서 자란 동생과 저는 늘 붙어 다녔습니다. 하지만 언제까지나 그럴 수는 없었습니다. 쌍둥이를 입양하는 경우는 드물었으니까요. 더구나 입양은 우리가 선택할 수 있는 게 아니었습니다. 둘 중 한 명이 곧 입양될 거라는 말을 들었을 때만 해도 저는 마땅히 동생이어야 한다고 생각했습니다.

동생은 마음이 여리고 정이 많았습니다. 보육원 식구들은 물론, 선물을 들고 와서 잠깐 놀아주고 가는 방문객들에게도 매달리며 눈물을 쏟곤 했습니다. 그 눈물이 동정심을 자극했을까요. 동생은 인기가 많았고, 특히 남자애들의 관심을 독차지했습니다. 여자애들 사이에서는 동생이 끼를 부린다는 소문이 돌았지요. 저는 동생을 감싸면서도 삐딱한 마음이 일어나곤 했습니다. 일찍이 우리 곁을 떠난 엄마에 대해서도 사람들이 그렇게 수군거렸으니까요. 엄마에 대한 원망까지 뒤섞였습니다.

우리가 열두 살 때 마침내 입양하겠다는 부부가 나타났습니다. 둘 중 어떤 아이를? 제가 올 때마다 바짓가랑이를 잡고 우는 아이요. 원장이 저더러 동생의 옷을 갈아입히라고 했을 때 저는 생각했습니다. 걸핏하면 징징대는 울보를 양부모가 언제까지 받아줄까. 독하고 야멸친 구석이 있는 내가 입양되는 편이 모두를 위해 더 낫지. 저는 동생에게 입히라는 옷을 가로챘습니다. 제가 먼저 보육원을 나가야만 동생도 데리고 나올 수 있다고 합리화하면서요. 내가 울어도 넌 절대 울면 안 돼. 헤어졌다가 다시 못 만난 공룡과 선녀 얘기 알지? 울면 우리도 그렇게 될 거야.

그런데 막상 입양되고 보니 모든 것이 생각했던 것과 달랐습니다. 집이 아무리 번듯해도 양부모님이 아무리 잘해주어도 동생과 지내는 것만은 못했습니다. 무엇보다 동생이 걱정되고 보고 싶었습니다. 동생을 보육원에서 데리고 나오기는커녕 만날 수도 없었습니다. 양아버지의 근무지가 바뀌어 서울로 이사하게 되자 보육원과는 더욱 멀어졌고요. 고등학교 일학년이 되어서야 비로소 저는 동생을 찾아갔습니다. 그때는 이미 동생이 보육원을 나간 후였습니다. 저는 아무것도 길어 올릴 수 없는 우물 같은 시간 앞에서 멍할 따름이었습니다.

그렇게 헤어진 지 십오 년 만에 마주한 동생의 소식이었습니다. 그런데 그 애의 나체 사진이 제자의 블로그에 올라와 있다니요. 저는 얼른 하마에게 연락했습니다. 여러 차례 전화를 걸고 문자메시지를 보낸 끝에 녀석을 만날 수 있었습니다. 녀석을 채근해서 동영상의 진원지가 여자들이 몸을 파는, 그렇고 그런 곳이라는 걸 알았습니다. 어떻게 네가 그런 델? 그 정도야 기본이죠. 거침없는 녀석 앞에서 저는 할 말을 잃었습니다. 하지만 당장 아쉬운 쪽은 저였습니다. 녀석에게 그곳에 다시 가서 그녀를 만나달라고 부탁했습니다. 대가로 녀석이 요구한 돈의 두 배를 주었습니다. 녀석은 흔쾌히 받아들였습니다. 휴대전화 번호까지 알려주는 재치까지 발휘했고요. 그 거리를 떠도는 맹인 소녀에게 샀다며 저에게 장미꽃도 선물했습니다. 모든 걸 녀석과 저만의 비밀로 하는 조건이었습니다. 녀석은 선심 쓰듯 블로그의 동영상을 지웠습니다.

동생은 제 목소리를 듣자마자 울음을 터뜨렸습니다. 언니 얼굴 한번 보면 죽어도 소원이 없을 것 같아. 감금된 거나 다름없이 살고 있다고 했습니다. 그 말에 제 마음은 오히려 얼어붙었습니다. 십오 년 전에 우리의 인연은 끝난 거야. 내게 동생은 없어. 더구나 몸을 파는 여자라니, 내 동생이 될 수 없지. 절대로!

그런데 시간이 지나면서 보고 싶다는 동생의 말이 귀에서 쟁그랑거렸습니다. 십오 년 전에 지은 빚을 갚으라고 제 안의 제가 나무랐습니다. 무엇보다 동생을 한번 보고 싶은 마음이 일기 시작하자 걷잡을 수 없었습니다. 고민하다가 친구 S에게 속을 털어놓았습니다. 물론, 제 일이 아닌 것처럼 바꾸어서요. 그 친구, 처음에는 무슨 소설을 쓰느냐며 비웃더니 제 표정에서 무엇을 읽었는지 무조건 동생을 구하라고 했습니다. 선택의 여지가 없는 거라고요.

동생은 모 주간지 기자 이름을 일러주면서 도움을 청하라고 했습니다. 경찰은 포주와 유착되어 있어 도움이 안 될 거라고 하면서요. 그래도 저는 경찰에 신고부터 했습니다. 경찰은 벌써 현장에 다녀왔다며 감금 사실을 부인하더군요. 다시 구조를 요청했지만 끝내 오인 신고로 마무리했습니다. 하는 수 없이 그 기자를 수소문했습니다. 동생이 알려준 정보가 있어 그를 찾는 것은 어렵지 않았습니다. 그가 선뜻 오겠다고 하고는 약속을 어겼습니다. 물론, 그가 오지 않은 것은 아니었습니다. 너무 늦게 왔을 뿐이지요.

그가 뒤늦게 도착했을 때 화염에 뒤덮인 지하 창고에서 저의 숨은 간당간당했습니다. 구조대원들이 주검과 부상자들을 찾았으나 누구도 저를 발견하지는 못했습니다. 어떻게 된 겁니까? 업소 여자들이 담배꽁초를…… 제가 지상에서의 마지막 숨을 쉬고 있을 때 기자와 경찰의 대화가 들려왔습니다.

그 시간 이후 저는 시간과 거리를 초월해 돌아다닐 수 있게 되었습니다. 전에 보지 못했던 것들과 전에는 볼 수 없었던 것도 볼 수 있고요. 말을 하지 못해도 들을 수는 있습니다. 물론, 스스로 장례를 치르기 전까지만 허용되는 것입니다만. 그렇습니다. 저는 혼령입니다.

이제 학교로 가봐야겠습니다. 교무실도 한번 둘러보고 마지막으로 세이도 한번 보려고요.

며칠 전까지만 해도 교재 연구와 수업 준비를 했던 교무실이 낯설게 느껴집니다.

"송 선생은 어떻게 된 거예요? 벌써 나흘째 무단결근이잖아요."

"아무리 얼굴이 두꺼워도 그렇지 학교엘 다시 나올 수 있겠어요?"

"그럼 부장님은 그 소문을 믿으신다는 거예요? 그것도 하마놈 짓이라는데요."

"아니 땐 굴뚝에 연기가 날까요?"

과연 능구렁이다운 말입니다. 이 학교 재단 이사장의 사촌인 그는 기간제 교사 채용의 실권자입니다. 그걸 빌미로 저에게 온갖 잡무를 떠맡기고 노골적으로 금품을 요구했습니다. 회식 자리며 이어지는 노래방에서는 추행을 서슴지 않았고요. 모든 걸 밝히지 못한 채 떠나야 하는 것이 안타깝기만 합니다.

"그나저나 하마 이 자식은 왜 안 나타나는 거죠? 그 자식이 와야 일이 어떻게 된 건지 알 수 있을 텐데 말이에요."

평소에도 하마를 눈엣가시로 여기는 선생이 말합니다.

"이참에 그 자식도 잘라야지, 안 되겠어요. 허구한 날 사고나 치고 학교를 여관방으로 아는 놈인데. 그냥 놔뒀다가 또 무슨 화를 불러올지 모르잖아요."

능구렁이가 눈동자를 굴리며 말하자 선생들도 고개를 끄덕입니다.

"그건 차후에 얘기하고 송 선생 문제나 마무리 지읍시다. 마냥 기다릴 수만은 없지 않겠어요?"

교감의 말에 선생들은 서로 눈빛을 주고받을 뿐 말이 없습니다.

"우선 기간제 채용 공고부터 합시다. 수업 결손 생기면 학부모들도 시끄러울 텐데, 연구수업도 그렇고…… 밖으로 새어 나가지 않게 애들 입단속 단단히 시키셔야 합니다."

교감은 자기에게 불똥이 튈까 봐 몸을 사립니다. 안 그래도 내년에 정년 퇴임하는 교장의 후임 자리를 놓고 전전긍긍하던 차였습니다.

수업 시작종이 울립니다. 싸늘한 공기 속으로 울려 퍼지는 차임벨 '소녀의 기도'가 가슴을 비집고 들어옵니다. 제가 지금 기도를 한다면 무엇을 위해 해야 할까요.

"일단 수업들 들어가세요."

교감의 말이 떨어지자마자 선생들이 하나둘 자리에서 일어섭니다.

"비가 와서 그런지 오만 삭신이 다 쑤시네. 어디 보자, 보강이 몇 반이더라?"

제가 결근했으니 저 대신 누군가가 수업을 들어가야 합니다. 능구렁이가 나서는 건 아이들에게 정보를 얻으려는 속셈입니다.

교실에 들어서니 익숙한 냄새가 납니다. 어른들은 가질 수 없는, 싱그러운 이 기운을 좋아했는데 오늘로 마지막이 되겠군요. 사고가 나지 않았다면 지금 저는 이 교실에서 연구수업을 하고 있을 테지요.

저기 창가 쪽 맨 뒷자리에 앉은 아이가 세이입니다. 고개를 숙인 채 무언가를 끼적거리고 있습니다. 공부를 하는 게 아니라 낙서를 하고 있네요.

녀석은 성적이 좋은 편이었습니다. 특히 과학은 학년에서 일등을 놓친 적이 없습니다. 당돌한 구석이 있는데 그것이 그 애의 매력입니다. 큰 키와 하얀 피부, 기다란 목과 시원스러운 눈매로 어디서나 눈에 띕니다. 저는 그 애에게 '세이'라는 별명을 지어주었습니다. 공룡 '세이모스 사우르스'의 약자인데, 그 공룡의 목이 길었거든요. 몸집이 커서 걸으면 땅이 울린다고 지진공룡으로도 불립니다. 제 나름으로는 녀석에게 울림 있는 삶을 살라는 기원을 담았습니다. 녀석도 그 별명을 좋아했습니다.

"선생님, 귀신 얘기 해주세요."

"시끄러, 인마. 지금 때가 어느 땐데 귀신 얘기야?"

"그럼 공룡 얘기요."

"뭐?"

아이들은 교무부장을 놀릴 셈으로 말하고는 킥킥거립니다.

얼마 전 비 오는 날이었습니다. 아이들이 저에게 첫사랑 이야기를 해달라고 졸랐습니다. 그럴 때를 위해 준비해둔 시나리오가 있었지만, 그날따라 그걸 우려먹는 게 내키지 않았습니다. 대신 공룡 이야기를 해주었지요. 자, 눈을 감고 상상해보자. 거대한 호수에 후드득 빗방울이 떨어지고 몸집이 집채만 한 공룡이 그 주변을 어슬렁대는 거야…… 아이들은 숨을 죽였습니다. 아무리 무서운 이야기나 야한 이야기도 공룡 이야기에는 댈 게 아니었습니다. 지금부터 이억 팔백만 년 전부터 일억 사천오백만 년 전까지의 지질시대를 쥐라기라고 한다. 전 대륙이 덥고 습해 거대한 숲이 만들어졌지. 숲은 곧 공룡들의 천국이 됐어. 그들은 거대한 몸집을 지탱하기 위해 엄청난 먹이를 먹으면서 숲을 폐허로……

세이가 낙서하다가 말고 저에게 문자메시지를 보냅니다. '선생님, 어디 계세요? 왜 연락이 안 되는 거예요? 힘내세요. 제가 있잖아요. 선생님의 수호천사 드림.'

"공룡은 왜 멸종됐어요?"

"인마, 내가 지금 그딴 얘기나 하고 있을 만큼 한가한 줄 아냐? 조용히 자습이나 해."

아이들이 능구렁이를 향해 야유를 보냅니다.

"야, 반장! 하마 자식 아직 연락 안 되냐?"

"안 되는데요."

능구렁이가 연신 헛기침을 합니다.

"니들 중에 하마가 올린 동영상 본 사람?"

드디어 능구렁이가 본색을 드러냅니다. 세이를 제외한 아이들의 눈빛이 호기심으로 반짝거립니다. 막상 손을 드는 아이는 없습니다.

"동영상 본 사람 없어?"

"그거, 과학 선생님 아니거든요."

세이의 말투가 사뭇 도전적입니다. 아이들의 시선이 세이에게로 향합니다. 세이가 알리바이를 댑니다.

"알았으니까 넌 좀 빠져."

"더 이상 과학 선생님을 모독하지 마세요."

"모독? 너 지금 모독이라고 했냐?"

"혹시 선생님이 과학 선생님 연구수업 자료 파일 지우신 거 아녜요?"

"뭐?"

"그때 저한테 그 파일 어딨냐고 물어보셨잖아요."

세이가 고개를 빳빳이 들고 교무부장을 노려봅니다. 당돌하기는 해도 선생에게 대들지는 않는 녀석인데요. 교실이 다시 술렁거리고 능구렁이의 얼굴이 붉으락푸르락합니다.

"이 새끼가 얻다 대고?"

능구렁이가 세이의 머리를 칠 기세입니다. 짐작하고 있었는데, 저러는 것을 보니 그가 한 짓이 분명해 보입니다. 세이가 물러서지 않고 또박또박 말대꾸합니다.

녀석, 기어이 교무실로 끌려갑니다.

녀석에게 더 이상 아무 일도 없어야 할 텐데요. 능구렁이의 기세로 보아 세이가 곤욕을 치를 게 뻔합니다.

능구렁이가 슬리퍼 끄는 소리를 내며 교무실로 들어섭니다.

"이거 참 더러워서…… 쥐라긴지 뭔지 화류계 여자가 굴러 들어와 선생 행세를 하지 않나, 대가리에 피도 안 마른 새끼가 행팰 부리지 않나……"

"과학 선생님은 결백해요. 제가 증인이에요."

능구렁이가 주변을 의식하는 듯 헛기침을 하면서 세이에게 반성문을 쓰라고 합니다.

"근데 그 쥐라기는 뭐예요?"

교감이 호기심 어린 표정으로 능구렁이를 향해 묻습니다. 능구렁이는 일부러 그러는 듯 들은 척도 하지 않습니다.

"송샘이 공룡에 대해 모르는 것이 없다고 애들이 그렇게 부르던데요?"

눈치 빠른 선생이 대답합니다.

"그럼 송 선생도 혹시 멸종?"

장난기 섞인 목소리의 주인공은 제 옆자리 선생입니다. 선생들이 웃음을 터뜨립니다. 세이 녀석, 선생들을 쏘아보고는 기어이 교무실 밖으로 뛰쳐나갑니다.

이제 그럴 수도 없게 되었지만, 다시 기회가 주어진다고 해도 저는 학교로는 돌아오지 않을 것입니다. 일이 이렇게 된 걸 보면 어차피 저와 인연이 오래 닿을 곳은 아니었지 싶습니다. 제가 과학을 전공하게 된 것은 아버지 때문이었습니다.

공룡의 멸종에 관한 논문을 쓴 것이며 교직에 뜻을 두었던 것도요.

　아버지는 고등학교 과학 교사였습니다. 작은 섬마을로 첫 발령을 받았다지요. 누가 봐도 듬직한 청년이어서 여자를 소개하겠다는 사람이 줄을 섰습니다. 아버지는 모두 마다하고 그 섬에서 태어나고 자란 여자를 선택했습니다. 그녀와 함께 고기를 잡고 텃밭을 일구었지요. 틈만 나면 저와 동생을 허벅지에 나란히 앉히고 이야기를 들려주었습니다. 바닷물은 왜 짠지, 철새는 왜 무리 지어 다니는지, 별은 왜 빛나는지…… 신기한 동식물 이야기에서 신비한 우주 이야기까지 아버지는 모르는 게 없었습니다. 그러던 어느 여름방학이었는데 아버지는 소풍 가는 아이처럼 들떠서 집을 나섰습니다. 학술조사팀에 합류해 지질 탐사에 나선 것입니다. 그것은 아버지의 오랜 꿈이었습니다. 그 팀이 공룡의 화석을 발견한 뒤 아버지는 자주 집을 비웠습니다. 어머니의 외출이 잦아진 것도 그 무렵이었습니다. 동생과 저는 어머니를 기다리다가 지쳐 잠들곤 했습니다. 비가 퍼붓는 새벽에 어머니가 밥과 고기반찬을 해놓고 집을 나섰습니다. 저는 깨어 있었지만, 기척을 내지 않았습니다. 동생이 깰 때까지 누워 있었습니다. 동생도 깨어 있었다는 걸 밥상을 차리고 나서야 깨달았습니다. 동생은 고기를 한 점도 넘기지 못했습니다. 저는 그런 동생을 타박하면서 동생 몫의 고기까지 꾸역꾸역 먹었습니다. 결국 체해서 누런 물까지 토해냈습니다. 어머니가 동네 청년과 도망쳤다는 소문이 들려온 것은 며칠 뒤였습니다. 긴 여행에서 돌아온 아버지는 동생과 저를 꼭 안아주었습니다. 그 뒤로도 공룡에 관한 이야기는 들려주었지만 더 이상 탐사를 떠나지는 않았습니다. 식사를 거의 하지 못하고 잠도 이루지 못하더니 어느 날 병원으로 실려 갔다가 영영 돌아오지 못했습니다.

아버지가 들려주었던 공룡 이야기는 아직도 생생합니다. 공룡의 멸종에 관한 이야기 말입니다. 공룡은 닥치는 대로 식물을 먹어 치웠고 숲이 줄어들자 먹이를 찾아 추운 지역으로 이동했습니다. 그때 포유류는 꽃이 피어 씨로 번식하는 현화식물의 열매를 먹은 후 배설물을 퍼뜨려 식물의 번식을 도왔다지요. 현화식물과 포유류는 그렇게 공생관계를 유지했던 반면, 공룡은 식물을 파괴할 뿐이었습니다. 스스로 멸종을 재촉한 것입니다. 잇달아 지구와 운석이 충돌하고 곧 빙하기가 시작되었고요. 빙하기를 거치면서 공룡은 멸종했지만, 포유류는 어둠의 시대를 이겨냈습니다.

이제 동생이 있는 병실에 가봐야겠습니다.

병실이 소란한 걸 보니 또 기자나 경찰이 온 모양입니다.

이번 불로 화상을 입은 여자와 기자가 이야기를 나누고 있습니다. 동생과 둘도 없는 사이로 함께 탈출을 시도하기도 했다는 그녀가 저도 살갑게 느껴집니다.

"화재경보기는요? 경보기가 있었다고 하던데요?"

기자가 그녀에게 묻습니다.

"있기는 있었는데 포주의 방 앞에만 있었어요."

"소화기는요?"

"그런 게 있었다면 내가 죽더라도 불을 끄고 언니들을 구했을 거예요."

"없었던 게 확실해요? 소방서장이 현장에 소화기가 있었다고 하던데요. 다섯 개나."

"몇 번을 말해야 해요? 거기서 이 년이나 있었는데 못 봤잖아요. 우리 딸 얼굴은 시커멓게 됐는데 소화기는 반짝반짝했다니까 그러시네. 그러면 말 다한 거지 뭐."

그녀 대신 그녀 어머니의 목소리가 높아집니다. 오래전 집나갔던 딸을 만난 그녀는 딸의 손을 꼭 잡고 있습니다. 기자가 고개를 갸우뚱거리며 무언가를 적습니다. 각기 다른 주장들과 앞뒤가 맞지 않는 말들 사이에서 고민하는 것이 역력합니다.

"거기서 어떻게 지내왔는지 말씀해주시죠?"

여자가 싫다는데도 기자는 집요합니다. 말해야 이로울 거라는 말에 여자가 마지못해 입을 뗍니다.

"처음에 소개비와 방세부터 빚을 져요."

자신을 진짜와 가짜로 분리하기 위한 치장과 스릴을 위한 유니폼 비용, 관계 시간 초과나 몸무게가 늘어난 데 따르는 벌금…… 그런 걸 제하고 나면 손님을 아무리 많이 받아도 빚이 늘밖에요. 새로울 게 없는 이야기인데도 새삼 기가 찹니다.

이제 그 업소의 지하, 제 몸이 있는 창고로 돌아가야 할 시간입니다. 저 하늘과 바람, 지상의 당신들과도 작별해야겠군요.

불이 난 지 하루가 지난 이곳은 폐허나 다를 바 없습니다. 포장마차도 장미꽃을 팔던 맹인 소녀도 안 보이고요. 유리방에 손님이 넘칠 때 이용했다는 보도방과 전화발이들의 반짝 영업소라는 여관들만 여전히 건재합니다.

사흘 전 저는 동생을 구하기 전 사전 답사차 이곳에 다녀갔습니다. 혼자서는 용기가 나지 않아 친구 S와 함께요. 망설이는 그에게 누군가의 목숨이 걸린 일이라고 했습니다. 그는 꼭 가야겠으면 남장을 하라고, 자기 옷을 빌려주겠다고 했습니다. 우리가 도착한 것은 이곳의 피크 타임인 열한시쯤이었습니다. 대로변에는 삐끼들과 봉고차들이 바쁘게 움직였습니다. 말쑥한 중년부터 빈티지한 차림의 청년, 겉늙은 교복까지 두 시간 동안 입구를 거쳐 간 수만 해도 헤아리기 어려울 정도였습니다.

돔형 입구의 비닐 천막을 젖히자 기다란 터널이 나왔습니다. 왼쪽에는 포장마차, 오른쪽에 유리방이 빽빽했습니다. 그 길을 따라 서너 명씩 무리를 지은 남자들이 비틀거리며 지나갔습니다. 이곳은 술에 취하지 않으면 안 되는 곳인지도 모릅니다. S와 저도 포장마차에서 술을 마셨습니다. 그 친구, 이곳에 발을 딛는 순간부터 줄곧 비장한 표정이었습니다. 소주한 병을 비우고 막 일어서는데 꽃을 파는 소녀가 다가왔습니다. S가 꽃 한 송이를 샀는데도 소녀는 가지 않고 저에게 말을 걸었습니다. 꽃과 뱀의 결투 이야기를 해달라고요. 저는 가슴이 철렁했습니다. 이슬을 사랑한 꽃과 뱀이 결투를 벌이는 동안 아침이 밝아왔다는, 이슬은 둘을 남겨두고 사라져버렸다는 이야기. 제가 지어내어 동생에게 들려준 것이었습니다. 저는 시치미를 떼고 이야기했습니다. 소녀는 제 이야기에 귀를 기울였습니다. S는 뜨악한 얼굴로 저와 소녀를 번갈아가며 바라보았습니다. 소녀가 손으로 제 얼굴을 더듬더니 이마에 입을 맞추었습니다. 어쩌면 저를 동생으로 착각했는지도 모릅니다. 자리를 뜨지 않는 소녀를 남겨둔 채 저는 돌아섰습니다. S는 정말 그런 이야기가 있느냐고 물었습니다. 저는 동화책에 나오는 이야기라고 둘러댔습니다.

S와 저는 걸음을 재촉했습니다. 쇼윈도의 마네킹처럼 서 있던 여자들이 우리를 향해 손짓했습니다. 언니야, 나 있잖아…… 불이라도 질러 여길 빠져나가고 싶다는 동생의 말이 떠올랐습니다. 어쩌다 동생은 이런 일에 발 담그게 되었을까요. 왜 하필 여기였느냐 말입니다.

지하 일층에 지상 사층인 건물 입구에 폴리스라인이 쳐져 있습니다. 기자와 경찰, 소방관도 보입니다.

"글쎄, 지금이 무슨 호랑이 담배 피우던 시절도 아닌데 감금은 무슨……"

경찰의 말과 표정은 뭔가를 숨기는 사람 특유의 냄새가 납니다. 기자는 고개를 갸우뚱합니다.

지하에는 창고와 방 하나, 지상에는 층마다 방이 여럿입니다. 겨우 한두 사람이 누울 정도의 공간입니다. 창문이라기보다 구멍에 가까운 것이 있는데 그마저도 쇠창살이 쳐져 있으니 방 안은 낮에도 밤처럼 어두울밖에요.

"이거 쇠창살이잖아요?"

"글쎄요, 뭐 제가 감식반이 아니라서……"

기자가 묻고 경찰이 대답합니다.

건물 이층과 삼층 사이에는 두 개의 철문과 한 개의 유리문이 있습니다. 계단 옆에 시커멓게 그을린 옷들이 보입니다. 순간, 레이스가 달린 옷을 입은 동생이 불쑥 제 손을 잡습니다. 흠칫하여 다시 보니, 동생은 보이지 않습니다. 이층에서 삼층으로 접어드는 입구에 철문, 가운데 유리문을 지나 삼층으로 이어지는 계단과 그 끝에 또 철문, 그 옆에 인터폰이 있습니다. 어디에서건 문을 열면 경보음이 나도록 말입니다. 물론, 안전점검표의 내용은 사실과 다릅니다. 그나마 사층에 대해서는 언급조차 없습니다. 위반건축물이라는 증거입니다. 베니어합판과 짐짝으로 가려져 있는 삼층과 사층의 창문을 기자가 가리킵니다. 그런 게 다 감금의 증거가 아니냐고 말합니다. 경찰은 못 들은 척합니다.

"화재 원인을 담뱃불로만 보기에는 미심쩍은 게 있어서요."

기자가 다시 말합니다.

"기자 양반, 뭘 몰라도 한참 모르시네. 툭하면 취해서 싸움질에…… 걔들 그러는 게 어디 하루 이틀인가요?"

경찰이 대답합니다.

"불이 번지는 시간을 생각해볼 때 담뱃불로는 이 정도 대형 참사가 일어날 수 없지 않을까요?"

"건물 내부를 보세요. 합판하고 플라스틱으로 도배돼 있잖아요?"

"그럼 지하 창고에서 불길이 솟구쳤다는 건 무슨 말이죠?"

기자는 집요합니다.

"글쎄요. 그거야 뭐, 곧 밝혀지겠죠."

경찰이 꼬리를 내립니다. 어차피 이 사건의 진상을 밝히는 데 자기가 할 일이 없다는 걸 알고 있을 테니까요. 소방 당국과 경찰, 국립과학수사연구소로 이루어진 합동조사반이 잔해물을 정밀 감식 중이라고 합니다. 내일 사망자들의 장례를 치른 후에 포주와 피해자들을 대상으로 발화 물질에 대한 추가 조사가 있을 거라 하고요.

그런다고 화재의 진짜 이유가 밝혀질 거라고 기대해서는 안 됩니다. 어차피 이 사건은 적당한 선에서 마무리될 테니까요.

화재의 원인도 담뱃불이 아닙니다. 그걸 어떻게 아느냐고요?

불은 지른 사람은 바로 저거든요.

그제 낮부터 동생의 휴대전화가 꺼져 있었습니다. 기자가 수습하겠다고 했지만 저는 기다릴 수가 없었습니다. 어제 새벽에 업소로 향했습니다. 동생이 탈출을 시도했다가 들켜 며칠 갇혀 있었다는 창고로 말입니다.

동생이 일러준 창고로 향하는 계단은 어두웠습니다. 플래시 불빛에 의지해 계단을 내려가다가 몇 번이나 멈춰 섰습니다. 과연 내가 잘하고 있는 걸까. 이 방법밖에 없는 걸까. 하지만 여기까지 와서 물러설 수는 없다고 스스로 다그쳤습니다. 누군가는 해야 할 일, 제가 아니면 안 되었습니다. 더 이상 미루어서도 안 되는 일이었고요.

창고 문을 열었습니다. 퀴퀴한 냄새가 밀려 나왔습니다. 창고 안은 동생이 말한 대로였습니다. 이불이며 옷가지를 비롯해 가재도구, 상자와 고철, 술병들까지 온갖 잡동사니가 쌓여 있었습니다. 동생의 휴대전화에 메시지를 남기고는 페트병에 담아간 휘발유를 이불 더미에 뿌렸습니다. 거기까지는 막힘이 없었습니다. 불을 붙인 뒤 동생이 있다는 사층으로 올라가는 일만 남았습니다. 그때 갑자기 텅, 소리가 났습니다. 문 쪽에서 나는 것인지 천장에서 나는 것인지 알 수 없었습니다. 누가 내려오고 있을지도 모른다는 생각에 다리가 후들거렸습니다. 난생처음 기도라는 걸 했습니다. 동생과 이곳을 빠져나가게만 해달라고요. 다행히 소리가 멈추기에 저는 종이 뭉치에 불을 붙여 이불 더미로 던졌습니다. 퍽, 소리가 나고 순식간에 불길이 번졌습니다. 저는 재빨리 문 앞으로 달려갔습니다. 그런데 이게 웬일입니까. 손잡이가 헛돌았습니다. 문을 밀고 발로 차보았지만, 문은 끄떡하지 않았습니다. 영원히 열리지 않을 성문처럼 굳게 닫힌 그 문 앞에서 저는 아연하여 주저앉고 말았습니다. 밖에서는 열 수 있지만, 안에서는 열 수 없는 문. 동생의 말이 그제야 떠올랐습니다. 불길은 이미 여기저기로 옮겨붙어 천장으로 치솟았습니다. 발밑이 꺼지고 잇달아 천장에서 무언가가 떨어졌습니다.

구조대는 업소에서 일하던 아홉 명의 신원을 확인했습니다. 사람이 더 있을 거라고는 생각지 못했겠지요. 창고를 돌아볼 여력도 없었을 테고요. 살펴보았다고 해도 잔해물에 깔린 저를 쉽게 찾을 수는 없었을 것입니다. 제 몸은 형체도 알아볼 수 없을 만큼 엉망이 되었으니까요. 소지품도 모두 타버렸고요. 시신이 발견된다고 해도 제가 누구인지 밝혀질 가능성은 거의 없었습니다.

제가 저지른 일인데, 정말 제가 했는지조차 아득합니다. 또 훗날에라도 동생이 모든 것을 알게 되었을 때, 아파할 걸 생각하면 가슴이 저릿합니다.

드디어 제 몸과 혼이 분리되는 것을 느낍니다. 서서히 아주

서서히. 그러나 한순간, 제 혼이 몸으로부터 훌쩍 멀어집니다. 소리 없이, 흔적도 없이……

저렇듯 처참하게 남겨진 몸의 주인이 저라는 것이 믿기지 않습니다. 그러고 보니 어리석은 마음이 몸에 진 빚이 많습니다. 몸에 깃들여 사는 동안은 몰랐던 것인데요. 후생에서는 그 반대여도 좋겠습니다.

누군가가 이쪽으로 걸어오고 있습니다. 신발을 끌며 걷는 것은 S의 버릇인데요. 장미꽃 향기가 나는 것으로 보아 맹인 소녀인지도 모르겠습니다.

비비

구름은 점점 낮아지고 있었다. 너는 거리의 간판들을 올려다보며 걸었다. 골목에 빼곡한 '미인촌'들. 과연 이 도시는 미인들의 천국이라 할 만했다. 인터넷 카페 '비포 앤 애프터'만 해도 최근 회원 수가 폭발적으로 늘어났다. 미남 미녀들이 서로 개인 정보를 공유하고, 성형 전후 사진을 알아맞혀 파트너를 맺었다. 그렇게 맺어진 파트너를 만나서 즐겼다. 즐기는 데 제한은 없었다. 그야말로 미남 미녀들의 자유로운 만남이었다. 일주일 전까지 너의 적중률은 최고였다. 타고난 눈썰미에 직관력까지 갖추었으니 당연했다. 내로라하는 미남과의 데이트는 네가 스스로에게 주는 선물이었다. 오늘이 바로 오프라인 만남이 있는 날이었다.

"원숭이다, 개코원숭이."

아이스크림을 빨던 아이가 너를 향해 손가락질했다. 너는 설마 나한테 그러는 건 아니겠지 하면서 주변을 둘러보았다. 개코원숭이 따위는 보이지 않았다. 너는 아이를 향해 미소 지으며 이리 오련? 하고 손을 내밀었다. 아이가 뒷걸음질 치며 엄마를 불렀다. 엄마가 보이지 않자 두리번거리다가 울음을 터뜨렸다. 뒤늦게 허겁지겁 달려온 아이 엄마가 너를 보고는 똥이라도 밟은 표정으로 종종걸음쳤다. 너는 무언가를 빌려 주었다가 도리어 도둑으로 몰린 기분이었다.

"저 여자 팔다리에 털 좀 봐."

"털이 아니라 숲이네, 숲."

"근데 왜 엉덩이는 저렇게 쳐들고 걷는 거야?"

"비비잖아. 개코원숭이 말이야. 주둥이 끝에 콧구멍 있는 거 보이지?"

"그러네. 저 꼴에 하의 상실이라니."

아슬아슬하게 가슴을 가린 탑에 반바지를 입은 여자들이 너를 향해 손가락질하며 낄낄댔다.

"저 원숭이 말이야. 성질 더러운 거로 유명하잖아. 덮칠지도 몰라. 빨리 가자."

너는 이번에도 설마 나더러 그런 건 아니겠지, 하며 애써 그녀들을 무시했다. 너는 다시 걷기 시작했으나 몇 걸음 못 가서 멈춰 섰다. 쇼윈도에 개코원숭이가 비쳤다. 길쭉한 코를 벌름거리며 숨을 헐떡이는 놈이 사뭇 우스꽝스러웠다. 너는 얼른 뒤돌아보았다. 그새 놈은 보이지 않았다. 그새 어디로 간 거지? 잘못 본 건가? 아니, 분명히 봤는데. 너는 꺼림칙한 기분을 털어내려고 다시 쇼윈도에 눈을 들였다. 광고판 속에서 비키니 차림의 마네킹이 파도를 향해 손짓하고 있었다. 마네킹의 몸매를 보며 너는 절로 어깨에 힘이 들어갔다. 쇼윈도에 비친 너의 실루엣은 마네킹과 비교할 수 없을 만큼 근사했다. 볼록한 이마와 브이라인 턱, 커다란 쌍꺼풀이며 키스를 부르는 입술. 몸에 착 달라붙는 망고나시는 허리 라인을, 핫팬츠는 각선미를 살려주었다. 게다가 너의 미소는 유럽의 박물관에 있는 그림 속에서 방금 걸어 나온 모나리자였다. 네가 미소 짓자 네온들도 반짝거렸다. 또각또각 하이힐 굽 소리가 자신감을 돋워주었다. 몸이 절로 리듬을 탔다. 네 면이 유리로 된 건물에서 여자들이 우르르 밀려 나왔다. 향수 냄새가 진동했다. 너도 모르게 코를 벌름거렸다. 그녀들은 시시덕거리기에 바빠 너에게 눈길도 주지 않았다. 너도 그녀들에게 관심이 없었다. 헐렁한 바지 차림의 남자 옆으로 슬쩍 다가갔다. 그가 게걸음으로 내뺐다.

쥐뿔도 없어 보이는 게 예의도 없군.

너는 혀를 차며 중얼거렸다. 이번에는 네 옆을 지나가는 데님팬츠에게 윙크했다. 그는 아예 못 본 척 딴청을 부렸다.

나도 너 따위는 트럭으로 실어다 준대도 싫은걸.

너는 고개를 빳빳이 들고 뒤꿈치에 힘을 주며 걸었다.

건물들과 자동차들이 그물망처럼 펼쳐진 길 위에서 너는 어지럼증을 느꼈다. 눅눅한 바람이 몸을 뒤채고는 네 등을 떠밀었다. '비포 앤 애프터'의 오프라인 모임 장소가 눈에 들어왔다.

"닉네임, 모나리자예요."

검정색 시스루 원피스를 입은 여자가 너를 훑어내렸다. 사십대 중반쯤으로 보이는 그녀는 숏커트한 머리에 위로 째진 눈, 무엇보다 사나운 표정이 영락없는 흑표범이었다. 그녀는 모니터를 들여다보았다.

"파트너가 없는데?"

"그럴 리가요?"

"없다니까."

"일주일 전에 분명히 있었다니까요."

"일주일 전 얘기를 지금 하면 어떡해?"

유효기간이 지났다고 했다. 너는 유효기간이 있다는 것까지는 알지 못했다. 실수를 인정한 너는 그녀에게 어떻게 하면 되냐고 물었다. 그녀는 말을 섞기도 귀찮다는 표정이었다. 때맞추어 여자 둘이 들어섰다. 흑표범은 턱짓으로 그녀들을 가리켰다.

"쟤들 안 보이니? 여기 오려면 저 정도는 돼야지."

당신이 내 진가를 알아요? 이래 봬도 남자를 다루는 데는 선수라구요.

네 안의 모나리자가 그녀에게 항의했다.

흑표범이 입을 크게 벌리고 하품을 했다. 그 입에 주먹을 찔러주는 상상을 하며 너는 돌아섰다. 혀 차는 소리가 뒤통수에 달라붙었다.

너는 곧장 카페에 가서 커피를 마시며 온라인 카페 '비포 앤 애프터'에 접속했다. 일주일 전에 네가 달아놓은 댓글은 있는데 네 사진에는 댓글이 없었다. 카페에 가입한 지 석 달 만에 처음 있는 일이었다. 보름 전부터 네 사진에 대한 반응이 심드렁했다. 그래도 일주일 사이에 이 정도까지는 예상치 못했다. 하지만 아직 실망하기에는 일렀다. 밤늦게야 사진을 올리는 직장인 성형 미남들이 있었다.

기다리는 동안 시간을 때울 겸 어제 만나지 못한 고객에게 사과하고 싶었다. 그가 가능하다면 그를 만나야겠다는 생각이 들었다. 그는 사십대 초반인데 앞을 보지 못했다. 하지만 그렇게 바른 사람은 아직 만나보지 못했다. 그는 네 몸의 털을 부드럽게 어루만질 뿐이었다. 괴이한 취미를 가진 그 때문에 너는 제모를 보류했다. 그의 봉사료는 해괴한 요구를 하고도 인색한 치들과 수준이 달랐다. 온갖 서비스를 안겨도 계약이 성사될까 말까 하는 보험 고객들에도 비할 바가 아니었다. 일주일 전 그는 여느 때와 달리 격렬했다. 아버지의 장례를 치르고 오는 길이라고 했다. 막대한 유산을 받은 그가 너의 단골이 되다니. 너는 인생은 단거리 경주가 아니라 마라톤이라는 걸 새삼 깨달았다. 보험회사 소장의 냉대와 엄마의 잔소리, 친구들의 따돌림이나 성형수술 후유증, 일말의 불안 따위들을 단박에 날려줄 행운! 어젯밤 그가 너를 찾았다. 하필 선약이 있어 너는 그를 만나지 못했다. 오늘 만나서 어제 몫까지 서비스할 참이었다. 너는 그에게 연락하려고 휴대전화를 들었다. 부재중 전화가 다섯 통이었다. 모두 엄마였다. 최근 들어 엄마는 아침저녁으로 전화해서 집에 오라고 했다. 아버지가 꿈에 보인다고. 그것을 엄마는 우환의 예고라고 굳게 믿고 있었다. 무엇이든 한번 꽂히면 끝을 보고야 마는 엄마였다. 언제 가도 한 번은 집에 가야 할 터였다. 어차피 갈 거라면 지금이 나았다.

엄마가 좋아하는 두유를 살까 말까 하다가 그만두었다.

"얼굴 꼴이 그게 뭐야? 뭔 짓을 하고 다니는 거냐고?"

얼굴에 오이 팩을 덕지덕지 붙인 엄마가 소리쳤다.

그런 말을 하는 엄마야말로 눈 뜨고는 못 봐줄 몰골이었다. 눈 밑의 살이 늘어지고 팔자 주름이 깊은데다 마리오네트 주름까지 더해 심술궂어 보였다. 쭈글쭈글한 배를 드러낸 채 다리를 벌리고 앉아 방귀를 뿜어대는 엄마가 너는 더 이상 가엾지 않았다. 물론, 네 삶이 고달픈 데에 엄마가 일조했다는 걸 빌미로 엄마를 괴롭히고 싶지도 않았다. 쿨하게 모든 걸 받아들이자고 작정한 지 오래였다.

"죽을 날이라도 받아놨어? 당장 병원부터 가봐."

너는 거울을 보았다. 털이 조금 늘어났을 뿐이었다.

엄마의 고약한 잔소리를 밤새 견딜 생각을 하니 아뜩했다. 얼른 집에서 벗어나고 싶었다. 안 그래도 꼭 만나야 할 고객이 있지 않은가. 너는 바쁜 일이 있다며 일어섰다.

"꼭 이 시간에 나가야 돼?"

"중요한 고객이란 말이야."

너는 보험회사 명함을 내밀며 인생 설계가 필요한 사람이 있으면 소개하라고 너스레를 떨었다.

"고객은 무슨 얼어 죽을 고객?"

너는 뒤도 안 돌아보고 대문을 나섰다.

어떤 고객인지 알면 엄마도 마음이 달라질걸? 골목을 빠져나오면서 너는 맹인 고객에게 전화를 걸었다. 없는 번호라는 멘트가 흘러나왔다. 고작 하루가 지났을 뿐인데, 황당했다. 너는 어젯밤의 잘못된 선택을 후회했지만 이미 늦었다는 것을 깨달았다.

선약이었던 그 일은 악몽이나 다름없었다. 처음에는 매달리다시피 하던 남자가 네 몸을 묶고 벨트를 휘둘렀다. 그에게서 벗어날 수 없다는 걸 깨닫고 너는 두 배의 돈을 요구했다. 그는 순순히 돈을 내주었다. 돈이고 뭐고 너는 두 번 다시 그를 보고 싶지 않았다.

가느다란 빗줄기가 보도 위를 적셨다. 점멸등을 켜고 느릿느릿 달리는 자동차들을 보면서 너는 지난날을 돌아보았다. 대체 어디서부터 뒤틀려버린 것일까. 미래를 설계하면서 꿈에 부풀었던 날들은 어디로 갔을까. 너는 지하철역으로 들어서서 계단을 내려갔다. 마침 전동차가 승강장으로 들어오고 있었다. 너는 아슬아슬하게 전동차에 올랐다. 커플룩을 입은 남녀가 네 곁에서 물러섰다. 너는 미소 띠며 주변을 둘러보았다. 너와 눈이 마주친 양복과 그 옆의 원피스, 중절모도 눈살을 찌푸리며 돌아섰다. 금세 네 주변은 한산해졌다. 너는 전동차의 유리문에 얼굴을 비쳐 보았다. 비에 젖어 납작하게 눌린 머리칼 때문인지 얼굴도 꾀죄죄해 보였다.

원룸에 들어오자마자 너는 '비포 앤 애프터'에 접속했다. 네 사진에 여전히 댓글이 없었다. 대신 미남들의 사진이 여럿 올라와 있었다. 코주부남, 가가멜남, 주름남은 물론, 은밀한 부위남까지 저마다 변신한 외모를 과시했다. 너는 변신의 각도와 코드를 살폈다. 클릭할 때마다 손에 땀이 뱄다. 아무도 알아맞히지 못했다. 컨디션 때문이야, 라고 너는 스스로 위로했다. 하지만 너는 몰라보게 감이 떨어졌다는 걸 인정할 수밖에 없었다.

너는 캔맥주를 마시며 오늘 있었던 일들을 떠올렸다. 너를 개코원숭이라고 손가락질하며 달아난 아이와 너를 보고 낄낄대던 십대들, 너를 홀대한 흑표범이며 전화번호를 바꿔버린 맹인 고객까지 모두 꺼림칙했다. 그것들을 털어내기 위해서는 이벤트가 필요했다. 너는 곰곰 생각하다가 옛 연인 K를 떠올리고 그에게 전화를 걸었다. 결혼 후에도 잘 지내는지 궁금했다.

어떻게 지냈어? 그는 너를 반겼다. 나야 물론 잘 지내고 있지. 그래? 결혼식에도 못 갔는데 오랜만에 얼굴이나 볼까? 어, 그러지 뭐. 그가 흔쾌히 만나자고 했다. 그가 너와 이별한 걸 뼈저리게 후회할 거라는 생각이 들자 너는 기분이 튀어 올랐다. 그는 전에 너와 함께 간 적이 있는 미술관에서 보자고 했다. 너는 그 옆의 동물원이 좋을 것 같았다. 과거를 떠올리게 하는 장소는 별로인데다 미모를 과시하기에는 야외 쪽이 나을 테니까.

너는 거울 앞에 섰다. 균형 잡힌 이목구비, 무엇보다 밀어버린 눈썹이 마음에 들었다. 그 눈썹으로 인해 너는 모나리자로 거듭났다. 이 년 전까지만 해도 눈썹 숱이 많아 눈두덩까지 시커멓다. K가 아니었다면 눈썹을 밀어버릴 생각은 하지 못했을 거였다.

대학 시절 음악 동아리에서 만난 K와는 누가 봐도 닭살 커플이었다. 그는 메일이나 메신저보다는 손편지를 썼다. 속옷을 선물할 때는 네 영혼에 더 가까이 다가가고 싶어서, 라는 낯간지러운 메모를 넣었다. 서로의 생일이나 무슨 기념일에는 함께 바에 갔다. 그는 다른 나라의 풍경들을 들먹이면서 훗날 너와 함께 가고 싶다고 했다. 뷰가 좋은 호텔에서 그와 며칠이고 뒹굴 생각만으로도 너의 몸은 달떴다. 질릴 때까지 섹스하다가 빈털터리가 되어 쫓겨나는 상상도 짜릿했다.

너는 그와 사귀면서 한 번도 헤어질 거라는 생각을 해보지 않았다. 그는 너 외의 다른 여자들은 거들떠보지 않았다. 그뿐 아니라, 누구는 성질이 더럽고 누구는 몸매가 절구통이며 누구는 음치에다 박치라며 험담을 일삼았다. 새로 부임한 여상사에 대해서도 예외는 아니었다. 어깨를 뒤로 젖혀 걷고 남자들을 깔아보는데다 목소리까지 걸걸하다나. 그녀 앞에서 절절매는 남자 직원들이 꼴불견이라고. 그러던 어느 날 그녀가 회사의 후계자라는 걸 자기만 몰랐다며 억울해했다. 너는 그런 게 뭐가 중요하냐며 일이나 열심히 하라고 했다. 그가 회식이며 출장으로 바빠졌을 때 너는 드디어 그와 네 앞날에 서광이 비치는 거라고 여겼다. 고시원을 탈출할 날이 코앞이다 싶으니 가슴이 부풀었다. 장밋빛 미래를 위해 한낱 데이트쯤이야 기꺼이 반납했다.

너는 느긋하게 혼자만의 시간을 즐겼다. 그와 만나는 대신 전화나 메신저를 통해 안부를 전했다. 잘 있지? 응. 바빠도 밥은 꼭 챙겨 먹고. 알았어. 그런데 어느 날부터인지 그의 말이 짧아지고, 차차 그것마저도 뜸해졌다. 네가 전화를 해도 그는 받지 않았다. 일주일이 지나도 전화는커녕 안부 메시지 하나가 없었다. 심지어 네 생일이나 기념일도 지나쳤다. 너는 작정하고 그의 회사 앞으로 가서 그를 불러냈다. 일에 시달리고 있는 사람이라고 하기에 그는 지나치게 말쑥했다. 전보다 훨씬 건강해 보이고 세련미까지 흘렀다. 게다가 그는 너와 함께 차를 마시는 동안에도 누군가와 계속 메시지를 주고받느라 네 말에 귀를 기울이지 않았다. 네가 묻는 말에 번번이 엉뚱한 대답을 했다. 그는 변명하듯 업무와 관련된 메시지라고 했지만 너는 그게 아니라는 것을 느낌으로 알 수 있었다. 무엇보다 너를 바라보는 표정은 네가 알고 있던 그가 아니었다. 비로소 너는 뭔가가 잘못되어가고 있다는 걸 알 수 있었다. 눈썹이 그게 뭐야? 꼭 송충이가 기어 다니는 것 같잖아. 그는 결별 선언의 원인이 네 눈썹이라도 되는 것처럼 말했다. 하필 너는 눈썹 정리용 가위를 잃어버려 이틀이나 눈썹을 정리하지 못했다. 비겁한 자식! 복수하고 말 거야. 너는 이를 악물었다. 집에 돌아오자마자 눈썹 소제용 칼로 눈썹을 밀어버렸다. 약간의 취기가 부추겼다. 거울 속의 네 입가에 미소가 떠올랐다. 모나리자의 미소! 내친김에 헤어라인 왁싱도 했다. 반달처럼 둥글고 넓은 이마야말로 중세 이후 여성의 우아함을 가리는 우선 척도가 아니던가. 환하게 빛나는 이마는 검은 머리와 어울리는데다 눈의 윤곽까지 뚜렷하게 만들어주었다.

너는 인생을 새롭게 설계하기 위해 보험회사에 이력서를 냈다. 면접 장소에서 소장의 눈동자가 곪은 달걀처럼 풀어졌다. 백육십팔 센티미터 키에 약간 통통하면서도 라인이 살아 있는 네 몸, 무엇보다 매사에 유연하게 대처하는 너의 잠재력을 한눈에 알아본 거였다. 그는 네 모나리자의 미소에 찬사를 보내며 가슴과 엉덩이를 힐긋거렸다. 너는 사회생활을 하려면 그 정도는 참아내야 한다고 스스로 다독였다. 그날 이후 너의 삶은 달라졌다. 너는 모두가 밀어버린 눈썹 덕분이라는 생각이 들었다.

K를 만날 생각에 들떠 너는 아침 일찍 일어났다. 화장은 물론, 옷과 구두를 비롯한 코디네이션에도 각별한 주의를 기울였다. 너는 약속 시각보다 일찍 나가 동물원을 산책하고 싶었다.

산책은 탁월한 선택이었다. 건듯 부는 바람이 너저분한 생각들을 거두어갔다. 너는 견갑골을 접고 엉덩이를 살짝 들어올리며 걸었다. 무릎 위까지 올라온 랩스타일 원피스는 오늘 같은 날씨에 제격이었다. 동물원은 너의 기분을 바꿔주기에 맞춤한 공간이었다.

늘어지게 낮잠을 잠으로써 도리어 위용을 뽐내는 사자, 장미무늬 검은 점을 자랑하는 재규어, 재주를 부리는 불곰 우리를 지났다. 표범을 보자 '비포 앤 애프터'의 방장이 떠올랐다. 사람 보는 눈도 없는 주제에 성질머리하고는. 너는 속으로 그녀를 실컷 비웃었다. 표범과 눈이 마주쳤다. 놈은 생긴 것과 달리 갸악갸악 구슬프게 울었다. 너는 한참 동안 놈의 우리 앞을 떠나지 못했다. 약속한 시각이 가까워졌다는 것을 깨닫고 너는 걸음을 옮겼다.

이 미터 남짓 떨어진 거리에 K의 모습이 보였다. 흰색 롤업 셔츠에 청색 코튼팬츠 차림의 그는 인파 속에서도 쉽게 눈에 띄었다. 하지만 가까이서 본 그의 표정은 빛이라고는 한 줌도 들어오지 않는 지하 카페에서 홀로 커피를 마시고 온 사람이었다. 그새 이혼이라도 했다면 너는 기꺼이 위로주를 사줘야겠다고 생각했다. 너는 방금 돋아난 풀꽃의 표정을 지었다.

"오랜만이야."

너는 목소리를 살짝 띄웠다. 그는 얼굴에 소가죽을 덧대어 기운 표정을 지었다.

흥, 몰라보는 게 당연하지.

너는 속으로 그를 비웃으며 우아하게 미소 지었다.

"늦었지만 결혼 축하해."

네가 악수를 청하자 그는 손을 뒤로 빼며 한발 물러섰다. 한때 마음은 물론, 몸을 나눈 사이가 맞나 싶을 정도로 거리감이 느껴졌다. 그래도 만났으니 술이나 한잔하자고 했다. 그는 몹시 당황한 표정으로 약속이 있다고 하며 뒷걸음질 쳤다. 너는 종종걸음으로 달아나는 그가 보이지 않을 때까지 그 자리에 서 있었다. 피로가 몰려오는 것을 느꼈다.

몇 발짝 앞으로 걸었는데 마침 누군가가 일부러 가져다 놓은 것처럼 나무 의자가 보였다. 다행히 지나다니는 사람도 없었다. 너는 기다란 의자에 벌렁 누웠다. 유유히 떠다니는 새털구름을 따라 네 몸도 둥둥 떠오르는 느낌이었다. 스멀스멀

졸음이 몰려왔다.

얼마나 지났을까, 깜박 잠이 들었다가 깨어났다. 어느새 기울기 시작한 해가 기억의 뒤편, 네 주가가 하늘로 치솟던 시절로 너를 인도했다.

일에 대한 너의 의욕은 날로 강해지고 수완은 더욱 좋아졌다. 너는 보험 고객들과 차를 마시면서 엄지손가락 레슬링을 하거나 손금을 봐주며 스킨십을 시도했다. 다음은 말할 것도 없었다. 술을 마시고 노래방으로 자리를 옮겼다. 너는 브래지어 속으로 들어오는 손을 눈감아주었다. 돌아서서 입술을 깨물지언정 계약을 포기하지는 않았다. 무한한 포용력과 관용! 그 덕분에 너의 고객은 늘어났고 네가 속한 팀의 매출도 올라갔다. 소장은 보험업계의 불황 타파에 공을 세운 너에게 보너스로 사기를 북돋워주었다. 너는 엄마를 찾아갔다. 역시 넌 내 딸이야. 어렸을 때부터 똑소리가 났지. 동생은 자기의 대학 등록금은 걱정 안 해도 되는 거냐고 물었다. 물론이지. 그렇게 너는 자랑스러운 딸이자 언니로 거듭났다. 주변의 모두에게 만족을 선사하는 인생 설계사! 피곤해서 눈이 안 떠지는 아침에도, 심지어 고열이나 설사 혹은 탈수증에 시달리면서도 쉬지 않고 일했다.

드디어 너는 고시원을 탈출했다. 회사에서 지하철로 두 정거장 거리의 원룸은 네가 꿈꾸던 보금자리였다. 가끔 고시원

앞을 지날 때가 있었는데 여태도 그런 데서 지내는 친구들이 한심해 보였다. 그래도 인맥 관리 차원에서 이따금 친구들에게 근사한 저녁이나 술을 샀다. 그녀들은 답례로 도움이 되는 말을 해주었다. 이렇게 좋은 데서 밥 좀 먹는다고 다 귀족이 되는 건 아니지. 귀족? 아직도 몰라? 있잖아, 그거…… 볼에 실리콘을 넣어 코와 볼 사이의 주름을 없애 귀족처럼 보이게 하는 수술이었다.

자신의 가치는 스스로 높여야 하는 법이었다. 두번째 보너스를 받은 날 너는 성형외과로 향했다. 귀족 수술은 성공적이었다. 네 고객의 수는 늘어났고 그들은 더 오래 너를 쳐다보았다. 자세히 보아야 예쁘다, 오래 보아야 사랑스럽다, 라는 시구는 너를 위한 것이었다. 여자 친구와 함께 있으면서도 너를 흘끔거리다 차이는 청년이 있었다. 결혼식을 앞둔 신랑이 파혼을 당하기도 했다. 그들은 곧 너의 VIP 고객이 되었다. 너는 나날이 콧대가 높아졌다. 통장에는 잔고가 쌓였다. 얼굴이 조금만 작아도 연예인 저리 가라 할 텐데 말이야. 요즘 동안이 트렌드잖아. 귀족 수술 후 매니저가 한 말을 떠올리며 너는 당분간 지켜야 할 삶의 원칙을 정했다. 미모를 유지하는 데에만 투자하는 것. 그것만이 경쟁에서 살아남는 길이었다. 삶의 질을 높여줄 방법이기도 했다. 의사는 네 얼굴을 이리저리 살핀 뒤 다양한 각도에서 촬영했다. 네모난 얼굴을 부드럽게 만드는 것이 포인트였다. 광대와 턱을 줄이기 위해서는 그야말로 뼈를 깎는 고통이 따랐다. 늘어진 볼살을 밀어 올려 찾아낸 황금비율. 거기에 모나리자의 미소라니, 두말이 필요 없었다. 수술 후 보름은 입을 크게 벌리지 못하고 딱딱한 것도 삼갔다. 이동시킨 뼈를 고정시키기 위해 서너 달은 꼼짝없이 백수로 지냈다. 통장의 잔고가 줄어들었지만 메꾸는 것은 시간문제일 터였다. 그 흔한 다이어트는 할 필요도 없었다. 음식을 봐도 먹고 싶은 마음이 일지 않았다. 몸무게가 줄었다. 근육량을 늘리기 위해 점심시간을 이용해 트레이너의 지도를 받았다. 틈틈이 체형의 좌우대칭을 유지하고 피하지방의 불균형한 분포를 막기 위해 척추를 교정하고 경락마사지를 받았다. 피부의 탄력을 높이기 위해 정기적인 보톡스와 필러도 잊지 않았다. 갸름한 얼굴에 또렷한 이목구비, 섹시한 바디 라인까지 너는 나날이 매력덩어리가 되어갔다. 어느새 네 몸에서 자연산은 거의 없을 정도가 되었다. 물방울로 만든 가슴과 도드라진 쇄골, 실팍한 골반과 쭉 뻗은 종아리. 물론, 그렇게 되기까지의 과정이 모두 순조롭지만은 않았다. 종아리 근육 퇴축 수술 때는 마취에서 오랫동안 깨어나지 못했다. 수술한 가슴에 피가 고이기도 했다. 그사이 잔고는 바닥나고 카드 빚이 늘었다. 카드회사는 앞다투어 브로커를 내세워 성형외과를 주선했다. 한 눈 한번 팔지 않고 돈을 벌었건만 수술 비용을 감당하기에는 역부족이었다. 이 카드를 저 카드로 돌려막는 데도 한계가 있었다. 생명보험을 담보로 신용대출을 받았다. 이자가 기하급

수적으로 불어났다. 구름이 낮아지면 비가 오는 이치였다. 친구들은 네가 허세를 부린다며 대놓고 타박이더니 차차 만나는 것조차 피했다. 영업소 소장은 네가 하는 일마다 시비를 걸었다. 전부터 너를 시기해온 친구들은 그렇다 쳐도 소장의 태도는 용서할 수 없었다. 두고 보라지. 모두 내 앞에서 납작 엎드릴 날이 올 테니까, 하며 오기로 버텼지만 너는 점점 자신감을 잃었다. 어느 순간부터 스스로 비굴해지는 것을 느꼈다. 어떻게 일구어온 삶인데, 이렇게 무너질 수는 없지. 당당한 자신을 되찾기 위한 프로젝트가 필요했다. 선생님, 콧대를 더 세우고 싶은데요. 단골인 야미 시술사는 잘 생각했다며 반갑게 맞았다. 네 얼굴에 알맞게 디자인된 실리콘을 삽입하는 융비술만이 대안이었다. 기왕이면 고어텍스로 하고 싶었지만, 비용이 문제였다. 하필 수술 후 코와 눈꺼풀이 붓고 피멍이 들었다. 한 달이 지났는데도 부기가 가라앉기는커녕 오히려 코가 비뚤어졌다. 잘못된 거 아녜요? 약간의 조직 수축은 흔히 있는 일이라고 얼버무린 시술사는 몰딩으로 완벽하게 복구하겠다며 비용도 받지 않았다. 설상가상으로 이물질이 들어간 코에 염증이 생겼다. 보형물을 제거하고 새로운 것을 넣었다. 비뚤어진 모양은 바로잡았지만, 코가 너무 길어진데다 코끝이 얇아져 공이처럼 돌출되었다. 손해배상 청구를 위해 시술원을 찾아갔을 때는 문이 굳게 닫혀 있었다. 돈을 더 버는 것밖에 방법이 없었다. 너는 더욱 우아하고 그윽하게 미소 지었다. 하지만 주변의 반응은 차가웠다. 월 마감이 임박했는데 단 한 건의 계약도 이루어내지 못했다. 어디를 가나 뒷전으로 밀려났다. 입사 이후 최대의 위기를 맞았다.

그날은 아침부터 소장이 면박을 주었다. 마침 고객 면담이 있어 회사를 벗어났는데 고객이 펑크를 냈다. 너는 고객 관리 차원의 메일을 보내려고 메일함을 열었다. 스팸메일이 스무 통 남짓이었다. 모두 삭제했는데 다시 하나가 떴다. 일상탈출을 원하는 분! 네가 바라던, 그야말로 너를 위한 문구였다. 접속하자 순식간에 근육질의 남자들이 화면에 들어찼다. 가짜 이력에 합성사진이라는 걸 알면서도 놀라웠다. 그때까지만 해도 너는 그저 눈요기용이라고 여겼을 뿐, 그들을 만날 생각은 없었다. 그때 휴대전화가 울렸다. 빚쟁이들이 찾아와 집을 엉망으로 만들어놓았다며 엄마가 숨넘어가는 소리를 했다. 너는 엄마를 달래 진정시킨 뒤 다시 사이트에 접속했다. 굶주린 승냥이 떼처럼 남자들이 달려들었다. 너는 그들과 채팅 후 만나서 차 혹은 술을 마셨다. 마지막 코스는 어김없이 모텔이었다. 보험설계사로 버는 수입보다 부수입이 많아졌다. 너는 고객들의 다양한 기호와 취미를 존중했다. 그들이 아무리 짓궂은 행위를 요구해도 거절하지 않았다. 빚이 줄어드는 것만이 위안이었다. 낮과 밤을 나누어 두 개의 얼굴로 살아가는 것은 적잖은 스릴을 안겨주었다. 물론, 그런 생활에 회의하지 않았다면 그것도 거짓말일 것이다. 위기감을 느낄 때마다 너는 거울을

보았다. 너의 트레이드마크인 모나리자의 미소! 그것이 행운
을 가져다주는 게 분명했다. 다만, 출근하면 졸음이 쏟아졌다.
낮의 고객들을 대하는 것이 힘에 부쳤다. 점차 그들이 묻는 말
에 대꾸하기도 귀찮았다. 문제는 그것만이 아니었다. 어느 날
부터인지 밤의 고객들 또한 너를 달가워하지 않았다. 정말이
지 삶은 알 수 없는 것이었다. 너는 휴식이 필요하다고 느꼈
다. 완벽한 미인만이 즐길 수 있는 휴식처이자 너를 위한 비상
구, 그것은 생각보다 가까이에 있었다. 온라인 카페 '비포 앤
애프터'. 그런데 이제 거기서도 설 자리가 없어졌다.

관람객들이 떠난 동물원은 한산했다. 너는 얼른 집으로 돌
아가야 한다고 생각했다. 하지만 그러고 싶지 않았고, 가고
싶은 곳도 없었다. 그저 동물원을 어슬렁거리는 것 외에는 아
무것도 하고 싶지 않았다.
어둠이 내리면서 새들의 노래가 그치고 동물들의 하품 소
리도 잦아들었다. 간간이 나뭇잎을 스치는 바람 소리가 들릴
뿐이었다. 하늘에 빼곡한 별들로 인해 하늘은 더욱 검고 깊었
다. 너는 동화 속의 주인공이 되어 계단을 올라 별에 다다르
는 상상을 했다. 몇몇 별자리가 오랫동안 잊고 있던 네 안의
무언가를 일깨워주었다. 어린 시절 꾸었던 꿈들은 모두 어디
로 갔을까. 세상으로부터 떨어진 곳에서야 자신을 바로 볼 수
있다고 했던가. 헛되이 살아왔다는 후회가 밀려왔다. 너는 마

음을 비워야 한다는 걸 알 수 있었다.

분위기 때문인지 시간이 흐를수록 네 마음은 느긋해졌다. 눈썹을 밀어버린 후 처음 맛보는 안락함이었다. 이대로 이곳의 나무 혹은 바위나 새가 되어도 괜찮을 것 같았다. 너는 다시 의자에 누웠다. 바람이 산들, 뺨에 와닿았다. 몸이 나른해지면서 눈꺼풀이 무거웠다.

아침 이슬이 잔디를 적실 즈음 너는 깨어났다. 손발이 축축하고 저렸다. 너는 스트레칭을 하다가 흠칫 놀랐다. 팔과 다리를 비롯해 온몸이 털투성이였다. 너는 벌떡 일어났다. 두 발뿐만 아니라 두 팔이 늘어져 손바닥이 땅에 닿았다. 흉측한 손톱과 발톱은 네 몸에서 자란 것이라고 믿기 어려웠다. 이가 부딪치는 소리도 이전과 달랐다. 사자의 심장이라도 물어뜯을, 악어의 가죽이라도 벗길 이빨만이 낼 수 있는 소리였다. 너도 모르게 비명이 터져 나왔다. 영락없는 짐승 울음소리였다. 너는 두 팔을 높이 들어보았다. 네 몸통도 따라 들렸다.

대체 왜 이러는 거지?

공포가 너를 휘감아왔다. 어느덧 너는 몸이 까부러지는 것을 느꼈다. 너는 고개를 쳐든 채 눈을 감았다.

너무 피곤해서 헛것이 보이나?

얼마나 지났을까. 햇살이 네 얼굴 위로 쏟아졌다. 너는 몸을 일으켜 가슴을 활짝 폈다. 가까이서 인기척이 났다. 너는 흐트러진 머리를 가다듬고 눈곱을 떼었다.

오 미터쯤 앞쪽에 사육사의 모습이 보였다. 그가 너를 빤히 바라보더니 손을 내밀며 자기에게 오라는 듯 소리를 내며 혀를 굴렸다. 너는 딴청을 부렸다. 어느새 그는 자애로운 표정을 지으며 네 옆에 다가와 있었다. 왜 이러시나, 하며 너는 돌아섰다. 그런데 옆쪽에도 뒤쪽에도 사육사가 보였다. 마치 너를 기다리기라도 한 듯 여기저기서 사육사들이 튀어나왔다. 너는 어리둥절했다. 그들이 너를 둘러쌌다. 네가 도망치려고 하자 그들 중 한 사람이 너를 향해 총을 겨누었다. 왜 그러는지 묻거나 따질 겨를도 없었다. 너는 우선 다리를 구부렸다가 멀리뛰기를 시도했다. 순간, 땅! 소리가 네 몸을 덮쳤다. 너는 다리에 힘이 풀리고 정신마저 흐릿해졌다. 이런 데서 의식을 잃고 널브러질 수는 없었다. 너는 일어나려고 안간힘을 썼다. 하지만 몸이 말을 듣지 않았다.

네가 눈을 떴을 때 여남은 마리의 개코원숭이들이 나무 위에서 노닥거리며 너를 내려다보았다. 한꺼번에 이렇듯 많은 원숭이를 보기는 처음이었다. 한 놈이 무리를 향해 무슨 신호를 보냈다. 덩치가 가장 큰 놈이 나무에서 내려오자 다른 놈들도 차례로 따라 내려왔다. 하나같이 엉덩이를 쳐들고 걸었다. 새끼원숭이 한 마리가 어미의 등에 올라탔다. 우두머리로 보이는 놈의 지휘에 따라 나머지가 움직였다. 네 곁으로 다가온 놈들이 모두 너를 바라보았다. 너는 어떻게든 이곳을 빠져나가야 한다는 걸 알 수 있었다. 맨 앞에 선 놈과 기 싸움이 시작되었다. 놈은 물러서지 않고 싯누런 이빨을 드러냈다. 너는 놈의 얼굴을 후려쳤다. 놈도 지지 않고 네 목덜미를 낚아챘다. 엎치락뒤치락하다가 너는 주저앉았다.

"비비다, 비비야!"

한 무리의 관광객이 몰려오자 놈들이 우르르 철창 쪽으로 다가갔다. 우리 안팎이 소란했다. 바나나와 비스킷을 비롯해 뻥튀기와 빵까지 우리 안으로 날아들었다. 아이들이 손가락으로 너를 가리키며 재잘거렸다. 너는 아이들을 향해 미소 지었다. 아이들이 소리치며 손뼉을 쳤다. 멀리서 공작이 화려한 꽁지깃을 펼쳤다. 덩달아 기린과 사슴도 눈을 끔벅거렸다. 코끼리와 얼룩말이 엉덩이를 흔들었다. 꽃과 나무들이 앞다투어 팔을 벌리고 새들의 합창이 시작되었다. 동물원은 순식간에 활기가 넘쳤다.

곧이어 북소리가 나고 퍼레이드가 펼쳐졌다. 너는 북소리에 맞춰 뒤꿈치로 땅을 차며 빙빙 돌았다. 사람들의 시선이 모두 너를 향했다. 너는 뭉게뭉게 피어나는 구름을 올려다보며 스치는 바람에 몸을 맡겼다. 심장이 부풀어 오르는 걸 느꼈다. 오랜 여행에서 돌아온 기분이라고 할까. 적어도 이제까지와는 다른 세계가 네 앞에 열렸다는 걸 알 수 있었다.

너는 하늘을 향해 고개를 젖힌 채 눈을 감았다. 볼 언저리가 근질근질했다.

마루

구름이 몰려오는 속도가 예사롭지 않더니 기어이 빗방울이 떨어졌다. 활활활 바람이 기지개를 켜자 나뭇가지 사이에서 참새 한 마리가 몸을 털며 나왔다. 유리창으로 날아들더니 머리를 연달아 박았다. 노인들의 눈이 일제히 놈을 좇았다.

어느새 병실로 들어온 참새가 노인들의 침상 위를 맴돈다. 노인들이 하나둘 일어나 앉는다. 참새가 꽁무니를 빼며 천장으로 날아오른다. 노인들이 헛손질하다가 차례로 드러눕는다. 놈이 날쌔게 몸을 아래로 내리꽂더니 노인들의 눈을 차례로 쪼아댄다. 텅 빈 눈들에서 붉은빛이 흘러나온다.

순간, 정신이 번쩍 들었다. 굳게 닫혀 있는 창문을 보자 안심이 되었다. 내가 뭘 본 것인가. 헛것을 보았다고 해도 끔찍했다. 하지만 누워 있는 노인들에게 그런 일이 일어나지 않는다고 장담할 수도 없었다. 치료견이라지만 나도 나이를 먹을 만큼 먹은 노견이었다. 그들과 다르지 않았다.

"으메, 화통이 잠을 잔께 나라가 다 자는 것 같구만이."

"누가 아니래유."

잠들어 있는 황을 보고 강과 김이 돌아가며 말했다. 황의 입은 검은 구멍처럼 벌어져 있었다. 며칠 설사를 해서 눈이 퀭하고 볼도 움푹했다. 숨을 쉴 때마다 미간의 주름이 도드라졌다. 몸에서 땀 냄새와 지린내가 진동했다. 모기 한 마리가 그의 코 부근에서 왱왱거렸다. 그의 콧구멍이 움씰거렸다.

"거, 성님은 눈도 안 아프신가배라?"

강의 물음에 안은 대답 대신 돋보기를 벗었다가 다시 썼다. 안은 뇌파검사 시간 외에는 거의 책에 눈을 들이고 있었다. 하늘이 무너져 내린다고 해도 흐트러지지 않을 자세였다. 하지만 파킨슨병을 앓고 있어 손을 떨고 입가에서 연방 침이 흘러내렸다. 마른 몸피가 더욱 옹색해 보였다. 그는 펭귄처럼 걷는다고 해서 펭귄이라고 불렸다. 몇 년째 그를 찾아오는 가족이나 지인이 없어 실향민으로 추측했다. 하지만 표준어를 쓰는 것으로 보아 그것도 아니라는 데 의견이 모아졌다.

"으메, 삭신이야. 환장하게 쑤셔 쌌네."

병실 밖으로 나가고 싶을 때면 강이 으레 하는 말이었다. 나는 그의 앞으로 휠체어를 가져다주었다.

"마루 니가 마누라보다 낫다."

강의 옆으로 가자 그가 웃으며 내 머리를 쓰다듬었다. 그는 부인을 일찍이 여의고 혼자 아들 셋을 키웠다. 아들들이 장성해 자리를 잡아 한숨 돌릴 즈음 뇌경색이 덮쳤다. 뿐인가, 류머티스 관절염에 심근경색까지, 그의 몸은 종합병원이었다. 그런데도 목청이 시원시원하고 낙천적이어서 병원에 활기를 불러일으키는 주인공이었다.

"저그, 성님 바람 좀 쐬고 올 테니께 천장 안 무너지게 잘 받치고 있드라고."

강은 휠체어에 앉자마자 안전핀을 끄르지 않고 운전을 시도했다. 끄떡하지 않는 휠체어 대신 그의 몸이 휘청했다. 나는 잽싸게 그의 몸을 받쳤다. 머리가 핑 돌고 아찔했다. 바닥에 납작 엎드려 숨을 골랐다. 하루가 다르게 눈이 흐릿해지고 기력이 달렸다. 엊그제는 기운이 없어 문에 머리를 부딪치기까지 했다. 앞으로 얼마나 더 버틸 수 있을지 의문이었다.

"으메, 마루 아니었으면 골로 갈 뻔했구마이."

얼굴이 벌겋게 달아오른 강이 손을 뻗었다. 나는 얼른 일어서서 그를 향해 등을 내밀었다. 젊어서 축구선수였다가 한때는 코치까지 했다는 그는 축구 이야기만 나오면 자다가도 벌떡 일어났다. 잠들어 있는 황을 깨우지 않으려는 듯 낮게 콧노래를 부르며 병실을 나갔다.

"아무래도 축구 귀신이 씐 거유. 그새를 못 참고 또 나가잖유."

김이 말했다. 요즘 들어 그는 매사에 마음의 여유가 있었다. 중풍으로 쓰러진 지 일 년 만에 걷게 되었다. 한 달 전까지만 해도 한두 걸음씩 떼었을 뿐인데 지금은 지팡이를 짚고 곧잘 걸었다. 부인이 밤낮으로 수족을 주무른 덕이라고 믿었다. 곧 퇴원할 수 있을 거라는 의사의 말에 부인을 얼싸안고 눈물을 쏟은 것이 엊그제였다.

"에이, 시끄러워서 당최 잠을 잘 수가 있어야지."

막 잠에서 깨어난 황의 얼굴에 짜증이 덕지덕지 붙어 있었다. 기껏 다가갔더니 내게는 눈길도 주지 않고 침대 옆의 벨을 눌렀다.

간호사가 한달음에 달려왔다.

"수면제 좀 줘."

"또 주무시게요? 지금 주무시면 밤에 못 주무실 텐데요."

"웬 잔소리가 그렇게 많아?"

"자꾸 드시면 습관 돼요. 오늘은 이게 마지막이니까 나중에 드세요."

웃을 때마다 볼우물이 패는 간호사는 매번 같은 말을 하면서 약을 내밀었다. 황의 수면제 타령에 의사와 간호사가 눈속임용으로 만들어낸 비타민제였다. 그걸 먹으면 황이 금세 잠드는 걸 보면 과연 묘약이라 할 만했다. 물론, 황에게 둘도 없는 약은 바로 나였다.

올해 여든 살인 황은 십오 년 전 아들 며느리와 손자를 한 꺼번에 잃었다. 그 뒤로 말과 행동이 어눌해졌다. 십 년 남짓 고생하다가 겨우 회복되었는데 뇌출혈로 쓰러졌다. 오 년 전 일이었다. 수술한 지 이틀 만에 깨어났다가 이내 고관절이 골 절되었다. 수술 결과는 좋았는데 옴이 옮아 재활 치료 시기를 놓쳤다. 얼마 전에 다시 시도했지만, 면역력이 떨어진데다 엄 살이 심해 멈췄다.

나는 그의 관심을 다른 데로 돌리기 위해 리모컨을 물어다 주었다.

텔레비전 화면 속에서 푸른 잔디가 펼쳐졌다. 선수들이 나 타나자 응원석에서 환호가 터졌다.

"젊은것들이 공부는 안 하고 만날 저런 델 나가 있으니 나 라 꼴이 뭐가 돼?"

황이 혀를 차며 채널을 돌렸다. 이번에는 드라마 속의 여자 들이 돌아가며 훌쩍거렸다. 황은 투덜거리며 전원을 껐다.

"그냥 좀 놔둬유. 딴 사람도 좀 보게."

김이 작정한 듯 쓴소리를 했다. 리모컨을 독차지하는 황 때 문에 부인이 좋아하는 드라마를 보지 못해 늘 불만이었다. 황 은 대꾸도 하지 않았다. 김의 옆에 찰싹 붙어 앉아서 팔다리 를 주무르는 김의 부인이 못마땅한 것이다. 황의 부인은 한 달이 넘도록 찾아오지 않았다.

김이 사탕을 들고 나를 불렀다. 황에게 가져다주라는 뜻이었다. 황은 마지못해 받는다는 표정이었지만 입에 넣기가 무섭게 와작와작 소리를 내어 씹었다.

"눈깔사탕이 아니라 돌사탕이구만."

"천천히 녹여가며 드셔야쥬. 십리사탕인데. 옛날에……"

김은 어렸을 적 장날이면 부모를 따라나섰다. 시장에서 돌사탕을 얻어먹는 재미가 쏠쏠했다. 한 알을 입에 물면 십 리 길이 심심치 않다고 십리사탕이었다. 반투명한 사탕 속에 좁쌀 같은 알갱이가 들어 있었다. 그 단맛에 눈깔사탕이 밀려났다며 김이 추억을 더듬었다.

황은 듣기 싫다는 듯 다시 텔레비전을 켜고는 볼륨을 올렸다.

"놀부가 형님, 하고 달려오겠슈."

김이 이기죽거리자 부인이 옆구리를 쿡쿡 찔렀다. 그들은 일흔다섯 동갑내기로 오 년 전에 재혼했다. 누가 보거나 말거나 손을 잡고 얼굴을 어루만지기 일쑤였다. 밤이면 침대에 함께 누웠다. 모두 숙덕거리면서도 내심 부러운 눈치였다. 한번은 샤워실 앞을 지나는데 둘의 목소리가 들렸다. 어때유? 누가 보면 어쩌려구유? 보긴 누가 본다고 그래유? 저기, 마루가…… 마루도 다 이해해유. 그렇지 마루야? 야야야, 내 나이가 어때서……

"그래. 내가 놀부 윗자리라는 걸 인제 알았냐?"

황이 김을 향해 쏘아붙였다. 공연히 화통을 건드렸다 싶은

지 김이 걸음 연습을 핑계로 병실을 나섰다. 김의 부인도 집에 다녀와야겠다며 주섬주섬 가방을 챙겨 김의 뒤를 따라 나갔다.

막 병실로 들어선 간병인 평 여사가 안 옆으로 다가갔다.

"선생님. 검사는 잘 받으셨습네까?"

"예."

그는 돋보기를 빼고 관자놀이를 눌렀다. 손이 떨리자 주먹을 그러쥐었다.

"선생님은 무슨 재미로 만날 그 어려운 책을 보십네까?"

"개코도 아닌데 선생님은 무슨⋯⋯"

황이 끼어들었다. 안은 개의치 않고 책장을 넘겼다.

그가 보는 책은 역사책과 철학책, 평전이나 시집, 소설책까지 다양했다. 영어나 일본어로 된 것도 있었다. 모두 젊어서 읽은 것이라고 했다. 언젠가 바닥에 떨어진 시집을 올려주다가 표지 안쪽에서 젊은 그의 사진을 보았다. 그가 시인이라는 걸 아는 사람은 없었다. 아무도 시집에 관심을 갖지 않기 때문이었다.

"아즈바니도 참, 점잖은 분한테 무에 그리 불만이십네까?"

302호에 있다가 이 병실로 자청해 온 평 여사는 안에게 각별했다. 간병인들이 다 마다하는 이 병실을 고집하는 것도 안 때문이지 싶었다. 물론, 내 추측일 뿐이었다. 그녀는 올해로 예순두 살인데 십 년 전에 탈북했다. 줄곧 중국에서 떠돌다가 남한에 정착한 지 오 년째다. 나이에 비해 몸이 건강하고 강단도 있었다. 노인들을 어르신이라고 하지 않고 아즈바니라고 불렀다. 모두 그 호칭을 만족해했다. 안에게만은 선생님이라 칭하며 깍듯이 대했다. 간병 삼 년째인데 타고난 간병인이라 할 만했다.

"인제 아주 편을 짜고 덤빌 텐가?"

황이 평 여사를 향해 성을 내자 평 여사가 얼른 자리를 떴다. 안도 책을 덮고 창 쪽을 향해 모로 누웠다. 나는 황의 침상에 머리를 대었다. 며칠째 죽만 먹어서인지 황의 뱃구레가 허룩했다. 젊어서는 백 킬로그램이 넘는 거구였다는데 지금은 팔십 킬로그램이 될까 말까 했다.

평 여사가 자리를 비울 때면 나는 바짝 긴장되었다. 언제 위급한 상황이 생길지 모르는 게 병실이었다. 치료견의 임무를 띠고 병원으로 출장을 다니던 시절에는 묘기 하나라도 더 보여주려고 기를 썼다. 여기서는 노인들 곁에서 말을 들어주기만 해도 되었다. 누군가의 말에 귀 기울여주는 것은 심리치료의 기본이었다. 물론 내가 그들을 치료하고 있다는 것은 아니었다. 그들에게 약간의 도움을 주고 있다지만 내가 받고 누리는 것이 더 많았다. 이곳 '은혜의 집'에 온 뒤로 내게 삶은 덤으로 얻은 것이나 다름없었다. 그러고 보니 여기에 온 지도 벌써 일 년이 지났다.

이곳은 여느 요양병원에 비해 규모도 크고 시설도 좋은 편이었다. 서울 근교라서 교통이 편리하고 공기도 좋았다. 산책로를 따라 수령을 가늠하기 어려운 나무들이 숲을 이루고 있었다. 병원 아래쪽은 공원묘지였다. 처음에는 하필 요양병원 부근에 묘지인가 했는데 차츰 생각이 달라졌다. 어차피 여기를 거쳐 묘지로 가게 될 테니까.

병원 건물은 삼층인데 외양은 한옥, 내부는 양옥이었다. 마당의 창고에는 가마솥과 삼태기를 비롯해 옛 시절을 떠올리게 하는 물건들이 놓여 있었다. 노인들의 정서적 안정을 위한 병원장의 배려였다. 삼층에는 알츠하이머를 앓거나 의식이 오락가락하는 환자들이 주를 이루었다. 손발이 묶여 지내는 환자도 있었다. 별관은 건물 한 채가 중환자실이었다. 거기 있는 환자들은 의식이 없었다. 기도삽관으로 숨을 쉬고 유동식으로 연명했다. 살아 있어도 살아 있는 게 아니었다. 그들을 보면 우리 종족에게 허용되는 안락사가 축복이라는 생각마저 들었다. 본관 일층과 이층의 환자들은 그나마 양호한 편이었다. 거동은 자유롭지 못해도 의식은 또렷했다.

그중 이 병실 201호가 가장 넓고 햇볕이 잘 들었다. 창문 옆으로 바람이 잘 통하는 곳이 황의 침상이었다. 그가 고집을 부려 차지한 거였다. 처음에는 나도 이 병실 저 병실을 돌아다녔다. 내가 보이지 않으면 황이 고래고래 소리를 질러 찾는 터에 이 병실의 붙박이가 되었다. 황의 앞이 안, 그의 옆은 김, 김의 앞이 강의 침상이었다.

303호의 연실 씨가 헤벌쭉 웃으며 병실 안을 들여다보았다. 그녀의 손에 또 보퉁이가 들려 있었다. 규정상 알츠하이머 환자는 바깥출입이 제한되어 있는데 그녀는 예외였다. 병원의 후원자인 딸의 뜻이었다. 어머니가 사는 동안 자유롭게 다닐 수 있게 해달라고, 어떤 위험이나 사고도 받아들이겠다는 각서가 있었다. 연실 씨는 정신이 오락가락하는데도 연실 씨, 라고 부르지 않으면 대꾸하지 않았다. 젊어서 남편을 잃고 외동딸마저 결혼해서 외국에 나가 살고 있으니 외로움이 병을 불렀을 터였다. 이제는 딸이 누구인지도 모르는 듯 언니라고 불렀다. 딸과 통화할 때면 존댓말을 하고 전화기에 대고 허리를 접어 인사했다. 이따금 병원장 휴대전화로 화상 통화할 때가 있는데 어느 날 나도 옆에 있었다. 연실 씨가 마루라고 불러 얻게 된 내 이름 마루는 그녀의 친정에서 기른 개 이름이었다. 딸이 원장에게 말해주는 걸 들었다. 권력을 행세하던 사람이 마루를 탐내어 억지로 데려갔는데, 바다를 헤엄쳐서 집으로 돌아올 정도로 영민한 개라고 했다.

일 년 전, 저수지 근처에서 연실 씨를 만나지 않았다면 나는 지금 어디에서 뭘 하고 있을까.

*

치료견 센터에서 동물 매개 치료 훈련을 받으며 병원으로 출장을 다니던 때였다. 여자 친구 리아가 갑자기 세상을 떠났다. 나는 보름 동안 우리에 틀어박혀서 벽만 바라보고 있었다. 밖으로 나왔을 때는 눈이 부시고 어지러웠다. 사물의 모양이나 윤곽이 찌그러져 보였다. 오랜만에 햇빛을 봐서 그러겠지 했다. 그런데 수시로 두통과 구토가 일어나고 식욕도 떨어졌다. 훈련 중 쓰러져서 병원으로 실려 갔다. 신경계에 침투한 바이러스가 원인이었다. 치료 중에 머리에서 치명적인 혹이 발견되었다. 그대로 죽을 날만 기다리고 있을 수는 없었다. 친구인 영갑이와 평삼이에게는 여행을 하겠다고 말하고 센터를 나왔다.

　방향도 목적도 없는 길이었다. 무작정 걸은 지 이틀째 되는 날이었다. 기진맥진해서 정신을 잃었다. 눈을 떴을 때는 사위에 안개가 자욱했다. 내가 살아 있다는 걸 깨닫는 순간, 가슴이 뭉클했다. 너는 인간과 떨어져 살지 못할 운명이야. 누군가가 내 귀에 대고 일러주었다. 나는 옴짝달싹 못하고 엎드려 있었다. 얼마나 지났을까, 안개가 걷히고 미루나무 가지 사이로 해가 머리를 내밀었다. 하나둘 주변의 사물들이 눈에 들어오기 시작했다. 사방을 둘러싼 나무들이 초록빛을 뿜어냈다. 산들바람을 등에 지고 허위허위 걸었다. 어느 순간 물안개가 눈앞을 가렸다. 고향 마을의 저수지에는 늘 물안개가 피어올랐었다. 근처에 저수지가 있다는 걸 알 수 있었다. 새들이 지저귀는 소리가 들려왔다. 그런 곳에서라면 숨을 거둔다고 해도 미련이 없을 것 같았다.

저수지를 끼고 돌았다. 오 미터쯤 앞에서 누군가가 휘적휘적 걸어오고 있는 것이 보였다. 카디건 속에 환자복을 입은 여자였다. 보퉁이 하나를 안고 있었는데 일흔 살은 훌쩍 넘어 보였다. 이 새벽에 저수지를 찾은 이유가 뭘까. 삶을 비관한 자살 시도에 생각이 미치자 입안이 바짝 탔다. 노인 쪽으로 다가갔다. 조심한다고 했는데도 그만 발을 헛디뎠다. 바스락 소리가 났다. 그 소리에 놀랐던지 노인이 안고 있던 보퉁이를 떨어뜨렸다. 나는 나름 공손하게 인사를 건넸다. 왈! 노인이 화들짝 놀라며 뒷걸음질 쳤다. 나는 두어 걸음 물러나 앞다리를 쭉 펴고 몸을 낮추었다. 노인이 나를 물끄러미 바라보았다. 나는 눈을 몇 번 깜박이고 내리떴다. 그제야 노인이 주춤주춤 다가왔다.

"으응, 마루구나?"

내 이름은 진국인데 마루라니. 어쨌거나 노인이 내게 말을 걸었다는 것만으로도 안심이 되었다.

"너, 여기 어떻게 왔어?"

내가 묻고 싶은 말이었다. 노인이 내 목덜미와 등허리를 어루만졌다.

"잘 왔어. 힘들지?"

노인의 말에 대답은 하지 못했지만 노인이 편안하게 느껴졌다.

"저기 집 있다. 우리 영감님이 저기 갔다."

노인이 저수지를 가리키며 말했다. 난데없이 물속에 집이라니. 하지만 노인의 표정이 진지해서 물속에 정말 무언가가 있을지도 모른다는 생각이 들었다.

"저기 가면 안 돼."

노인이야말로 물가에 있어서 안 될 것 같았다. 노인을 저수지에서 먼 곳으로 이끌어야 한다는 생각이 들었다. 명색이 치료견이 아닌가. 여차하면 옷자락이라도 물고 늘어질 참으로 노인에게서 눈을 떼지 않았다. 노인이 보퉁이 쪽으로 걸음을 옮겼다. 얼른 보퉁이를 물어다 노인 앞에 내려놓았다. 노인의 입이 벌어졌다. 노인이 보퉁이를 풀자 남자 속옷 한 벌이 나왔다. 노인이 속옷을 펼쳐 들면서 인상을 찡그렸다.

"흙 묻었다."

노인이 벌떡 일어났다. 빨래가 어쩌고 중얼거리며 종종걸음을 쳤다. 노인이 병원이든 집이든 머물 곳을 찾을 때까지 보호해야 한다는 생각이 들었다. 노인의 뒤를 쫓았다. 한참 걸어가다 보니 교회 하나를 끼고 묘지들이 있는 언덕바지가 나왔다. 노인은 이따금 멈춰 서서 비석에 새겨진 이름들을 부르고 성경 구절을 읊조리기도 했다. 묘지를 지나 조금 더 걷자 찔레나무 한 그루가 눈에 들어왔다. 꽃이 지고 난 줄기에 새순이 올라와 있었다. 나는 입에 침이 고였다. 노인이 보퉁이를 내려놓고 찔레순을 꺾어 껍질을 벗긴 뒤 나에게 내밀었다. 허기가 졌던 터에 나는 얼른 받아먹었다. 보드라운 순이 아삭아삭하고 달짝지근했다. 노인이 다시 앞으로 걸어갔다. 노인을 따라 걷는데 먹은 게 탈이 난 듯 배가 살살 아팠다. 나는 나무뿌리 냄새를 맡는 척하며 흙을 팠다. 노인이 뒤돌아보며 빨리 오라고 소리쳤다. 노인이 보는 앞에서 볼일을 보자니 머쓱해서 자리를 조금 옮겼다. 노인이 가지 말라고 소리치며 다가왔다. 곧 내가 무엇을 하려는지 알아차린 듯했다. 웃음을 머금고 나를 기다려주었다.

노인과 나란히 서서 걸었다. 병원 로고가 새겨진 '은혜의 집' 입간판이 눈에 들어왔을 때에야 비로소 안심이 되었다.

"연실 씨 어디 갔다 왔어요? 얼마나 찾았다고요."

간호사들을 비롯해 몇몇 사람들이 노인을 반겼다. 노인은 간호사들이 부르는데도 아랑곳하지 않고 병원 현관으로 들어갔다. 간호사들이 나에게로 관심을 돌렸다.

"이 개는 뭐지? 처음 보는 갠데."

"삽살개네. 길을 잃었나?"

"설마, 삽살개가 그럴 리 없지."

"어? 목걸이에 뭐라고 적혀 있어. 치료봉사견? 이름이 진국인가 봐."

"그러네. 혹시 이 개가 연실 씨를 여기로 데려다준 건가?"

"그럴 수도 있겠다."

간호사들이 내 몸을 훑어내렸다. 내 꼴이 말이 아닐 거라는 생각이 들자 민망했다. 얼른 돌아서서 병원을 나가려는데 연실 씨가 나를 부르더니 물이 담긴 바가지를 내게 내밀었다. 나는 단숨에 바가지를 비웠다. 간호사들은 목이 말랐나 보네, 하며 나를 안쓰럽게 바라보았다. 이어 귀엽게 생겼네, 털이 멋있네, 입에 침이 마르도록 나를 치켜세웠다. 그사이 연실 씨는 보퉁이에 들어 있던 속옷을 빨랫줄에 널었다. 곧이어 스피커에서 경쾌한 음악이 흘러나오고 환자들이 하나둘 뜰로 나와 맨손체조를 시작했다.

"원장님께 말씀드리자."

간호사들이 수선을 피우는 동안 연실 씨는 내 등을 도닥거렸다. 상황이 이상하게 돌아가고 있었지만 이미 내 의지를 떠난 일이었다. 곧 의사들까지 나와서 나를 반겼다.

"야! 정말 삽살개네. 종자견 말고는 보기 힘든데 말이야."

"우리 병원에 두면 어떨까요? 삽살개가 액운을 쫓는다잖아요. 게다가 치료견이래요."

"털 날리면 위생상 안 좋아. 짖어대면 환자들이 놀랄 수도 있고."

"치료견이면 훈련을 받은 거잖아요. 환자들한테 오히려 좋을 수도 있어요."

"맞아요, 여기까지 온 걸 보면 우리 병원이랑 인연이 있는 거 아닐까요?"

그들은 한동안 나를 어떻게 할 것인지에 대해 이러쿵저러

쿵했다. 나야 아무래도 상관없었다. 치료견 센터로는 돌아갈 마음이 없는데다 마음만 먹으면 여기서도 언제든지 떠날 수 있었다. 어차피 어디에서든 오래 머무를 수 없는 운명이었다.

"그럼 주인이 나타날 때까지 일단 데리고 있는 거로 하지."

병원장으로 보이는 사람의 말이 떨어지자 환호가 이어졌다. 사람들이 내 곁으로 모여들었다. 나는 얼떨결에 치료견 센터에서 익힌 구르기를 선보였다.

"와! 역시 보통 개는 아닌 것 같아요."

*

의사와 간호사가 병실로 들어섰다. 훤칠한 키에 은테 안경을 쓴 남자 의사는 한 달 전에 온 수련의였다. 얼굴이 곱상한데다 말씨도 나긋나긋하고 친절해서 환자들에게 인기가 많았다. 그는 안의 옆으로 다가갔다.

"어르신, 어디 불편하신 데는 없으세요?"

"예."

안은 여느 때처럼 간단히 대답했다.

"여그 돌뎅이가 들어 있는 것 같어. 머리도 어질어질하고."

황이 끼어들자 의사가 그에게로 돌아섰다. 옆에 서 있던 간호사가 웃음을 삼켰다.

"계속 누워만 계셔서 그렇습니다. 조금씩 움직여보세요. 재활치료도 다시 하셔야죠."

"몸이 말을 안 듣는 걸 어떻게 해?"

"그래도 자꾸 움직이셔야 합니다."

"살이 너무 빠지는걸."

"아따, 거기 불거져 나온 건 살이 아니고 뭣이다요?"

강이 황을 향해 말했다.

"바짝 꼴아갖고는 뭐 축구선수를 했다고?"

황이 강을 노려보며 퉁명스럽게 대거리했다.

"성님은 이 근육이 안 보이는 갑소이? 요샛말로 몸짱이라
고 하는디라."

"개구리 모냥 배만 툭 튀어나와서는."

황이 말하고는 혀를 찼다.

"워메 성님, 나가 깨구락지 많이 묵고 큰 걸 어트게 알아부
렀다요? 뱀은 또 얼매나 많이 묵었다고라……"

숲에서 뱀이 나오면 지게 작대기 사이로 뱀의 대가리를 집
어넣어 잡았다고, 강이 뱀 잡는 시늉을 했다.

"잘 보시요이? 대가리를 탁 틀어잡고 모가지부터 살을 쫙
찢어야써라. 그다음에 껍질허고 내장을 훑어내리고라. 그걸
다 맨손으로 해부렀다 그거여라."

"지렁이나 잡아먹은 주제에 뱀은 무슨?"

지렁이야말로 많이 먹었다고 강이 너스레를 떨었다. 계란
에 구멍을 내어 지렁이를 들여보낸 뒤 통째로 밥 위에 쪄 먹

었다나. 강이 입맛을 다시며 특유의 장난기 어린 표정을 짓자 여기저기서 웃음이 터졌다.

"근디 선상님. 나가 인자 암시랑토 않은디 퇴원하면 안 되겄소?"

의사가 대답 대신 웃음을 지었다.

"나가 여그 들어온 지가 삼 년이 됐단께요. 나이도 벌써 일흔하고도 여섯이고라. 얼렁 나가야 안 쓰겄소? 조기축구회서도 나를 목 빠지게 기다리는디라."

사람들은 늙어서 가장 문제가 되는 것은 아직 젊다고 믿는 것이라고 했다. 어쨌거나 꿈을 꾸는 한은 누구나 젊은 것 아닐까.

"예에. 많이 좋아지고 있으니까 조금만 더 기다리세요. 혈압약 꼬박꼬박 챙겨 드시고요."

과연 좋아질 수 있을까. 시간이 몸을 치유해주는 것은 젊을 때나 가능한 것인지도 모른다.

"나 행편에 병원비도 쏠찮고 혀서 드리는 말씸인디, 병원비를 쪼까 디스카운트……"

의사는 웃음을 지으며 돌아섰다. 김에게 다가가 몰라보게 좋아졌다면서 회진 후 면담을 청했다.

"어따 누군 좋아불겄네이. 나는 왜 안 부르냐 이거여."

강의 푸념이 가슴에 와닿았다. 의사의 한마디에 천국과 지옥을 오가는 걸 나도 경험했다.

바이러스 치료 도중 의사가 내 안구와 입을 들여다보고는 고개를 갸우뚱했다. 아무래도 이상해. CT를 찍어봐야겠어. 옆에 있던 의사도 맞장구쳤다. 곧 거뭇거뭇한 필름을 들여다본 의사가 고개를 저었다. 어떻게 이 지경이 되도록 몰랐지? 그러게 말이야. 그 말은 나에게 사형선고나 다름없었다.

김은 복도 양 끝을 오가며 걸음 연습 중이었다. 집에 갔다가 내일 돌아올 부인에게 더 나아진 모습을 보여주고 싶은 것이다. 강은 새벽에 월드컵 경기를 본 터라 두 시간째 잠에 빠져 있었다. 안은 한 시간 전에 책을 들고 학습실에 갔다. 그를 뒤따라 나간 평 여사도 아직 돌아오지 않았다. 점심 식사 때가 되었는데 그녀가 오지 않는다고 황이 투덜대면서 연방 시계를 쳐다보았다.

시계추가 거드럭거드럭 소리를 냈다. 시계는 며칠 전부터 하루에 십 분씩 늦게 갔다. 더디게 흐르는 시간이 노인들의 삶을 붙들어줄 수는 없을까. 노인들은 하나같이 입버릇처럼 빨리 죽어야 한다고 말했다. 하지만 그 말을 하는 순간에도 죽고 싶은 마음은 없어 보였다.

"이 방은 테레비도 안 보나?"

병원의 소식통인 202호 최가 휠체어를 밀고 들어왔다. 그는 곧바로 강에게 다가갔다. 강을 흔들어 깨우다가 황의 눈치를 살폈다.

"우리 방에 테레비가 안 나와서요."

"테레비 있는 데가 여기뿐인가?"

안 그래도 부루퉁해 있던 황이 툭 쏘아붙였다.

"이 방 인심이 젤 좋잖아요."

최는 황의 비위를 맞추는 방법을 알고 있었다. 인심 좋다는 말을 의식했는지 황이 텔레비전을 켰다.

화면에서 덩치 큰 피에로와 키 작은 어린아이들이 풍선을 들고 이리저리 몰려다녔다. 커다란 호랑이 인형이 나타나자 아이들이 쪼르르 달려갔다. 피에로가 우는 시늉을 하면 호랑이가 춤을 추었다. 덩달아 아이들도 흥이 났다. 황의 입이 귀에 걸렸다.

"한가하게 낮잠을 잘 때가 아니여."

최가 목소리를 낮추며 다시 강을 깨웠다.

"으메, 은제 왔단가? 안 그래도 쪼까 이따 건너갈라고 했는디."

"저기 말여……"

최가 강 쪽으로 바짝 몸을 붙이며 목소리를 낮추었다.

"여기 들어올 때 보증금 걸은 거 여태 안 찾았다고 했지?"

"보증금은 왜 들먹이시고 그란다냐?"

"이 병원 부도날 거라는 말이 있어."

"뭣이여?"

최가 강에게 쉿, 했다. 강이 헛기침을 했다.

"우리 아들이 그러더라고. 병원장하고 잘 아는 사람이 친구래."

"그라니께 보증금이 다 날아가게 생겼다 그 말이여 시방?"

"자금 사정이 영 안 좋은가 봐."

강과 최가 한참 말을 주고받았다. 장기요양보험이 실시된 뒤에도 이 병원은 입소할 때 보증금을 받았다. 물론 선택사항이었고 본인부담금을 깎아준다는 조건이었다.

텔레비전에 눈을 붙박고 있던 황의 표정이 급작스럽게 일그러졌다. 아이들의 재롱을 보다가 손자를 떠올린 것이다. 나는 그에게로 다가가 머리를 내밀었다. 그가 손을 뻗어 내 머리를 쓰다듬었다. 내 나이 열여덟 살, 이미 노년인데 황은 나를 손자쯤으로 여겼다.

"밥 오는가 보네. 나 이만 가이."

식판 운반차가 덜그럭거리는 소리, 식탁 펴는 소리가 어우러지면서 병실은 활기를 띠었다. 김이 들어섰다. 강은 입맛이 없다며 식사를 돌려보내고 자리에서 일어나 밖으로 나갔다.

"대체 어딜 간 게야? 또 목욕을 하는 게야, 뭐야?"

황은 평 여사를 찾으며 투덜거렸다. 김은 황을 힐끗거리며 수저를 들었다. 황이 입맛을 쩝쩝 다시며 옆에 놓인 식판을 바라보았다.

"내 밥 좀 올려주고 먹으면 어디가 덧나냐?"

"저번처럼 쏟을까 봐 그러지유. 여사님 올 때까지 조금만 기다리셔유."

"자고로 장유유서라 했거늘……"

"형님, 또 문자 쓰시네."

"이래 봬도 내가……"

또 황의 연설이 시작되었다. 고향 인근에서 내로라하는 수재였던 형들에게 치여 학교를 못 다녔다는 게 요지였다.

"빌어먹을 여편네가……"

"지금 저한테 욕하신 거디요?"

평 여사가 들어오며 황을 향해 말했다. 황이 얼른 식판으로 눈을 돌렸다.

"이건 허구한 날 죽이야."

"설사하니까 그러잖아요. 며칠만 더 참으시라요."

평 여사가 탁자를 펴고 식판을 올렸다. 황이 얼른 수저를 집어 들었다. 손이 마음을 따르지 못해서 흘리는 게 반이었다.

"수저 이리 내시라요."

평 여사가 죽을 떠먹여주자 황은 군소리 없이 넙죽넙죽 받아먹었다. 안이 병실로 들어와 식사를 시작했다.

"젠장할!"

"와 또 그라세요?"

"이게 개죽이지 어디 사람이 먹을 밥이야?"

"다 드시구서리…… 또 개국 개죽 하는 거 듣는 마루 기분이 어떻갔습네까?"

황이 나를 힐끔 쳐다보고는 협탁에 놓인 달력을 집어 들었다. 한 장에 열두 달이 다 들어 있는 달력이었다. 딸들이 다녀간 날과 부인이 다녀간 날에 동그라미가 쳐져 있었다. 황의 표정이 일그러졌다.

"낼부터 밥으로 달라고 해."

"일 없습네다."

펑 여사가 쌀쌀하게 말하고 식판을 치웠다.

식사 시간이 끝나자 모두 밖으로 나갔다. 병실이 썰렁했다. 나는 자는 척했다.

"또 자냐, 이눔아? 이 할애비 말 좀 들어봐."

황이 할애비 운운하면 이어지는 레퍼토리는 뻔했다. 귀에 징이 박힐 정도로 들었다.

"길은 어둡고 산짐승은 줄창 울어대는데……"

황의 부친이 신문지로 말아 싼 돈뭉치를 옆구리에 낀 채 앞장서고 황이 뒤따랐다. 등이 구부정한 아버지가 멀리 산을 바라보며 풍년초를 빨아대면 황도 속이 탔다.

"내 그 가난이란 놈을 그냥 곡괭이로 쳐 없애버리고 싶더란 말이다……"

끼니를 거르면서도 형들은 공부에 열중했다. 가난한 집에서는 자식들이 공부 잘하는 것도 골칫거리였다. 대학교를 우골탑이라 부르던 시절이었다. 그의 집에서는 부잣집 송아지를 대신 길러주고 새끼를 낳으면 나누어 가지는 배냇소를 길렀다. 형들이 공부하는 시간에 황은 주린 배를 움켜쥐고 소를 몰고 나가 꼴을 벴다. 오디를 따먹다가 나무에서 떨어지기도 하고 산딸기 가시에 찔리기 일쑤였다. 해가 지면 소에게 신세를 한탄하면서 집으로 돌아왔다. 황에게 소는 가족이자 친구였다. 그런데 형들의 등록금을 대느라 그 소를 내다 팔아야만 했다.

이 대목에서는 나도 매번 황이 짠했다.

"송아지라는 놈이 몇 날 며칠 밥도 안 먹어. 커다란 눈에 눈물이 맺혀 어미를 찾아대는 꼴을 보면 밥맛이 천 리 밖으로 달아나……"

송아지를 팔고 돌아오면 황도 몇 날 며칠 밥을 먹지 못했다.

"뼈 빠지게 고생해가며 형들 뒷바라지를 했는데 맏형은 정치적 사상인지 뭔지 때문에 옥살이를 하고 나오더니 폐인이 됐어. 둘째 형은 저만 잘살자고 하나밖에 없는 동생을 거들떠보지도 않고."

그의 이야기는 여기까지였다. 그 뒤 이야기는 언젠가 황의 부인이 김의 부인에게 말하는 걸 들어서 알게 되었다.

속이 비틀린 황은 부친이 소를 팔아 만든 형들의 등록금을 훔쳐 외지로 도망쳤다. 그걸 장사 밑천으로 썼는데 일 년도 안 되어 모조리 날렸다. 맏형은 장학금으로 근근이 학업을 이어갔지만 둘째 형은 고학을 하다가 도중에 그만두고 말았다. 그 일은 불쑥불쑥 고개를 쳐들고 그를 괴롭혔다. 세월이 흘러 황도 가정을 가졌고, 우여곡절 끝에 늦둥이 아들도 얻었다.

아들이 장가갈 나이가 되어 처자를 데려왔는데 황은 마음에 차지 않았다. 결혼을 반대했더니 아들이 황의 통장을 들고 집을 나갔다. 황은 아들이 괘씸해서 두 번 다시 보지 않으려고 했다. 하지만 과거에 자신이 한 짓이나 아들이 한 짓이나 다를 바가 없다고 생각하면 켕겼다. 시간이 흐르자 아들에 대한 미움도 원망도 사라지고 아들이 보고 싶었다. 이제나저제나 아들을 기다렸다. 십 년하고도 몇 년이 더 지나서 아들이 손자를 데리고 오겠다고 연락이 왔다. 아들도 아들이지만 손자가 보고 싶어 황은 안달이 났다. 그런데 아들이 오는 길에 교통사고를 당해 아들과 손자, 며느리가 세상을 떴다. 그 뒤로 황은 삶이 무상하게만 느껴졌고, 쓰러지고 말았다.

중환자실에 누워 있는 동안에는 누구라도 이승과 저승을 오갔다. 황 또한 저승에 가서 오매불망하던 부친과 아들을 만났다. 부친 앞에 무릎을 꿇고 울다가 아들, 손자를 끌어안고 통곡했다. 이승으로 되돌아갈 기력도 염치도 없어 그 자리에 주저앉을 작정이었다. 그런데 부친도 아들도 아직은 때가 아니라며 쌀쌀하게 돌아앉았다. 그래서 다시 이승으로 돌아와 구차한 목숨을 아직 이어가고 있는 거라고 했다.

내가 이 병원에 눌러앉게 된 다음 날 병원에서 환영식을 열어주었다. 모두 나에게 호기심을 가졌는데 황만 돌아앉아 있었다. 그의 주변을 맴돌다가 그와 눈이 마주쳤다. 얼른 엉덩이를 뒤로 빼고 엎드린 채 꼬리를 들어 올렸다. 그가 소리 내어 웃더니 내 이름을 불렀다. 그 일은 곧 이야깃거리가 되었다. 알고 보니 그럴 만한 이유가 있었다. 황은 종종 찾아오는 어린이 봉사단 중 한 아이를 손자처럼 귀여워했다. 그런데 그 아이가 그에게서 똥 냄새가 난다고 달아났다. 아이에게 상처를 받은 그는 웃기는커녕 아예 입을 닫아버렸다. 그 뒤로 웃은 것은 그날이 처음이었다.

그가 내 귀를 잡아당겼다. 내가 자기 말을 건성으로 듣고 있다는 걸 알아챈 것이다. 잘못했다가는 무슨 봉변을 당할지 모른다. 엊그제도 저녁 식사 시간에 자리를 비웠다고 대번에 숟가락이 날아왔다. 나는 자세를 고쳐 앉았다. 그가 내 귀를 잡아당기던 손을 놓고 머리를 쓰다듬었다. 가끔 욱하기는 하지만 마음은 누구보다 약한 사람이었다. 그가 아직도 건강했다면, 그래서 이곳에 오지 않았더라면 지금과는 달랐을 거였다. 나 또한 병들지 않았더라면, 무작정 센터를 나오지 않았더라면 다른 삶을 살고 있을 터였다. 병들지 않으면 알지 못했을 일들, 깨닫지 못했을 것들이 많았다.

간호사가 취침 전 병실을 점검하러 들어왔다.

"티브이 꺼드릴까요?"

황이 알아듣고 리모컨으로 텔레비전을 껐다.

순식간에 사위가 고요해지고 어둠이 길게 몸을 늘였다.

"안녕히 주무세요."

간호사가 나가고 복도의 불이 꺼졌다. 눈이 어둠에 익숙해지기까지 시간이 걸렸다. 이즈음의 병실은 외딴섬이나 다름 없었다. 매일 겪는 일인데도 매번 새롭게 느껴졌다. 나도 눈을 붙이려고 엎드렸다. 낮 동안 스며들었던 열기가 콘크리트 바닥에 아직 남아 있었다.

모두 잠을 자고 있을 때면 누군가가 숨을 거둔 건 아닐까 하는 생각이 들곤 했다. 노인들은 하나같이 잠을 자다가 죽기를 원했다. 나도 그러기를 바랐다. 하지만 그것이야말로 하늘의 운을 타고나야만 가능한 일이었다.

황이 가슴을 부여잡으며 숨을 몰아쉬었다. 답답증이 도진 것이다. 그는 세상에서 답답증이 가장 무섭다고 했다. 떠돌아다닌 세월이 길었으니 누워 지내는 게 얼마나 힘들지는 짐작이 갔다.

내 여자 친구 리아도 답답한 것은 질색했다. 치료견 센터에서 훈련을 받는 것이나 출장 다니며 환자들을 위로하는 것도 달가워하지 않았다. 환자들과 있으면 무기력해진다는 게 이유였다. 인간들의 병은 인간들이 알아서 돌보게 놔두고 함께 멀리 떠나자고 했다. 왜 우리가 인간들의 병수발까지 해야 하느냐고. 양 떼를 돌보거나 사냥을 하면서 살자고 했다. 나는 양 떼를 돌보는 것과 인간을 돌보는 게 뭐가 다르냐고 반박했다. 우리는 우리의 삶을 즐길 권리가 있다고 말하는 그녀의 눈은 나를 간절히 원하고 있었다. 나는 그녀의 말에 공감했지만, 그녀를 따라나설 생각은 없었다. 그녀와 나는 의견 차이를 좁히지 못했다. 어느 날부터인지 그녀는 음식을 과하게 먹어댔다. 결국 급체했고 병원으로 가는 차를 타기도 전에 숨을 거두었다. 맥박이 멈췄는데도 눈에서 눈물이 흘렀다. 그 일을 생각하면 지금도 가슴이 저릿했다. 그녀가 그렇게 빨리 세상을 떠날 줄 알았더라면, 그때 다른 선택을 했을 것이다. 그녀가 세상을 떠난 후 얼마 안 되어 나도 건강에 이상이 있다는 걸 알게 되었다. 친구 영갑이와 평삼이에게 치료견 센터를 떠나겠다고 했을 때 그들은 나를 말렸다. 어딜 간다고 그래? 세상 구경 좀 하려고. 너 복날이 낼모레인 거 몰라? 인간들이 눈에 쌍불을 켜고 있는 마당에 뭐, 세상 구경? 잘못하다간 쥐도 새도 모르게 죽는 수가 있어. 친구들에게 내가 병에 걸렸다는 걸 털어놓을 용기가 나지 않았다. 결국 작별 인사도 하지 않고 떠나왔다. 그 자식들도 나와 같은 상황이었다면 그랬을 거라고 위안하면서.

*

"나 때문에 괜히 이 사람만 고생이유."

김은 침대에 머리를 댄 채 잠들어 있는 부인의 손을 어루만지면서 한숨을 내쉬었다.

"아따 눈꼴시어서 못 보겠구마이. 무슨 사삭을 고렇게 떨어싼단가."

강이 김을 향해 말했다.

"왜 또 시비래유? 눈 보니께 또 밤에 축구를 본 모양이구먼유."

김이 강의 벌게진 눈을 보며 말했다.

"으메, 고 재미난 걸 안 보고 잠을 자는 사람들이 더 이상허제."

"축구가 밥 멕여줘유?"

"암만, 축구를 그깟 밥한테 비할까이?"

김은 자기 부인도 축구를 보았다는 걸 모르고 있었다. 강도 그것은 말하지 않았다.

"옛날야그 하나 들어보드라고. 해가 뉘엿뉘엿 넘어가는디 도야지울에서 살이 포동포동한 도야지가 끌려 나오면 말이시……"

아이들이 먼저 산에 오르려고 설레발을 쳤다. 어른들이 막아서 올라가지는 못했다. 온 산에 돼지 멱따는 소리가 메아리치면 아이들은 소리부터 질렀다. 그때만큼은 강도 기분이 좋지 않았다. 하지만 막상 고기가 되어 돌아온 돼지 앞에서는 언제 그랬냐는 듯이 입맛을 다셨다.

"동네서 떡발이 젤 좋은 아재를 필두로 해서……"

어른들이 시뻘건 피를 후루룩 들이켜고 소주를 마시는 모습을 그는 실감 나게 흉내 냈다.

"그때 애덜은 뭘 했느냐면 말여."

"뭘 했는데유?"

"돼지 오줌보에 바람을 넣었제."

"그러니께 그 돼지 불알을 강 선수가 한방에 올려 찼다 이 거유?"

"그라제, 인자 쪼까 말귀를 알아듣는구마이. 나가 그때부 터……"

강이 축구선수의 꿈을 키운 데는 돼지 불알의 힘이 컸다. 중고등학교 때 선수로 활약하다가 지방대학에 간 것까지는 좋았는데 무릎을 다쳐 축구 인생도 끝나고 말았다. 관절염도 그래서 생긴 것이지 싶었다.

"돼지 불알은 그렇다 치고, 돈은 언제 그렇게 많이 벌었대 유?"

"돈은 무슨 돈을 벌었다고 그란다냐 시방?"

"말해봐유. 다 알고 있으니께유."

강이 상당한 재력가라는 것은 공공연한 비밀이었다. 언젠 가 나도 휴게실 앞을 지나다가 강과 최의 이야기를 들었다.

선수 생활을 못하게 된 마당에 대학 졸업장은 뭐에 쓰겄나 싶어서 대학을 때려치워부렀제. 머리는 깡통인디다 가방끈 은 짧지, 무릎 때문에 군대도 못 가놓으니 취직이 돼야 말이 제. 출신 국민학교서 코치를 해달라기에 얼씨구나 했다 그 말 이여. 그란디 그 월급으로는 입에 풀칠도 못하겄드라고. 허우 대 멀쩡한 것만 보고 나한테 홀딱 반해분 시악시랑 결혼은 했는디 이건 영 날건달 처지라. 먹고살 길이 막막혀서 이 일 저일 닥치는 대로 들쑤시고 다녔제. 어쩌다 보니 사채업자 밑으로 들어가게 됐단 말이시. 근디 재물운이라는 게 따로 있다드만 돈이 붙기 시작하는디, 와따 겁나불드란께. 건물을 한 채 샀는디 고거이 새끼를 쳐불고. 그걸 담보로 대출을 받아서 또 건물을 사고 했드만 나중에는 점빵 세만 해도······

"난 공 차는 거 말고는 아는 게 없다니께."

"누가 채갈 것도 아닌디, 얘기나 한번 해봐유."

"이 강상팔이 인생은 축구뿐이라니께그랴."

강의 억지에 웃음이 나왔다.

"누구야요?"

평 여사가 소리를 빽 질렀다. 조금 전부터 나기 시작한 구린내 때문이었다. 황이 지레 끙, 소리를 냈다.

"아즈바니구마요."

그녀가 황의 홑이불을 젖혔다. 하필 가림막 커튼이 이틀째 고장이었다. 황의 얼굴이 벌게졌다. 나는 얼른 보조 침대로 올라가 황의 몸을 가려주었다. 황이 나를 쳐다보았다. 나는 기꺼이 그의 손등을 핥아주었다. 평 여사가 일회용 기저귀의 접착 테이프를 떼자 냄새가 진동했다. 황이 또 끙, 소리를 냈다.

"죽만 먹었으면 이렇지 않을 거인데. 누가 뭘 준 거야요?"

평 여사가 김 쪽을 보며 말했다. 마침 그의 부인은 자리를 비우고 없었다. 부인이 황에게 크림빵을 주었다는 것을 아는 김이 평 여사의 눈치를 보면서 돌아누웠다.

"이 아즈마이가 또……"

기저귀가 든 비닐을 들고 나가던 평 여사와 병실로 막 들어서는 김의 부인이 마주쳤다. 영문 모르는 김의 부인이 평 여사에게 다소곳이 인사했다.

"고생 많으십니다."

"이것도 안 하면 내래 어더렇게 밥을 먹습네까? 밥값은 해야디요."

웃는 낯에 침 못 뱉는다더니 그 격이었다. 평 여사가 주춤하더니, 나에게 따라오라고 눈짓했다. 이참에 나까지 씻겨주겠다는 뜻이었다. 늙으면 사람이나 짐승이나 냄새가 나기 마련이었다. 못 이기는 척하고 그녀를 따라갔다.

그녀가 젖은 수건으로 몸을 닦아주면서 한숨을 내쉬었다.

"내래 아즈바이들 똥이래 치우고 살게 될지 어더렇게 알았갔네. 똥만 치우면 다행이디. 이미 저세상 간 아즈바이 얘길 해서 안됐다만……"

평 여사가 한 노인의 목욕을 시키는데 그의 물건이 불뚝 일어서서 수그러들지 않았다. 그가 평 여사를 빤히 바라보았다. 다음 날 노인이 죽었는데 그 눈빛이 잊히지 않았다.

"그 영감님이래 외로웠던 거이디."

그 노인의 원이라도 한번 풀어줄 걸 그랬다며 그녀가 헛웃음을 지었다.

씻고 나니 몸이 한결 가벼웠다. 생각 같아서는 낮잠이라도 자고 싶었다.

202호 최가 병실 입구에서 침상을 둘러보더니 강에게 슬쩍 다가갔다.

"아무래도 심상치가 않어. 우리 방에 그 송가 말여. 나간다고 하니까 못 나가게 한대."

"뭣 땀시?"

"뻔한 거 아녀? 보증금을 못 돌려주게 생겼으니까 그러는 게지. 아까 송가 아들들이 와서 병원장하고 한바탕하고 갔다는구만."

"염려 붙들어놓드라고. 여그는 청에서 관리해주기로 돼 있은께. 그 뭣이냐 노인복지사업이라는 것도 실적이 있어야 된다드만. 그 실적 땜시 청에서도 신경을 안 쓸 수가 없다 그거여. 우리 막둥이가 청에 댕기는디 고걸 모르겄어?"

"정말 그럴까?"

"뭔 놈의 의심이 그렇게 많단가? 그럴 시간 있으면 운동이나 해두드라고. 여그서 나가면 나랑 공 한번 차야 쓴께 말여."

*

비가 오는 날은 병원 분위기가 더 가라앉았다. 마침 황이 잠들어 있어 나는 병실 밖으로 나왔다. 병원 입구로 강의 둘째 아들 승용차가 들어왔다. 요즘 들어 부부가 자주 병원을 드나들었다. 아들은 중소기업의 만년 과장이었다가 두 달 전에 명예퇴직했다. 다이어트 식품 판매원인 며느리는 영업소를 내고 싶어 안달이었다. 부부가 현관에 짐을 내려놓고 빗물을 털어냈다.

"잠실 아파트 팔자고 오늘은 꼭 말씀드려야 돼. 작자 나타났을 때 팔아야지 더 기다렸다가는 세금이나 옴팡 뒤집어쓴다구."

"알았어."

"당신 형님이 벌써 눈독 들이고 있단 말이야. 막내 동서도 맨날 앓는 소릴 하면서 얼마나 여우짓을 하는지 알아? 잘못하다간 몽땅 날치기당한단 말이야."

"알았다니까 그래."

"사업을 하네 뭐를 하네 해서 자기들 몫은 다 챙겨갔으면서 우리 걸 넘보는 게 말이 돼? 우린 보험 든 셈 치고 여태 기다려온 건데. 이번에는 나도 영업소 꼭 내야 한다고."

둘이 한참 옥신각신하다가 강의 아들이 나를 바라보았다.

"저 개새끼는 왜 또 저기 있는 거야?"

"치료봉사견이잖아."

"개새끼 주제에 치료는 무슨 치료?"

"말조심해. 쟤도 다 알아듣는단 말이야."

"네깟 놈이 치료를 하면, 나는 수술을 하겠다."

돼먹지 못한 인간이 번번이 애먼 나한테 화풀이였다. 겁이라도 한번 주자는 생각에 이를 드러내고 소리 내어 울렸다. 작자가 개새끼가 어디서 짖냐고, 그야말로 짖어댔다. 작자의 바짓자락을 물고 늘어지자 작자가 움찔하면서 한발 물러섰다. 너무 세게 물었는지 잇몸이 욱신거렸다.

"어머, 어머, 새 양복인데 이걸 어떡해? 그러게, 내가 뭐랬어? 말조심하랬지? 저래 봬도 재가 천연기념물이잖아."

이 여자가 뭘 좀 알기는 아네. 그런데 작자가 이번에는 나를 걷어찰 기세였다. 나는 잽싸게 뒤로 물러섰다. 순간, 중심을 잃고 기둥에 머리를 부딪쳤다.

"천연기념물 좋아하시네."

"말조심하라니까."

"으이구, 그렇게 잘 아는 사람이 탕이라면 사족을 못 쓰냐?"

"그건 다른 거지."

"다르긴 뭐가 달라?"

"마루야, 미안."

여자가 내게 윙크했다. 나는 고개를 돌려버렸다. 둘은 궁시렁거리며 병실을 향해 갔다.

빗방울이 나뭇잎에 내려앉을 때마다 초록은 더 짙어졌다. 땅은 빗방울이 만들어내는 소용돌이를 온몸으로 보듬었다.

복도 끝에서 연실 씨가 걸어오고 있었다. 얼굴이 발그레하고 가슴이 봉긋한, 스무 살 연실 씨의 모습을 그려보았다. 연실 씨는 영감님이 배우 김지미보다 더 곱다고 했다는 말을 아직도 되뇌곤 했다. 정신을 놓은 지 이 년째 되었다는데 이따금 나에게 돼지 뼈를 가져다주고 빗으로 털을 빗겨주었다. 마루야, 나도 이제 영감님 만나러 갈 거야. 그럴 때면 정말 알츠하이머 환자가 맞나, 하는 생각마저 들었다. 연실 씨가 손가락으로 김 부부를 가리켰다. 하나, 둘, 하나, 둘, 부인의 구령에 따라 김이 발을 뗐다. 연실 씨가 병실을 들여다보다가 돌아섰다. 연실 씨와 산책이나 가야지 했는데 황이 나를 찾는 소리가 복도까지 쩌렁쩌렁 울렸다. 하는 수 없이 병실로 들어갔다.

밉상들이 아직 자리를 지키고 있었다.

"아버님, 드셔보시라니까요."

"비싼 걸 뭣 땀시 사온다냐?"

강은 며느리가 건네주는 화과자를 받아들면서 아들을 향해 눈을 흘겼다.

"저도 이 정도는 사드릴 능력 돼요."

"쓰잘떼기 없는 소리 하지 말고, 의사 선생님 만나서 퇴원은 언제 하겠는가나 알아봐."

"아버지도 참, 다 나으셔야 퇴원을 하죠."

"어째 그리 말귀를 못 알아듣는다냐? 여기 더 있다가는 거덜나게 생겼다니께."

"아버지 돈인데 아버지가 다 쓰시면 되잖아요. 자식들한테 물려줄 생각 마시구요. 얼른 나아서 맛있는 것도 사드시고 좋은 데 구경도 다니세요."

강은 아들의 말은 귓등으로도 안 듣는 눈치였다.

"나가 빨리 나가야 공도 좀 찰 거인디……"

"여기 전세 냈나?"

황이 소리를 질렀다. 강은 모르쇠로 이야기를 계속했다. 며느리가 황을 향해 호들갑스럽게 죄송합니다, 라는 말을 연발했다.

"마루야!"

황은 나를 부르는 것으로 그들에게 다시 어깃장을 놓았다.

"아버님, 오늘은 몸보신하러 가셔야죠. 병원 밥이란 게 어디 먹을 게 돼야 말이죠."

강의 며느리가 황의 눈치를 보며 말했다.

"그게 뭔 소리다냐? 병원 밥이 워때서야? 우리 소싯적에는 말여, 밥이라는 게 따로 있었간디? 칡뿌리랑……"

산과 들에 있는 뿌리며 열매를 닥치는 대로 먹고 자랐어도 배탈 한번 나지 않았다. 뿐인가, 메뚜기와 방아깨비, 참새를 잡는 재미는 그 어떤 것에도 댈 게 아니었다. 구우면 한 젓가락도 안 되는 것 앞에서 옹기종기 모여 하는 불장난이 더 재미있었다. 그런 날 밤이면 이불에 오줌을 싸서 다음 날 키를 쓰고 소금을 얻으러 다니는 창피를 감수해야 했다.

김이 맞장구치고 말을 이었다.

"어쩌다 덫에 걸리는 토끼 말이유, 선물 중에 그런 선물이 없었지유. 그걸 찾으러 눈이 하얗게 쌓인 들판을 뛰어다녔구 먼유……"

운이 좋으면 꿩도 잡았는데 아이들 몫으로 돌아오지는 않았다. 냄새를 맡고 달려오는 술꾼들에게 고스란히 넘겨주었다. 그 대가로 동전 몇 푼을 받거나 술지게미 맛을 볼 수 있었다.

모두가 자연과 한 몸으로 살았던 시절의 이야기였다. 해와 달, 구름이나 바람과도 몸을 섞고 살았던, 그야말로 까마득한 날들의 이야기.

강의 며느리가 다시 외식을 들먹였다. 이번에는 강도 못 이기는 척하고 따라나설 생각인 듯했다. 며느리가 강을 부축하자 강이 주춤주춤 일어섰다. 나는 얼른 휠체어를 가져다주었다. 강이 내 눈을 피했다. 그들이 무엇을 먹으러 가는지 알 수 있었다.

"저것들 하는 수작이 뻔하지. 속이 훤히 보이네."

병실을 나가는 강과 아들 부부를 보며 황이 말했다.

"형님도 괜히 샘내지 말어유."

"그까짓 거 좀 먹는다고 다 곯아빠진 뼈다구가 좋아질 성싶으냐?"

"말이야 바른말로 비싸서 못 먹는 거지유. 몸에 좋은 거로 치면 그만치 좋은 게 어딨슈? 맛은 또 얼마나 좋아유. 입에서 살살 녹잖유."

내 앞에서 꼭 저런 말까지 해야 할까. 눈치가 없는 것인지 생각이 없는 것인지. 정말이지 인간과 우리 종족의 관계는 알다가도 모르겠다. 후생에는 그 반대이기를 바랄 뿐이다.

"어라, 마루가 나가네유. 다 알아들은 거구먼유."

나는 병실을 나와 휴게실로 향했다.

휴게실에서 펑 여사와 안이 이야기를 나누고 있었다.

"선생님을 보면 돌아가신 아바이 생각이 납네다. 취미루다 붓글씨를 쓰셨디요……"

그녀는 아버지 같은 남자와 결혼하고 싶었는데 정반대의 기질을 가진 사람을 만났다. 성격이 급한 남편은 세상 떠나는 것도 서둘렀다며 그녀가 한숨을 내쉬었다. 자식이라도 하나 있었더라면 북한을 떠나지 않았을 거라고.

"첨엔 그저 중국으로 갈라고 했습네다."

그녀는 강 건너 중국 마을의 불빛을 보면서 저기가 천국이구나 여겼다. 하루를 살아도 그 불빛 아래에서 살고 싶었다. 남편과 사별한 후 그녀는 소나무 옹이를 쪼개 불을 지피면서 북한을 떠날 생각을 했다. 여기저기 손을 써서 압록강을 건넜다. 잡히지만 않으면 살 수 있을 거라고 믿었다. 그런데 중국 땅에 발을 딛는 순간 모든 게 물거품이 되었다. 중국 내 조선족 동포들이 그녀를 중국인들에게 팔아넘겼다. 그때부터 탈북자로, 노리개로, 국적 없는 난민으로 떠돌았다. 목숨이 붙어 있다고 살아 있는 것은 아니었다. 구차한 목숨 차라리 강물에 몸을 던지고 말걸, 후회도 했다. 혀를 깨물고도 싶었다. 질긴 것이 사람 명이라더니 아직 이렇게 살아 있었다.

그녀는 이 병원에서 간병사로 일하는 게 만족스럽고 이승에서 더 바랄 게 없다고 덧붙였다.

"저는 어려서부터 병치레를 많이 했어요. 그래서 책 들여다보는 것 외에는……"

그는 부친의 권유로 일본 유학길에 올랐지만, 학업을 마치지 못했다. 징병을 피해 만주로 갔다. 해방되고 서울로 돌아와 시를 쓰면서 문인들과 어울렸다. 그러던 중 전쟁이 났다. 피난을 가지 못하고 서울에 남아 있다가 친구들과 북으로 가게 되었다. 의용군으로 전장에 나가 여러 차례 죽을 고비를 넘긴 끝에 거제도 포로수용소에 억류되었다.

고생한 것에 비하면 그의 피부는 희고 검버섯도 없었다. 아흔이 넘은 나이를 믿기 어려울 정도였다. 사람들은 채식만 고집하는 식습관에서 온 거라고 하는데 내가 보기에는 맑고 곧은 성정에서 나오는 것이지 싶었다.

"전쟁이 끝난 후 가까스로 서울로 돌아왔지만……"

그를 기다린 것은 아귀다툼이었다. 이데올로기 대립과 경제적 불안이 이어졌다. 그는 세상에 대한 환멸을 느꼈고 술에 절어 살았다.

평 여사는 그러지 않고 그 모진 세월을 어떻게 견딜 수 있었겠냐며 위로했다. 자신도 여기로 오기 전까지는 술에 의지해 살았다고.

펑 여사의 눈이 붉어졌다. 안의 눈꺼풀도 떨렸다. 두 사람 사이에 침묵이 흘렀다.

언젠가 미용 자원봉사가 있던 날이었다. 노인들이 모두 병실 밖으로 나가고 펑 여사와 나만 남았다. 그녀는 텔레비전에 눈을 붙박은 채 꼼짝도 하지 않았다. 처음에는 왜 외국영화에 넋을 잃고 있는지 궁금했다. 그런데 기막히게 아름다운 영상 속으로 나도 곧 빨려 들어갔다. 손을 꼭 잡은 노신사와 젊은 여자의 어깨 뒤로 노을이 지고 있었다.

"이런 날은 빈대떡이 제격이디요."

녹두를 불려 갈고 고기를 다져 도닥도닥 빈대떡을 부치던 저녁이 그녀에게도 있었다. 노릇노릇한 빈대떡에 실고추를 얹어 모양을 낼 즈음 돌담을 넘어가는 냄새에 어스름이 묻어 왔다.

그새 비가 그치고 나뭇가지 사이로 해가 비쳤다.

"이 녀석, 눈이 참 깊지요?"

안이 나를 가리키며 말했다.

"사람이나 짐승이나 마음이 깊으면 눈도 깊은 법이디요."

"일제 때 조선총독부가 삽살개를 모조리 도살해 군용 모피 자원으로 이용했어요. 그 바람에 멸종 위기에 처했지요. 일본 개들과 닮지 않았다는 이유로 말입니다."

처음 듣는 말이 아닌데도 속이 부글거렸다. 이래 봬도 신라 때까지는 왕실에서만 살았던 종족이었다. 조선시대에 옥새 손잡이만 해도 우리 조상의 외모를 본떠 만들었다.

그녀와 안은 일본의 야만 행위에 대해 더 이야기를 나누었다. 두 사람의 생각이 많은 부분에서 같았다. 나도 그렇다는 뜻으로 꼬리를 흔들었다. 안은 내가 기품 있는 개라고 했다. 그런 말을 하는 안이야말로 기품 있는 사람이었다.

*

"오늘은 모처럼 날씨가 좋구먼유."

김이 커튼을 젖히며 말했다. 마당에는 바지랑대가 올라가고 물기를 머금은 나뭇잎들이 앞다투어 몸피를 넓혔다. 매미들도 덩달아 목청을 돋웠다.

비어 있는 강의 침상을 보고 있으려니 씁쓸했다. 이 병원의 환자 중에 중환자실 한번 다녀오지 않은 이는 드물었다. 이미 다녀온 이들도 언제 다시 가게 될지 모른다. 가서 영영 돌아오지 못하는 경우도 숱했다. 한 치 앞을 내다볼 수 없는 게 이곳 노인들의 삶이었다.

오늘 새벽 강은 축구 경기를 보려고 로비로 나갔다. 야근하는 간호사와 간병인들도 몇 있었다. 강은 물 만난 고기처럼 들뜬 채 전문가 못지않은 해설을 펼쳤다. 상대 공격수들의 체력이 강하고 개인기가 뛰어나다는 것, 반면 수비수들이 느린 탓에 일 대 일 돌파를 해야 한다고. 그의 말은 맞았다. 아따, 참말로 복장 터져 죽겄구마이. 미들에서 압박을 해줘야제. 간격이 너무 벌어지잖여. 저 패스는 또 뭐다냐. 위메, 저러다가 역습 맞어분단께. 저, 저건 무신 경우다냐. 육실헐 놈, 대그빡을 그냥……

심판의 불리한 판정이 이어지자 그는 뒷목을 쓸어 쥐면서 물을 벌컥벌컥 들이켰다. 우리가 역습당하자 아예 텔레비전을 들이받을 몸짓이었다. 그러나 경기가 끝난 뒤에는 차분하게 경기를 분석했다. 우리 수비수들의 위치 설정과 패스가 안 일했고 패널티 지역에서도 무방비 플레이를 펼쳤다는 것. 문제는 강한 팀을 만나면 심리적으로 불안해하는 것이라고. 이어 우리 팀에는 창의적인 그라운드 패스가 없다, 목표 없이 시도된 골이 대부분이다, 공간 조절이 안 되는 뻥축구의 고질적인 문제를 안고 있다, 라는 식의 해설로 환호와 박수를 받았다. 그는 으쓱해서 병실로 돌아왔다.

그런데 자리에 누워서도 그는 한동안 잠들지 못했다. 정적 속에서 그의 가쁜 숨소리가 들렸다. 평 여사도 보이지 않았다. 나는 간호사실을 향해 갔다. 하필 좁은 관을 통해 보는 것처럼 시야가 좁아졌다. 마음은 급한데 걸음은 더디기만 했다. 가까스로 위급한 상황을 전하고 병실로 돌아왔을 때는 주저앉고 말았다. 달려온 의사와 간호사가 강의 맥박과 안구를 살

폈다. 의사와 간호사들의 움직임이 부산했다. 결국 강은 중환
자실로 실려 갔다.

"오늘이 며칠이지요?"

안이 김을 향해 물었다.

"보자, 오늘이 음력으루다……"

병원에 있다 보면 늘 그날이 그날 같았다. 어제와 오늘의
구분이 안 되고, 낮과 밤의 분간이 안 될 때도 있었다. 시간의
의미도 없었다.

"퇴원은 언제 하세요?"

안이 물으며 웃음을 지었다.

"글쎄유. 아직 잘 모르겠어유. 막상 떠난다 생각하니 기분
이 영 이상혀유. 양로원이나 여기나 다를 것도 없을 건디유."

"양로원이요?"

"자식들한테 폐 끼치는 게 싫어서유. 이 병원에 묻어둔 보
증금에 조금 더 보태면 갈 수 있는 디가 있어서 벌써 신청해
놨시유."

"예에. 두 분 정이 두터우시니 어딜 가셔도……"

"형님도 부끄럽게 그러시네유. 그나저나 강형 소식은 못 들
으셨지유?"

안은 고개를 끄덕였다.

"별일 있어야 죽기밖에 더하겠어?"

황이 불쑥 끼어들었다.

"뭐유?"

"막말로 이 병원에 벼락이 쳐서 싸그리 죽는다고 해도 아까운 사람 없잖어? 볼장 다 본 늙은이들뿐인데."

"형님은 같은 말이라도 꼭 그렇게 해야 속이 시원혀유?"

'알립니다. 잠시 후 자원봉사단이 방문할 예정이니 어르신들께서는……'

방송이 나오자 병동이 금세 시끌시끌했다. 자원봉사단은 오랜만이었다. 그나마 그들을 마주할 수 있는 환자들은 몇 되지 않았다. 휠체어를 타고라도 밖으로 나올 수 있는 경우였다. 201호에서도 평 여사의 부축을 받아 한 명 한 명 밖으로 나갔다. 황도 나를 따라나섰다.

다사로운 햇살이 노인들의 얼굴을 비추었다. 잠자리 떼가 빗물 고인 항아리 주변을 빙빙 돌았다. 황이 그쪽으로 몸을 기울였다. 휠체어가 휘청했다. 나는 등으로 휠체어를 받쳐주었다.

"역시 마루네!" "마루, 화이팅!"

내친김에 나는 두 발로 걷기를 선보였다. 박수 소리에 이어 뻥 과자가 날아들었다. 얼른 과자를 물었다가 공중으로 올렸다. 과자가 떨어지는 순간을 포착해서 다시 입에 물었다. 여기저기서 한호성이 터졌다. 나는 제자리에서 세 번 구르기를 시도했다.

"또 해봐, 또 해봐."

더 이상은 무리였다. 공연히 욕심을 부리고 했다가 넘어지기라도 하면 안 하느니만 못했다. 슬쩍 자리를 벗어나야지 하고 있는데 멀리서 낯익은 얼굴들이 달려왔다. 내 눈을 의심했다. 혹시나 했는데 영갑이와 평삼이었다. 그 뒤로 조련사들이 들어섰다. 이런 날이 올 줄은 꿈에도 생각지 못했다. 발이 먼저 나갔지만, 얼른 멈춰 섰다. 친구들을 만나면 기쁘겠지만 뒷일을 감당할 자신이 없었다. 재빨리 돌아섰다. 차마 걸음이 떼어지지 않았다. 지금이 아니면 자식들과 영영 만나지 못할 수도 있지 않은가.

미적거리는 사이에 영갑이가 나를 보고 달려왔다.

"진국아, 너 여기 있었어?"

자식이 나를 얼싸안았다.

"잘 지냈어?"

"잘 지내긴, 니가 없는데 어떻게 잘 지내?"

뒤늦게 달려온 평삼이가 내 등에 올라탔다.

"야, 어떻게 된 거야? 여기서 지내는 거야?"

"어쩌다 보니 여기까지 왔네."

"근데 너, 왜 이래? 살은 왜 이렇게 빠진 거야? 털도 엉망이고."

평삼이가 미간을 좁히며 말했다.

"여름이라 입맛이 좀 없어서. 내가 여름을 타잖냐."

"네 털이 어디 보통 털이야? 어떻게 관리를 했길래 이래?"

"세월을 어떻게 막아?"

"이게 네가 하겠다던 세상 구경이냐? 왜 여기에 와 있어? 왜 이 모양이 된 거야?"

영갑이가 인상을 찡그리며 말했다.

"내가 오려고 해서 온 건 아니고 어쩌다 보니 여기까지 오게 됐어. 늙어가는 처지에 서로 위로도 받고 좋아."

"인간들 위로는 가끔 출장이나 다니면서 하면 되는 거지."

"니들도 알잖아. 잠깐 있어주는 거하고 같이 사는 거는 다르다는 거. 오래 같이 있어주는 게 최고의 위로야. 언제나 네 곁에 내가 있으니까 걱정 마, 하는 식이지."

"넌 만날 남부터 생각하는 게 문제야. 이제 그만하고 너부터 생각해. 아니다, 너만 생각해야 돼."

평삼이는 다짐이라도 받아두고 싶다는 표정이었다.

"난 지금 좋아. 배운 것도 많고 깨달은 것도 많아."

"암튼, 누가 진국이 아니랄까 봐. 여튼 그건 그렇다 치자. 근데 좀 전에 조련사가 이상한 말을 하던데? 네가 진국이랑 닮았다는 거야. 근데 진국인 벌써 죽었을 거라고 하더라고."

나는 가슴이 철렁했다.

"이렇게 살아 있는데 뭔 소리야? 내가 누구냐? 토종 삽살개 진국이가 아니냐고."

"그건 그렇지. 나도 늙었나 보다. 헛소리가 다 들리고."

"너희들은 어떻게 지내?"

"우리야 잘 지내지. 영갑이 이 자식 늘그막에 연애도 하고."

"연애는 무슨?"

"내숭 떨기는."

"정말 좋은 소식이다. 축하해. 영갑아, 무조건 여자가 하자는 대로 해. 알았지?"

"알았어. 진국이 너, 아직 리아를 못 잊는구나?"

"……"

"그나저나 이렇게 만났으니 이번에 우리랑 같이 센터로 가자."

영갑이 꼭 가야 한다는 듯 단호하게 말했다.

"그래, 진국아. 늙으면 친구밖에 없어. 이제 우리가 살면 얼마나 더 살겠냐고."

평삼이의 표정이 간곡했다.

"또 그런 소리 한다. 쟤 요새 툭하면 저런 소릴 해서 나까지 뒤숭숭하게 만든다니까."

"센터 분위기가 많이 달라진 건 사실이잖아. 신입이 들어올 때마다 우리가 설 자리도 없어지고."

"세상사가 다 그런걸. 받아들여야지."

"그래, 곧 우리에 갇혀 있다가 죽을 때를 기다리게 되겠지."

평삼이의 목소리에 힘이 없었다.

"왜 그런 말을 해?"

"너 같은 천연기념물이라면 몰라도 우리는 닥스훈트잖아."

"오소리 수렵견의 위엄을 따를 견공이 어딨냐?"

내 말에 평삼이와 영갑이가 웃었다.

평삼이는 유기견이었는데 안락사를 당할 위기 상황에서 조련사와 눈을 마주쳤고, 그 바람에 훈련을 받기 시작했다. 누구보다 열심이었다. 똑똑하고 기억력이 좋은데다 연기를 잘해서 어디를 가도 인기 만점이었다. 두 발로 걸으면서 공을 자유자재로 놀리는 게 장기였다. 그랬던 녀석도 세월을 이기지는 못하는 모양이었다. 영갑이는 몸집은 작지만 근육질이었다. 사냥이나 수색은 물론 추격 실력이 좋았다. 장애물 넘기는 타이틀 보유자급이었다. 아직도 셋 중에 가장 건강해 보였다.

확성기에서 영갑이와 평삼이를 부르는 소리가 흘러나왔다.

"진국아, 너도 가자."

"난 벌써 바닥이 난걸. 니들이 따끈따끈한 걸 보여줘야지. 빨리 가봐."

"야, 그래도 같이 가서 옆에 있기라도 해."

조련사들의 도움을 받아 노인들이 평삼이와 영갑이에게 옷을 입히고 장신구를 달아주었다. 조련사들이 자식들의 발바닥에 물감을 칠해주면 자식들은 노인들의 발에 발을 대어 자국을 냈다. 처음에는 안 하겠다고 하던 노인들도 곧 재미를 붙였다. 조련사가 카메라를 들이대자 노인들이 포즈를 취하며 빨리 찍으라고 아우성이었다. 지금이야말로 내가 슬쩍 사라지기 좋은 시간이었다. 친구들과 아무렇지도 않게 작별 인사를 나눌 자신이 없었다.

*

"안녕하세요?"

황의 부인이 들어서며 인사했다.

"어딜 쏘다니느라고 한 달이 넘도록 코빼기도 안 비쳐?"

황이 퉁명스럽게 말했다. 부인은 대꾸하지 않고 짐을 풀었다. 음료수와 과일을 냉장고에 넣고, 침구 주변을 정리했다.

"나는 여기 가둬놓고 혼자서 뭔 재밀 그리 보러 다니냐니까?"

"왜 또 샘트집이에요?"

"그새 젊은 놈이라도 하나 꿰찼나? 얼굴이 확 핀 걸 보니."

"나라고 뭐 그리 못하라는 법도 없지요."

"사람 다 죽어가는 게 안 보여?"

"기운만 철철 넘쳐 보이네요."

"아, 뭘 하고 다녔냐니까?"

"……"

"왜 대답이 읎어?"

"말 같은 소릴 해야 대답을 할 거 아녜요?"

늙고 병들면 사람이 좀 겸손해야 하는데 달라진 게 하나 없다고 부인이 혼잣말을 했다.

"뭐라고 했어, 지금?"

"이제 귀까지 먹었어요?"

"여편네라고 남편 공경하는 마음이 눈곱만큼도 없어."

"다 죽게 된 걸 살려놓은 게 누군데요? 염치 좀 있어봐요."

"뭐라 그랬어, 지금?"

"늘그막에 딸네 집에 얹혀사는 게 다 누구 때문인데요?"

"그러니까 수술은 왜 시켜? 그냥 죽게 놔두지."

"살려달라고 사정사정할 땐 언제고요?"

"그러니까 이제 죽어주면 될 거 아냐?"

"그 죽는다는 소린 이제 개 짖는 소리로도 안 들려요."

황의 부인이 아차, 하는 표정으로 나를 힐끗 보았다. 나는 일부러 딴청을 부렸다.

"이제 정말 얼마 안 남았어. 나 죽고 나면 후회할 일 하지 말어."

"후회요? 그만큼 했으면 됐지 뭘 더해요?"

"남들 하는 거 안 보여?"

"성남이 낳았을 때 나한테 어떻게 했어요?"

부인이 황의 말문을 막아버렸다.

위로 딸이 둘인데 셋째도 딸이라는 걸 알고 황은 집을 나갔다. 한 달이 넘도록 소식이 없었다. 그 뒤로도 걸핏하면 장사를 핑계로 밖으로 나돌았다. 어쩌다 집에 머물 때면, 대 이을 아들 하나 없는 신세 운운했다. 그러다 성이 나면 참지 못하고 밥상을 엎기 일쑤였다. 넷째를 낳을 때 부인은 또 딸이면 죽어버릴 작정으로 산파를 부르지 않았다. 막상 산통이 오자 겁이 나서 옆집 할머니를 소리쳐 불렀다. 아들을 낳았지만 파상풍으로 사흘을 넘기지 못했다. 할머니가 가위를 소독하지 않고 탯줄을 자른 것이다. 그 뒤로 늦둥이 아들을 얻기는 했지만, 그때 받은 상처는 잊히지 않았다. 부인은 딸들을 결혼시킨 뒤 황혼 이혼을 작정했는데 황이 덜커덕 드러누웠다. 처음에는 병원비와 간병비가 부담스러워 손수 수발했다. 하지만 거구를 감당할 수가 없었다. 황을 입원시키고 세 딸네 집을 전전했다. 병원비를 대는 딸들의 눈치가 보여 건물 청소를 했는데 이제 나이 때문에 그것도 여의치가 않았다. 요즘은 셋째 딸 집에서 손주들을 돌보며 지냈다.

"누구 염장 지르라고 왔어? 냉큼 가버려."

"누군 오고 싶어서 온 줄 알아요?"

"그러니까 가라잖어."

"갈 때 되면 어련히 알아서 갈까. 붙잡아도 가요."

연실 씨가 보퉁이를 안은 채 웃으며 들어서더니 황의 침상으로 다가왔다. 황의 부인이 연실 씨를 힐끗 쳐다보았다. 연실 씨는 보퉁이를 황의 침대에 내려놓았다.

"이건 또 뭔 일이래?"

"아, 난들 알아? 망령이 난걸."

"평생 여자들깨나 지분거리더니만, 늘그막까지……"

218

김이 얼른 연실 씨와 병실을 나섰다. 안도 슬그머니 자리를
비켜주었다.

"입 안 닥쳐?"

"내 입인데 왜 당신이 닥치라 마라 해요?"

주변을 정리하는 부인의 손이 빨라지더니 가방을 챙겼다.

"왜, 벌써 갈라고?"

"가야지, 내가 여기서 뭘 해요?"

"온 지 얼마나 됐다고 가?"

"가서 애들 봐야 돼요."

딸년들이 에미를 종 부리듯 하네, 하나같이 싸가지가 없네,
황이 구시렁거렸다. 그사이 부인이 쌩하니 문을 나섰다. 황은
맥없이 문만 바라보았다.

시간은 느릿느릿 흐르는데도 어느새 창 너머로 노을이 펼
쳐졌다. 텔레비전을 켜지 않은 병실은 고즈넉했다. 시계추의
절그럭 소리가 유난히 크게 들렸다. 평 여사가 헐레벌떡 뛰어
들어왔다.

"숨넘어가겠네."

황이 빈정댔다.

"강 아즈바니가 그만, 운명하셨답네다."

황과 김이 멍하니 평 여사를 바라보았다. 안은 책을 덮고
창문 밖으로 시선을 돌렸다.

"그렇게 허망하게 가다니유. 나가서 공 한번 찰 거라고 그

리 벼르더니만."

"이제 더 이상 나이 먹을 일은 없겠구만."

황은 한마디 툭 내뱉고는 텔레비전으로 눈을 돌렸다.

모두 저녁도 먹는 둥 마는 둥 하고 말도 하지 않았다. 평소보다 일찍 자리에 누워 각자 잠을 청했다. 황은 평소보다 두 배나 되는 양의 비타민제를 먹고 잠들었다. 나는 좀처럼 잠이 오지 않아 숫자를 세었다.

햇살을 받은 연못에 은빛 물결이 인다. 연못 속에서 하나둘 남보랏빛 꽃잎이 벌어진다. 누군가가 환하게 웃으며 다가와 나를 안아준다. 푸근하다. 어머니!

꿈에서라도 어머니를 본 것은 처음이었다. 다사로운 품에 다시 안기고 싶어 눈을 감아보았다. 황의 잠꼬대가 방해했다. 허공을 향해 손을 휘젓는 황의 이마에 땀이 흥건했다. 나는 그의 팔에 머리를 대었다. 그의 체온이 고스란히 전해져왔다. 그가 숨을 몰아쉴 때마다 내 숨도 덩달아 거칠어졌다.

*

"마루야, 빨리 와."

연실 씨가 병실 문 앞에서 손짓했다. 나는 얼른 그녀를 따라나섰다. 요즘 부쩍 몸이 자주 까부라지고 털이 뭉텅뭉텅 빠졌다. 그녀와의 산책도 얼마 남지 않았다는 걸 알 수 있었다.

볕이 쨍쨍해서 온몸의 습기가 빠져나가는 느낌이었다. 연실 씨는 뒷짐을 진 채 부지런히 걸었다. 연실 씨가 걷는 것이 아니라 햇살이 연실 씨를 떠메고 가는 것처럼 보였다. 가을 열매인데 벌써 알이 찬 개암나무 앞에서 연실 씨가 멈춰 섰다. 파란 잎에 싸여 있는 열매를 앞니로 깨물더니 인상을 찡그리며 뱉어버리고는 다른 것에 손을 대었다. 잎사귀 뒤편에 쐐기가 보였다. 나는 얼른 연실 씨의 손을 쳐서 밀어냈다. 영문을 모르는 연실 씨가 나를 째려보았다. 왈! 나도 경고했다. 토라진 연실 씨의 걸음이 빨라졌다. 그녀를 따라가기가 벅찼다. 헉 소리가 절로 나왔다. 비탈길로 접어들고 얼마 안 되어서 시야가 점점 좁아졌다. 곧 터널을 지나는 것처럼 가운데만 보였다. 빛이 한쪽으로 쏠리면서 하늘과 땅이 동시에 기우뚱했다. 눈앞의 것들이 흐릿하고 다리의 힘이 풀렸다. 자리에 주저앉고 말았다. 연실 씨도 걸음을 멈추었다.

멀리 푸른 등을 보이며 돌아앉은 들판 너머 지붕 낮은 집들이 눈에 들어왔다. 연두에서 초록으로 변해가는 빛의 흐름에 몸을 맡겼다. 키 작은 나무 한 그루가 땡볕 아래에서도 꼿꼿했다. 가슴이 물큰했다. 새 한 마리가 포르릉 소리를 내며 머리 위를 맴돌다 날아갔다.

강은 유언대로 새의 밥이 되었을까. 강이 떠난 뒤 강의 침대 밑에서 유언장이 발견되었다. 화장해서 뼛가루를 떡에 묻혀 나무 아래 놓아달라고. 이승의 모든 것을 훌훌 털어버리고 가는 길, 그만한 장례가 또 어디 있을까.

연실 씨가 보이지 않았다. 가슴이 철렁했다. 나는 왈왈, 큰 소리를 내며 주변을 살폈다. 풀숲에서 연실 씨가 실죽 웃으며 일어섰다. 그새 오줌을 눈 모양이었다. 바지춤을 여미고는 다시 걷는데 걸음이 한결 가벼워 보였다.

"여기, 고기 많이 있어."

물속에서 사람 팔뚝만 한 잉어 한 마리가 튀어 올랐다. 잇달아 작은 잉어들이 줄지어 지나갔다. 수면이 잠잠해질 때까지 나는 엎드린 채 놈들이 사라진 길을 눈으로 좇았다.

"우리 영감님, 고기 잡으러 갔어."

연실 씨의 입가에 웃음이 고였다. 고기잡이배의 선주였다는 그녀의 남편은 배가 암초에 걸려 난파되는 바람에 시신도 찾지 못했다. 그녀의 나이 마흔도 안 되었을 때의 일이었다.

볕이 쨍쨍한데 싸한 바람 한 줄기가 비를 몰고 왔다. 여우비였다. 이런 날이면 호랑이가 장가를 간다든가, 여우가 시집을 간다든가. 연실 씨가 보퉁이를 그러안고 허둥지둥 달렸다. 빗소리가 모든 소리를 삼켜버렸다. 지금쯤이면 황이 나를 찾을 시간이었다. 마루야, 비 오는데 노망 난 할망구하고 어딜 그렇게 쏘다니는 거냐? 우렁우렁한 황의 목소리가 귀에 달라붙었다. 나는 돌아가자고 연실 씨의 환자복 바지를 살짝 물었다. 뭉그적거리던 연실 씨가 앞장섰다.

얼마나 걸었을까, 그녀가 갑자기 걸음을 멈추고는 하늘을 향해 손짓했다. 무지개! 어렸을 때 무지개를 잡으려고 산모퉁이를 돌고 또 돌았다. 그러나 도는 만큼 물러서던 빛무리. 잡을 수 없어서, 가질 수 없기에 더 아름답게 보였다.

오랜만에 병원에도 무지개가 떴다. 김이 퇴원 턱을 내기로 한 날이었다. 부인이 잔치는 마당에서 하고 싶다고 하자 병원 측에서 쾌히 받아들였다. 또 그녀는 출장 뷔페를 부르되 밥은 가마솥에 손수 짓겠다고 했다.

장작을 때면서 그녀가 옛날 부엌 이야기를 들려주었다. 시커멓게 그을린 천장과 벽에 대해서. 그 벽에 매달아놓는 소쿠리와 조리, 문에 붙여둔 부적이며 우물물을 길어다 채운 옹기까지. 어머니가 부지깽이로 부엌 바닥을 치며 불렀던 민요 한 자락을 그녀가 구성지게 뽑았다.

형님 형님 사촌 형님 시집살이 어떻데까? 이애 이애 그 말 마라. 시집살이 개집살이……

잘 나가다가 왜 하필 개집살이인가.

그새 뷔페 직원들이 도착해 바삐 식탁을 차리는 걸 보고 나는 병실로 돌아왔다.

노인들의 얼굴이 그 어느 날보다 말끔했다. 펑 여사의 손길 덕분이었다. 그녀는 내 몸도 씻길 생각으로 손을 내밀었다. 나도 마다하지 않았다.

그녀가 내 털을 한 움큼 쥐고 너도 세월을 못 당해내는구나, 하며 등을 어루만져주었다. 눈시울이 뜨거웠다.

뜰로 나오자 그야말로 잔치 분위기였다.

"정말 잔칫날 같네."

"이보다 더 좋은 날이 또 있을라구."

감 놔라 대추 놔라, 잔치 분위기가 무르익었다. 내가 온 후로 병원이 이렇게 활기찬 날은 처음이었다.

"어르신들, 새장가 가셔도 되겠네요."

장가, 라는 말에 노인들의 얼굴이 밝아졌다. 텔레비전에서 본 혼례 장면이 떠올랐다.

사모관대를 쓴 신랑이 초례청에 서고 족두리에 원삼으로 단장한 신부가 두 손을 이마에 댄 채 뜰로 내려선다. 신부가 어여쁘네, 신랑이 잘생겼네, 아낙네들이 수선을 떨고 신랑을 달아맬 생각에 들뜬 남정네들의 움직임이 부산하다. 신랑 신부가 합환주를 마시며 상대를 흘끔거리면 나무 기러기 한 쌍이 날개를 접고……

"아즈마이, 고생하신 보람이 있습네다."

"제가 뭐 한 게 있어야죠."

김의 부인이 손수 수놓은 손수건을 펑 여사에게 건넸다. 내

것은 노란색 레이스 실로 짠 머리띠였다. 사람들은 이제 털이 눈을 가리지 않겠다며 손뼉을 쳤다.

"마루야, 잘 있어. 건강하고. 보고 싶을 거야."

나는 얼른 제자리 돌기를 시도했다. 몸이 휘청하면서 아찔했지만 기분은 좋았다.

"잘 가. 다신 이런 데 들어오지 말고."

황이 쭈뼛거리다 김에게 손을 내밀었다.

"형님이 그러니까 좀 이상하네. 그냥 하던 대로 하시지."

황이 멋쩍어하며 웃음을 지었다. 김이 황에게 재활치료를 받으라고 신신당부했다. 황이 고개를 끄덕였다. 김 부부가 한 사람 한 사람 돌아보며 인사를 나누었다. 서쪽 하늘의 구름층이 두터워지고 있었다.

"어여, 어여 가시라요."

차마 발이 떨어지지 않는다는 듯 그들은 몇 번이나 뒤를 돌아보며 차에 올랐다. 그들이 탄 차가 흙먼지 속으로 사라질 때까지 나는 자리를 지켰다.

현관 쪽에서 왁자지껄한 소리가 들렸다.

"아, 왜 이러세요? 이거 놓으시라고요."

"좋게 말할 때 돈이나 내놔."

강의 아들이 병원장의 멱살을 잡고 있었다. 수련의가 두 사람을 떼어놓으려고 안간힘을 썼다. 간호사와 간병인 몇이 그들을 둘러쌌다.

"대체 왜 이러세요? 어르신 장례 치른 지 얼마나 됐다고."

"내가 이러지 않게 생겼어?"

"여긴 병원입니다. 소란 피우시면 안 된다고요."

"병원? 네놈 입에서 병원 소리가 나오냐? 나쁜 놈 같으니 라고."

듣고 있던 노인들이 누구에게인지 욕을 퍼부었다. 연실 씨 는 보퉁이를 안은 채 발을 동동 굴렀다.

"순진한 노인네 꼬드겨서 재산을 가로채? 우리 아버지가 그걸 어떻게 모은 건지 알아?"

"이봐요. 어르신이 자진해서 기부한 거라고요."

"아버지가 미쳤어? 멀쩡한 자식들 놔두고 이런 데다 기부 를 하게?"

"변호사한테 가서 따지세요. 여기서 이러지 말고."

놀라 울상을 짓는 연실 씨의 바짓가랑이 사이로 물기가 번 졌다.

"그 영감, 장기 기증했다고 했을 때부터 알아봤어야 하는 건데. 선산에 번듯한 산소 자리 놔두고 화장해서 새 밥이 되 게 해달라고 했을 때도 그렇고."

최가 말했다.

"그렇게 축구 타령을 하던 사람이 축구협회 같은 데다 기부 를 안 하고 어째 여기다 했을까? 어린 선수들을 키워야 한다 고 입이 닳도록 떠들더니만."

이따금 강과 최와 어울리던 202호 송이 말했다.

"오갈 데 없는 늙은이들 받아주라고 그랬다네요."

최가 한숨을 쉬며 대답했다.

멍청한 사람 같으니라고. 이제 자식들한테 제삿밥도 못 얻어먹게 생겼네…… 저승 가서도 공을 찰 거라더니 힘 달려서 공을 찰 수나 있을라나 몰라……

노인들은 물론 간병인들까지 돌아가며 한마디씩 거들었다.

경찰차의 사이렌 소리를 뒤로하고 나는 병실로 향했다.

비어 있는 강의 침대가 오늘따라 더 휑했다. 책을 보고 있는 안이나 눈을 감고 있는 황, 텔레비전을 보고 있는 평 여사도 쓸쓸해 보였다.

"저거 좀 보시라요. 펭귄입네다."

텔레비전 화면에 순백의 설원이 펼쳐지고 펭귄 무리가 보였다. 위태로운 삶의 자리를 지키기 위해 어깨를 맞대고, 온기를 나누기 위해 안쪽에서 바깥쪽으로 교대하며 움직였다. 가슴이 찡했다.

"오늘 밤엔 태풍이 온다는데, 병실이 더 썰렁하겠습니다."

좀처럼 말을 하지 않는 안이 입을 뗐다. 그의 얼굴에 순백의 남극이 들어 있었다. 남극의 신사, 펭귄! 그에게 딱 어울리는 별명이었다.

"든 자리는 몰라도 난 자리는 표가 난다더니…… 이제 둘뿐이야."

황이 말했다.

"저도 있잖습네까."

"거긴 아직 창창하잖어."

"아즈바니도 참. 세상에 오는 순서는 있어도 가는 순서는 없다고 하잖습네까."

"나야 벌써 죽을 날 받아놨으니까 거기나 오래 살어."

어쩌면 이 병원은 생의 종착역을 향해 가다가 잠시 쉬어가는 간이역 같은 곳인지도 모른다. 내려놓아야 할 것은 무엇이고 종착역까지 가지고 갈 것은 무엇인가를 가늠하면서 견뎌야 하는 곳. 쉽게 떠날 수도 없지만 남겨져서도 끝내 서러운 삶이었다.

하늘이 거뭇해지고 있었다. 어둠이 내리기 전에 바람이나 쐴까 해서 병실을 빠져나왔다.

경찰들이 병원장실을 들락거렸다. 병원장실은 흩어진 집기들로 아수라장이었다. 그 앞에서 강의 아들이 식식거리며 담배를 피우고 있었다. 병원장은 보이지 않았다.

"허참, 기가 막혀서 원. 부도를 내고도 그렇게 뻔뻔할 수가 있어?"

송이 말했다.

"못난 사람. 어째 그리 눈이 어두웠을까. 날강도 같은 놈한테 기부하다니. 저승에서 눈도 못 감을 거야."

최가 한숨을 내쉬며 말했다. 마침 경찰이 모습을 드러냈다.

"어, 형사 양반. 우린 어떻게 되는 거요?"

"오갈 데 없는 우리부터 생각해줘야지."

노인들이 앞다투어 목소리를 냈다.

"예, 어르신들. 어르신들은 보호받을 수 있으니까 염려 마세요."

병원장과 함께 나타난 또 한 명의 경찰이 말했다.

"그게 정말이에요?"

최가 물었다. 경찰이 그렇다고 했다. 노인들은 반신반의하면서도 가슴을 쓸어내렸다. 곧 강의 아들과 병원장이 차례로 모습을 드러내더니 경찰차 안으로 떠밀려 들어갔다. 경찰의 말대로 노인들은 보호받을 수 있을까. 그걸 거라고 믿고 싶었다.

경찰차가 병원을 나간 뒤 나도 병원 밖으로 나왔다.

나무와 새, 풀벌레가 말을 걸어왔다. 삶에 집착을 버리라고, 자유로워지라고. 마땅히 그래야 할 터였다. 하지만 삶과 죽음에서 자유로운 생명은 얼마나 될까.

나는 저수지로 향했다.

저수지 부근에 이르렀을 때 먹구름이 성큼성큼 달려왔다. 돌아가야지 하면서도 발은 저수지로 향했다. 막상 저수지 앞에 다다르자 잘 왔다는 생각이 들고, 온 김에 한 바퀴 돌고 가자 싶었다.

사방이 먹물을 뿌려놓은 것처럼 깜깜했다. 방갈로의 불빛으로 인해 사위는 더욱 고적했다. 저수지의 검푸른 웅덩이에서는 물비늘이 일렁이고 수초들의 냄새가 피어올랐다. 후두둑 빗방울이 떨어지면서 수면이 소용돌이쳤다. 바람에 나뭇가지가 후들렁후들렁 몸을 뒤챘다.

"마루, 너 여기 왜 왔어?"

앞쪽에 희미하게 사람의 모습이 보인다 했는데 연실 씨였다. 연실 씨야말로 왜 여기에 와 있는 걸까. 그녀는 옹송그리고 앉아 연방 재채기를 해댔다. 서둘러 병원으로 돌아가야 할 것 같았다. 왈왈! 내가 바짓자락을 물며 가자고 하는데도 연실 씨는 일어날 생각을 하지 않았다.

이내 천둥과 번개를 동반한 폭우가 쏟아졌다. 우두두둑, 돌멩이들이 둑 아래로 떨어지는 소리가 연실 씨의 비명을 삼켜버렸다. 연실 씨의 한쪽 다리가 경사면에 걸쳐 있었다. 나는 재빨리 몸을 옮겨 등으로 연실 씨를 받쳤다. 연실 씨는 여전히 두려움에 사로잡혀 내 이름을 불렀다. 나는 몸을 들어 연실 씨를 가까스로 둑 위로 밀어 올렸다. 안도의 숨을 내쉬는 순간, 발이 아래로 미끄러졌다. 둑이 무너지고 있었다.

나는 연실 씨를 향해 소리쳤다. 빨리 돌아가라고. 왈왈, 왈왈왈왈…… 있는 힘을 다해 소리쳤지만 내 목소리는 물살에 잠겼다. 몸은 둑으로부터 점점 멀어져가고 온몸에서 힘이 빠져나갔다.

"마루야, 안 돼. 가지 마."

연실 씨의 목소리가 아스라이 멀어져갔다. 목까지 물이 차

오르고 숨이 턱턱 막혔다. 몸이 점점 밑으로 가라앉았다.

　얼마나 흘러왔을까. 사위가 환해지고 아늑한 풍경이 펼쳐졌다. 담장을 둘러싼 남보랏빛 부레옥잠! 나는 앞을 향해 조심조심 나아갔다.

불안의 카타르시스? 불안한 카타르시스!

우찬제(문학평론가 · 서강대 교수)

1. 불안의 심연

"당신이 가장 두려워하는 것을 찾아라. 진정한 성장은 그 순간부터 시작된다." 널리 알려진 카를 구스타프 융의 말이다. 이 말을 작가 김혜정의 『아무도 불안하지 않다』 스타일로 이렇게 패러디해보면 어떨까. "당신이 가장 두려워하는 것을 찾아라. 진정한 이야기는 그 순간부터 시작된다." 그렇다. 가장 두려워하는 것, 가장 불안한 순간을 작가는 파고든다. 예민하게 몰입한다. 불안이라는 괴물에서 비롯되는 것처럼 보이는 작가의 상상력은 불안의 심장이 불꽃으로 타오를수록 이야기의 생명을 더욱 북돋운다. 이야기가 전개될수록 불안은 심연으로 깊이, 더 깊이 자맥질한다.

『아무도 불안하지 않다』는 매우 인상적인 불안의 서사이다. 역설적인 제목부터 이미 강렬한 불안 효과를 예비한다. 이번 소설집에서 김혜정은 불안의 그림자를 따라가며 나의 그림자를 응시한다. 내 안의 낯선 나를 만나는 것은 때때로 위험하고 끔찍한 일이기도 하지만, 어두운 나의 그림자를 더 이상 외면하지 않겠다는, 그 과정에서 상처받은 나를 돌보겠다는 서사 의지를 확인하는 작업이기도 하다. 내 안에서 불안의 그림자가 깊고 짙을수록, 그림자의 불안은 극적 풍경을 연출하기도 한다. 때로는 내 안의 괴물을 만나기도 하고, 낯선 이방인과 조우하면서 그로테스크하게 깜짝 놀라기도 한다. 불안이란 괴물과의 대면 정도가 심각할수록 상상력의 불꽃은 더 강렬해진다.

이야기가 전개되는 과정에서 독자는 텍스트가 조성한 불안의 쇠 우리를 벗어나고 싶어하기 마련이다. 정화되거나 순화되고 싶은 소망을 발원한다. 그러나 인간 실존의 기본 조건이기도 한 불안에서 탈피하기란 쉽지 않다. 불안이란 괴물은 쉽게 제 몸을 버리지 않는다. 욕망으로부터 해탈하지 않는 한 주체는 불안을 초극하기 어렵다. 그러니 불안이란 괴물, 그 끔찍한 공포와 연민을 자아내게 하는 불안으로부터 카타르시스는 거의 불가능하다. 미리 말하건대 불안의 카타르시스는 없다. 단지 불안한 카타르시스가 서사적 소통의 특별한 경지

를 안내한다. 불안이 단속(斷續)적으로 끊어질 듯 이어지면
서 독자는 정서적 정화나 순화 혹은 조정의 가능성을 예비하
지만, 그런 카타르시스는 시종 불안한 분위기 안에서 이루어
진다. 그래서 불안한 카타르시스다. 그런 인생에 치유와 평화
의 가능성은 어디서 어떤 출구를 마련할 수 있을까. 김혜정은
일종의 만돌라(Mandola)의 상상력에서 그 실마리를 마련하
고자 한다. 그러나 성급하지 않다. 불안의 늪에서, 불안의 심
연에서 자기 그림자를 감싸안는 일에 더 집중한다. 인간 영혼
의 성장과 서사의 진전이 거기서 비롯된다고 여기는 것 같다.

2. 불안의 그림자, 그림자의 불안

작가가 가장 두려워하는 불안의 그림자를 대면하는 방식을
확인하기 위해 먼저 「아내의 이구아나」 「공룡의 집」 「창고」
등 '공룡' 시리즈 3부작을 주목해보자. 일란성쌍둥이인 송은
희와 송은미 자매, 그리고 송은희가 죽은 후 언니의 이름으
로 살아가는 동생 송은미의 남편 신영준의 이야기인 이 3부
작을 관통하는 핵심 코드는 공룡이다. 동생 송은미는 전생에
선녀였는데 공룡을 사랑했다가 아버지 천신의 노여움을 받아
지상으로 적강(謫降)할 수밖에 없었다. 물론 그녀의 망상 속
에서 벌어지는 판타지다. 이 3부작은 공룡이라는 공통의 화

소를 공유하면서 「아내의 이구아나」는 남편 신영준의 시점에서, 「공룡의 집」은 동생 송은미의 시점에서, 「창고」는 화재로 죽어간 언니 송은희의 영혼의 시점에서 그려진다. 이 3부작의 이야기는 대체로 이렇다.

① 전생에 선녀였던 은미는 공룡이었던 은희를 사랑했지만 이루지 못한다.

② 은희와 은미는 일란성쌍둥이로 태어난다.

③ 어머니가 집을 나가고, 공룡에 관심이 많았고 연구도 많이 했던 섬마을 교사 아버지마저 여의게 된 쌍둥이 자매는 고아원에서 자란다.

④ 동생을 입양하겠다는 양부모가 나타난다. 원장은 언니에게 옷을 주며 동생을 갈아입히라고 했는데, 언니가 그 옷을 가로채 본인이 입고 동생 대신 입양되어 고아원을 나간다.

⑤ 곧 데리러 온다는 언니를 기다리던 동생은 한참 시간이 지난 후 고아원을 벗어났지만 속절없이 유곽의 삶에 빠지고 만다.

⑥ 공룡을 잘 알아 별명이 '쥐라기 여자'인 언니는 고등학교 기간제 과학 교사로 근무하던 중 동생 소식을 접하게 되어 구하기로 한다.

⑦ 동생을 구하기 위해 언니가 파견한 남학생이 전달한 휴대폰으로 동생과 통화를 하게 되고, 동생을 구할 수 있는 방도를 마련하게 된다. 하지만 그 과정에서 그 남학생이 동생의 음란 영상을

언니인 과학 교사의 것처럼 유포하여, 언니는 학교에서 위기에 처하게 된다.

⑧ 언니는 동생을 구하기 위해 잠입하여 창고에 불을 지르고 동생의 탈출 경로를 마련하지만 정작 자신은 창고에 갇힌 채 화마에 휩싸여 죽게 된다.

⑨ 언니가 죽은 다음 동생은 죄의식과 가식의 위험한 짝패를 안고, 언니의 이름으로 살며 신영준과 결혼한다.

⑩ 동생은 언니에 대한 죄의식과 두려움을 공룡에 대한 강박적 이끌림으로 대체하고 다시 이를 이구아나를 키우는 것으로 대체하려 한다.

⑪ 과학 교사 언니를 좋아했고 마지막까지 따랐던 학생 세이는 언니를 찾다가 동명으로 살아가는 동생을 발견한다. 그리고 동생에게 접근하여 '사실'의 약한 고리를 바탕으로 위협하면서 자신의 요구를 관철하려 한다.

⑫ 세이와 기묘한 애증 관계를 형성한 동생은 세이의 출산을 돕기 위해 언니의 양부모로부터 유산으로 받은 거처로 남편 몰래 옮겨가는 것으로 실종된다.

⑬ 남편 신영준은 아내의 친구 조미라와 함께 이 년 전 화재 사건을 전후한 일련의 사태의 진실을 탐문하며 아내를 찾는 작업을 수행한다.

남편 신영준의 시점으로 전개되는 「아내의 이구아나」에서 서사적 현재 상황의 문제는 이렇게 요약된다. "은희는 죽고 은미는 살았다. 그 뒤 은미는 언니의 이름으로 살았다. 그 은미가 바로 아내였다. 이 모든 사실을 모두 받아들여야 하는 것은 나의 몫이었다."(75쪽) 어쩔 수 없는 상황이었겠지만 아내는 사실을 숨기고 언니로 위장한 일종의 트릭스터였다. 어처구니없이 희생양이 된 언니를 제대로 애도할 수 없었던 아내는 심하게 멜랑콜리한 영혼이 되어 자신을 속이고 남편을 속이며 불안한 실존을 살 수밖에 없었던 문제적 인물이다. 그 불안과 멜랑콜리는 사태를 파악해가는 남편에게도 전이된다. 하여 남편 또한 불안한 존재가 되지만, 이 '공룡' 3부작에서 아무래도 중심인물은 아내 은미다. 친구 조미라가 남편에게 들려준 바에 따르면 "그날 이후 은미는 언니에 대한 그리움과 자책감으로 날마다 술을 마셨"으며 "꿈에서 공룡을 본다고 했"(80쪽)다. 불안이 깊어질수록 전생에 집착하는 경향을 보였다. 언니는 가장 두려운 그림자였다. 은미의 판타지에 따르면 일란성쌍둥이 언니는 전생에 공룡이었고, 자기는 선녀였다. "공룡을 사랑하게 된 선녀가 공룡과 결혼해서 천상에서 살고 싶어 했"(81쪽)지만 욕망은 좌절된다. "현대 정신의학과는 거리가 있"지만 "최면술에서는 공룡에 대한 선녀의 애절한 마음이 현생에서 일란성쌍둥이로 태어난 동인으로"(85쪽) 본다는 의사의 설명도 있었거니와, 은미는 현재의 불안을 공룡과 선녀의 서사로 귀환하여 도피하려는 경향을 보인다. 남편의 관찰에 따르면 이미 신혼여행 때부터 그랬다.

십자 모양의 해식동굴 안으로 들어간 아내의 걸음이 더뎌지더
니, 몸이 휘청거렸다. 왜 그래? 힘들면 그냥 돌아갈까? 아니, 꼭
가야 할 데가 있어. 기어이 선녀탕 앞까지 간 아내는 힘에 부치는
지 주저앉았다. 하지만 표정만은 한층 여유로웠다. 그대로네. 뭐
가? 바위랑 폭포. 옛날에 여기서 목욕을 했거든. 농담이거니 해
서 하마터면 웃을 뻔했다. 아득한 심연을 자맥질하는 표정이라고
할까, 아내의 눈이 텅 비었다. 나는 웃음을 삼키면서 온몸에 한기
가 끼치는 걸 느꼈다. 아내의 등을 떠밀다시피 해서 그곳을 빠져
나왔다. 아내는 차마 걸음이 안 떼어지는 듯 몇 번이나 뒤를 돌아
보았다. 허청허청 걷는 아내가 못내 불안해서 나 또한 몇 번이나
멈춰 서곤 했다.(「아내의 이구아나」, 83쪽)

본인이 설정한 과거의 판타지로 퇴행하는 불안의 풍경은
이렇게 묘사된다. "아득한 심연을 자맥질하는 표정"이나 "아
내의 눈이 텅 비었다" 같은 대목이 특히 눈길을 끈다. 왜 계
속 공룡인가. 과거 선녀 시절 자신의 그림자였기 때문일까.
그림자를 향한 응시는 자신의 비밀을 찾는 도정의 서막이기
도 하다. 가령 남편에게는 전혀 들리지 않는데 아내는 분명
한 공룡의 발소리를 듣는다. "저 소리…… 무슨 소리? 공룡
의 발소리. 땅을 뒤흔들잖아. 내 귀에는 아무 소리도 들리지

않았다. 저 소리가 내 몸의 비밀을 깨워줘. 비밀? 그런 거 있잖아. 자신도 알 수 없지만, 분명히 있는 거."(83~84쪽) 그러니까 아내 은미가 공룡에 대한 과도한 집착을 보이고, "현실에 존재하지 않는 공룡에 대한 일종의 대체물"(85쪽)로 이구아나에 이끌리는 것은 자기 그림자를 통해 자신의 비밀을 알고 싶어 하는 불안한 욕망 탓이다. "사람마다 끔찍이 싫어하는 게 있대. 근데 그게 자기의 그림자라는 거야. 참, 우습지? 수억 년 늪을 휘돌아온, 지친 바람 소리를 닮은 아내의 목소리가 쉬익쉬 귀에 감겨들었다."(86쪽)

동생 은미의 시점으로 서술되는 「공룡의 집」에서 문제의 불안 심리는 더 집중적으로 탐문된다. 자신의 처지를 알게 된 언니가 자기를 구조하러 왔다가 예기치 않게 희생양이 된 사건은 확실히 트라우마였다. "뒤늦게 발견된, 신원을 알 수 없는 한 구의 시체가 언니라는 걸 알았지만 여자는 입을 다물었다."(102쪽) 왜 입을 다물었을까. 트라우마 때문에 사태의 진상을 제대로 볼 수 없었기 때문이기도 하고, 자신과 짝패인 그림자를 외면하고 싶은 불안의 기운도 작용했을 터이다. 「창고」에서 사후적으로 고백되는 것이지만, 예전에 고아원 시절 언니는 동생을 속이고 대신 입양된 적이 있었다. 그동안 언니가 동생의 몫으로 살았던 것이다. 이제는 그 반대 상황이 된다. 동생이 언니의 몫으로 사는 것, 죽은 언니 대신 자신을 죽이고 언니로 대신 사는 것, 언니처럼 사는 것……

그 뒤로 여자는 줄곧 언니로 살아왔다. 언니를 흉내 내기 위해 밤낮을 가리지 않고 책을 읽었다. 말투와 표정을 고치고 걸음걸이와 옷 스타일도 바꾸었다. 음악회며 전시회도 부지런히 찾아다녔다. 어느 순간 여자에게 송은미는 지워지고 언니인 송은희만 존재했다. 이야기를 지어내는 재주만은 끝내 가질 수 없었지만, 그것만 빼면 완벽에 가까웠다.(「공룡의 집」, 102쪽)

이렇게 "송은희, 언니의 이름으로 살아오면서 정말 언니가 된 것 같았"고, "가짜도 믿어버리면 진짜가 될 수 있다는 것을 경험했"으며, "어떤 경우에라도 과거에 얽매여서는 안 된다고, 그러지 않을 거라고 다짐하며 살아왔"(108쪽)던 그녀였다. 이런 그녀의 위장된 실존의 삶은 사실 불안한 나날이었고 그 불안이 심해질수록 실존(實存)은 탈존(脫存)으로 탈주했다. 불안한 탈존의 시기였기에 앞에서도 밝힌 것처럼 날마다 술을 마셨고, 공룡의 판타지에 빠졌다. 그러던 어느 날 진실을 촉구하는 세이의 시선이 개입하게 된다. "여자는 세이의 말보다 자신을 바라보는 눈빛을 견디기 어려웠다. 발가벗겨지는 기분이었다. 남편에게 과거를 숨기고 살면서도 이렇지는 않았다."(108쪽) 그리고 세이로부터 전해 들은 언니 이야기, "공룡에 대해 아는 것이 많아 별명이 '쥐라기 여자'였다는 선생"이 "어느 날 갑자기 사라져버렸다"는 말이 불안기를 더욱 조장한다. "그 말이 가슴 밑바닥의 무언가를 건드렸고, 여자는 어지럼증을 느꼈다."(93쪽) 언니는 어렸을 적부터 타고난 이야기꾼이었다. 사실 "헤어졌다가 다시 못 만난 공룡과 선녀 얘기"(「창고」, 122쪽)도 언니의 서사였다. 그러니까 세이의 시선과 말은 동생이 그토록 외면하고 숨기고 싶어 했던 언니의 존재, 자신의 그림자로서 언니의 존재를 대면하게 하는 작용을 한다. 자신의 짝패였던 언니의 비극적 죽음을 받아들일 수도 애도할 수도 없었던 그녀였다. 그렇다고 언니를 대신한 자신의 존재를 수용할 수도 없었다. 하고 보니 꼼짝없이 멜랑콜리한 영혼일 수밖에 없었던 그녀였다.

불안의 그림자는 깊었고, 그림자는 불안을 심화했다. 악순환이었다. 이 멜랑콜리한 영혼은 무엇을 어떻게 해야 자기 삶의 행로를 되찾을 수 있을까. 이와 관련하여 『이방인, 신, 괴물』의 이런 대목이 주목된다. "영웅적인 햄릿에서 실존적인 현존재(Dasein)까지 모든 멜랑콜리는 궁극에 가서" "잃어버린 것들은 잃어버린 것이며, 치료는 진정한 애도, 즉 우리 안에 사로잡고 있거나 혹은 희생양화해버린 타자를 해방시킬 준비가 갖추어진 상태에서의 애도뿐"이라는 점, "자아가 자아이기 위해 필요한 열쇠는 타자를 타자로 놓아주는 것"이라는 점을 받아들여야 한다는 것이다. 이 작업에서 "카타르시스적 상상과 각성된 인정에 의해 공포와 상실감을 완전히 정화해"[1]나가는 서사 과정이 요긴하다고 리처드 커니는 지적했다. 은미도 그렇다. 은미가 은미이기 위해서는 위장한 은희를 놓아주고 애도해야 한다. 희생양이 된 언니의 끔찍한 죽음에 대한 공포와 연민을 체험하면서 상실감을 정화해야 한다. 물론 그것은 깔끔한 불안의 카타르시스일 수 없다. 불안한 카타르시스를 여러 번 거듭해야 할 것이다. 그럼에도 그런 서사 작업을 통해 치유의 지평, 자기 회복의 지평을 어렵사리 마련할 수 있을지도 모른다. 이 공룡 3부작에서 세이가 잉태한 새 생명을 안전하게 태어나게 하기 위해 함께 은신처로 숨어드는 것은 결과적으로 언니에 대한 애도와 자기 발견을 안내한 세이의 눈빛과 말에 대한 응답의 서사라고 보아도 무방하다. 요컨대 공룡 3부작은 가장 인상적인 현대의 불안과 애도의 서사이다. 다양한 논의의 지평을 열 것으로 기대되는 열린 텍스트이다.

3. 불안이라는 괴물

공룡 3부작에서 남편과 달리 아내 은미에게 이구아나는 끔찍하고 역겨운 느낌을 주면서도 마음을 흔들고 홀리는 기이한 낯설음(uncanniness)의 대상이다. 크리스테바가 언급한 아

---

1 리처드 커니, 『이방인, 신, 괴물』, 이지영 옮김, 개마고원, 2004, 22~23쪽.

브젝트(abject)에 가깝다. 이끌리는 매혹과 역겨운 반감이 얽히고설킨 불쾌한 대상으로서 아브젝트 말이다. 그런 아브젝트에 대한 경험, 즉 아브젝션(abjection)의 양가성을 김혜정은 서사 과정에 잘 활용하는 것 같다. 공룡 3부작에서 이구아나의 형상도 그렇거니와 「붉은 가시」에서 붉은 가시, 「비비」에서 개코원숭이 비비 형상으로의 변신 등이 아브젝션의 상상적 풍경이다.

「붉은 가시」는 불안이라는 괴물이 인간 존재를 얼마나 분열시키고 상실케 할 수 있는가 하는 문제를 매우 그로테스크한 방식으로 묘출한 수작이다. 이 소설의 주인공은 화가이다. 삼 년 전 어린이날 놀이공원에 다녀오다가 교통사고로 딸을 잃었다. 이 끔찍한 기억에 저항하여 그는 딸 수연이 그날 자기 차에 타지 않았고 외국에 유학 가 있다는 대항 기억을 조작적으로 조성한다. 실제 일어난 사고는 이랬다. "삼 년 전 어린이날 놀이공원에 다녀오던 길이었다. 느닷없이 끼어드는 오토바이를 피해 내가 핸들을 급하게 꺾었다가 가로수를 들이받았다. 나는 팔이 으스러졌고 아내는 갈비뼈에 금이 갔다. 수연이는 머리를 다쳐 수술했는데 피를 많이 흘려 끝내 깨어나지 못했다."(30쪽) 반면 주인공의 대항 기억은 그런 것이 아니었다. "아내와 함께 친척 결혼식에 다녀오다가 접촉 사고가 났다. 나는 팔꿈치를 다쳤는데 나았고 이따금 가시가 박힌 통증을 느낄 뿐이었다. 아내는 팔다리에 멍이 든 정도였다.

수연이는 그날 학교에서 놀이공원으로 소풍 갔기 때문에 그 차에 타지도 않았다."(30쪽) 이런 기억과 대항 기억의 대조가 극단적으로 이루어지면서 "그야말로 앞뒤 맥락이 뒤죽박죽인 부조리극처럼 이해할 수 없는 일들이 계속"(32쪽)된다.

그런 가운데 그는 끔찍한 고통을 그림으로 승화하기 위해 그로테스크한, 에너지 넘치는 그림을 그린다. 그것은 의식적 작업이라기보다 무의식적 에너지의 분출에 가까운 것처럼 보인다. 그림 작업을 하는 나와 바라보는 나는 험악하게 분열된다. 무의식적 미술 작업과 의식적 삶은 서로를 소외시킨다. 그의 의식은 그의 무의식이 한 그림 작업을 제대로 헤아리지 못한다. 불안이란 괴물에 사로잡힌 영혼의 초상이다. 예컨대 다음 장면은 자화상의 어떤 풍경이지만 그의 소외된 대항 기억과 의식 안에서는 타자화된 그의 낯선 초상일 따름이다.

빛의 중심, 캔버스 앞에 한 사내가 정물처럼 앉아 있었다. 붓을 쥔 채 그 앞에서 평생을 그러고 있었던 것처럼. 강말라 뼈만 앙상한 몸에 입성도 추레하기 짝이 없었다. 부스스한 머리칼에 붉은빛이 도는 피부, 도드라진 광대와 상대적으로 움푹한 눈은 영락없이 고독한 짐승이었다. 우리에 오래 갇혀 있어 고유의 야생성조차 잃어버린. 짧은 머리칼 사이로 드문드문 새치가 보였지만 나이를 가늠하기는 어려웠다. 덥수룩한 구레나룻 때문에 인상은 험상궂고 까칠했다. 눈을 뜨고 있지 않았다면 그가 죽었다고 여

겼을 것이다.(「붉은 가시」, 14쪽)

주인공 '나'는 자신의 짝패인 그림자를 거듭 타자화하려 한다. 괴물처럼 취급하며 밀어내려 한다. 그러나 그림자는 자꾸 '나'를 호명하며 '나'에게 다가서려 한다. "잘 왔네. 자넬 기다렸어." 그가 '나'를 바라보며 이렇게 말했을 때, "뜬금없는 말이었지만 거기에는 마음을 움직이게 하는 무언가가 있었"으며, "전에도 그와 이런 식으로 마주한 적이 있었던 것 같은"(15쪽) 이상한 느낌에 휩싸인다. 그의 옆에 놓인 캔버스에서 두 개의 얼굴을 짝패처럼 발견하는 장면이 압권이다. "정면을 향한 얼굴과 살짝 비낀 또 하나의 얼굴이 들어 있었다. 흑백의 명암, 부드러운 후광과 날카로운 선, 다양한 붓 터치의 도저한 깊이와 울림에 나는 전율했다."(15쪽) "또 하나의 얼굴"(15쪽) 혹은 "벌거숭이와 다름없는 자신의 실체와 만나는 것은 그 자체로 고통"(23쪽)이었다는 진술을 주목해보자. 이런 고통과 불안이 분열증을 심화한다. 그림자와 실체 사이의 분열, 허상과 실상 사이의 균열은 중첩과 통합보다는 대극적 거리화만 조장한다. 분열의 극점에서 그는 이전부터 "불길한 느낌"으로 다가왔던 "날카로운 전동톱"으로 붉은 가시가 자꾸 자라는 것 같은 환상을 일으키는 신체 부위인 왼쪽 팔을 자르는 일에 돌입한다.

나뭇가지 사이에서 빗살무늬의 빛이 터졌다. 황홀했다. 순간, 내 몸에서 어떤 움직임이 일어나는 것을 느꼈다. 나는 숨을 멈추고 촉각을 세웠다. 왼쪽 팔꿈치가 근질근질하더니, 붉은 가시가 돋았다. 처음에는 엄지손가락만 하던 것이 쑥쑥 자라나 팔뚝만큼 굵어졌다. 거기에 젖빛 이슬이 맺혔다. 가시에 손을 갖다 대자 뱀 대가리처럼 꼿꼿이 활개를 폈다. 시야 가득 붉은 기운이 들어찼다.

잘라버리자!

전동톱을 떠올리자 가슴이 벌렁거렸다.(「붉은 가시」, 35~36쪽)

「붉은 가시」에서 불안이라는 괴물은 불안의 주체로 하여금 끔찍한 자해 행위를 하게 한다. 불안이라는 심리적 괴물이 신체화되면서 자기 팔을 절단하는 괴물의 형상으로 그로테스크하게 그려지고 있다. 자기 신체마저 아브젝트로 받아들여지고 있기에 그 괴물성은 매우 심각한 것이 아닐 수 없다. 이어지는 「세번째 남자」에서는 그 행위가 타자에게로 향한다. "붉은 불빛 아래 녹색 거미줄, 그 위에 무당거미 한 마리. 이렇게 멋진 무대는 처음이야. 이런 무대에서라면 진짜 연기를 할 수 있을 것 같아."(39쪽) 이렇게 시작되는 소설은 시종 "무대와 관객을 사로잡는 카리스마 넘치는 배우"(40쪽)에 의해 펼쳐지는 모노드라마처럼 긴장감을 자아낸다. 폭력적이었던 첫번째 남자도, 자신을 배신한 두번째 남자도 죽음에 이르게 한 이 팜므파탈 같은 여인은 세번째 남자를 끌어들여 두번째 남자의 죽음에 대한 희생 제의를 수행한다. 실존과 관계의 불안이 그녀를 그토록 끔찍한 괴물의 형상으로 변하게 했는지도 모르겠다. 2인칭 소설 「비비」에서 '너'는 세속적 욕망과 불안감으로 인해 거듭된 성형을 하다가 부작용으로 개코원숭이처럼 변신하고 만다. 이 소설에서 주인공이 점점 더 불안이라는 괴물에 사로잡혀 성형을 거듭하는 이유는 이전의 희망이 좌절된 절망스러운 현실 때문이다. "미래를 설계하면서 꿈에 부풀었던 날들은 어디로 갔을까"(「비비」, 150쪽)라고 그녀가 질문할 때 페이소스는 깊어진다. 성형을 거듭하면 할수록 주체 '나'로부터 멀어지고 타자화된다. 나의 그림자를 보지 못한 채, 보려고 노력하지도 않은 채 허황한 욕망으로 질주하고 그럴수록 불안은 가혹할 정도로 깊어지기만 한다. 이 소설이 1인칭이 아닌 2인칭으로 설정된 형식적 이유도 아마 그러한 주제적 의도와 호응하는 것이리라. 주체화가 아닌 타자화의 가속화 경향에 대한 불안을 웅숭깊게 성찰한 서사이기 때문이다.

　너는 스트레칭을 하다가 흠칫 놀랐다. 팔과 다리를 비롯해 온몸이 털투성이였다. 너는 벌떡 일어났다. 두 발뿐만 아니라 두 팔이 늘어져 손바닥이 땅에 닿았다. 흉측한 손톱과 발톱은 네 몸에서 자란 것이라고 믿기 어려웠다. 이가 부딪치는 소리도 이전과 달랐다. 사자의 심장이라도 물어뜯을, 악어의 가죽이라도 벗길

이빨만이 낼 수 있는 소리였다. 너도 모르게 비명이 터져 나왔다. 영락없는 짐승 울음소리였다. 너는 두 팔을 높이 들어보았다. 네 몸통도 따라 들렸다.

　대체 왜 이러는 거지?

　공포가 너를 휘감아왔다.(「비비」, 162쪽)

　불안이라는 괴물은 마침내 그 불안의 주체로 하여금 이런 공포감에 빠지게 한다. 아니 단지 감각적인 느낌에서 그치는 것이 아니기에 문제는 훨씬 심각하다. 마치 벌레로 변신했던 카프카의 그레고르 잠자처럼 김혜정의 '너'도 개코원숭이로 변신하게 되었으니 말이다. 불안이란 괴물의 신체화 양상을 극적으로 형상화한 상상력이 아닐 수 없다.

4. 불안한 카타르시스, 혹은 만돌라의 가능성

　카프카의 「변신」에서 잠자는 끝내 지상에서 목숨을 거두고 만다. 반면 「비비」에서 개코원숭이로 변신한 주인공은 변신 상태를 허허롭게 수락하는 것처럼 보이기도 한다. 세속적 욕망을 추구하느라 불안의 늪에 빠져 있던 이전의 삶의 양식으로부터 해탈한 것 같은 느낌이 갑자기 들 정도로 일종의 수직적 초월이 이루어진다. "곧이어 북소리가 나고 퍼레이드가 펼쳐졌다. 너는 북소리에 맞춰 뒤꿈치로 땅을 차며 빙빙 돌았다. 사람들의 시선이 모두 너를 향했다. 너는 뭉게뭉게 피어나는 구름을 올려다보며 스치는 바람에 몸을 맡겼다. 심장이 부풀어 오르는 걸 느꼈다. 오랜 여행에서 돌아온 기분이라고 할까. 적어도 이제까지와는 다른 세계가 네 앞에 열렸다는 걸 알 수 있었다."(164쪽) 이런 장면은 무척 문제적이다. 바람에 몸을 맡겼다고 했다. 심장이 부풀어 오른다고 했다. 오랜 여행에서 돌아온 기분이라고 했다. 이제까지와는 다른 세계가 열렸다고 했다. 변신 상태에 대한 허허로운 수용은 그저 포기가 아니라 귀환 같은 느낌을 준다. 원래의 자리가 그곳이었다는 감각마저 내비친다. 인간 중심주의의 틀에서 보면 인간에서 원숭이로의 변신은 분명히 퇴화한 하강 변신이다. 그런데 「비비」는 그런 느낌이 없다. 오히려 인간으로서 세속적 욕망을 가속적으로 추구하다 영혼은 갈기갈기 찢어지고 불안이 깊어져 고통스럽고 절망스러웠던 이제까지의 세계와는 다른 세계가 열렸다는 것에 안도하는 모습 아닌가. 이처럼 강렬한 비판의 방식이 또 어디 있을까. 인간의 타락한 욕망을 주체하기 어려운 불안한 실존의 방식에 대한 비판 말이다. 그렇다고 해서 독자 입장에서 불안을 전적으로 카타르시스할 수 있는 것은 아닌 것 같다. 다만 이제까지의 세계에 대한 반성적 성찰을 유도하는 불안한 카타르시스가 아닐까 싶다.

「비비」에서 해탈의 가능성은 욕망의 끈을 놓았을 때 비로소 움튼다. 「마루」에서도 그런 가능성을 성찰한다. 이 텍스트의 주인공은 치료견 마루다. 여자 친구 리아가 갑자기 세상을 떠난 후 마루는 신경계에 침투한 바이러스로 인해 머리에서 치명적인 혹이 발견된다. 여생이 얼마 남지 않았다는 것을 직감한 마루는 치료견 센터를 나와 "방향도 목적도 없는 길"(177쪽)을 가던 중 저수지 근처에서 노파 연실 씨를 만나 같이 요양병원에 머물게 된다. 떠돌던 길에서 마루는 이런 생각을 했다. "나무와 새, 풀벌레가 말을 걸어왔다. 삶에 집착을 버리라고, 자유로워지라고. 마땅히 그래야 할 터였다. 하지만 삶과 죽음에서 자유로운 생명은 얼마나 될까."(229쪽) 단지 생각만이 아니라 실제로 마루는 그런 생각처럼 삶에 집착을 버리고 자유로운 영혼으로 살기를 바란다. 그런 면에서 요양병원에 입원해 있는 여러 인간 군상과는 대조의 거울이 된다고 하겠다. 인생의 끝자락에서도 여전히 멈추지 못하는 욕망으로 불안한 인간의 모습과는 달리 보인다는 것이다. 집착을 버린 자유로운 영혼이기에 해탈의 가능성에 가깝게 다가선다. 폭우 속 저수지에서 위험에 처한 연실 씨를 구하고 자신이 물에 빠지는 마지막 장면은 매우 감동적이다.

이내 천둥과 번개를 동반한 폭우가 쏟아졌다. 우두두둑, 돌멩이들이 둑 아래로 떨어지는 소리가 연실 씨의 비명을 삼켜버렸다. 연실 씨의 한쪽 다리가 경사면에 걸쳐 있었다. 나는 재빨리 몸을 옮겨 등으로 연실 씨를 받쳤다. 연실 씨는 여전히 두려움에 사로잡혀 내 이름을 불렀다. 나는 몸을 들어 연실 씨를 가까스로 둑 위로 밀어 올렸다. 안도의 숨을 내쉬는 순간, 발이 아래로 미끄러졌다. 둑이 무너지고 있었다.(「마루」, 230쪽)

집착과 욕망을 넘어서 타자 지향적인 윤리를 실행할 수 있는 경지를 우리는 마루의 실천 행동을 통해 절감한다. 욕망을 덜어냈기에 불안도 덜하고, 그래서 허허롭고 자유로운 상태에서 남을 내 일처럼 도울 수 있었다. 반면 타락한 욕망의 늪에 빠져 불안이란 괴물에 휘둘릴 때는 오로지 경쟁과 자기 이익 챙기기에 급급할 뿐 타자의 윤리나 공동체에 대한 헌신 같은 덕목은 멀리하게 된다. 이와 관련하여 「창고」에서 동생을 구하려다 화마(火魔)의 희생양이 된 언니 은희의 전언을 함께 살피기로 하자. 어린 시절 아버지가 들려주었던 이런 공룡 이야기가 아직도 생생하다고 했다.

공룡의 멸종에 관한 이야기 말입니다. 공룡은 닥치는 대로 식물을 먹어 치웠고 숲이 줄어들자 먹이를 찾아 추운 지역으로 이동했습니다. 그때 포유류는 꽃이 피어 씨로 번식하는 현화식물의 열매를 먹은 후 배설물을 퍼뜨려 식물의 번식을 도왔다지요. 현화식물과 포유류는 그렇게 공생관계를 유지했던 반면, 공룡은 식물을 파괴할 뿐이었습니다. 스스로 멸종을 재촉한 것입니다. 잇

달아 지구와 운석이 충돌하고 곧 빙하기가 시작되었고요. 빙하기
를 거치면서 공룡은 멸종했지만, 포유류는 어둠의 시대를 이겨냈
습니다.(132쪽)

여기서 언급되는 현화식물과 포유류의 공생관계와 공룡과
식물의 관계 사이의 대조는 여러 생각거리를 제공한다. 공생
을 염두에 두지 않았던 공룡의 멸종과 공생관계를 유지했던
포유류의 생존 이야기는 욕망과 불안에 빠진 경쟁 중심의 세
상에 경종을 울린다. 「마루」만 하더라도 그렇지 않은가. 최후
의 순간까지 집착을 놓지 못하는 인간 군상과 집착을 내려놓
고 공생관계를 추구하려 하는 마루의 윤리적 실천은 여섯번
째 대멸종을 유예할 수 있는 어떤 실천 윤리의 벼리가 될 수
도 있을 터이다.

로버트 존슨은 "모든 천사는 무섭다"[2]라고 했던 라이너 마
리아 릴케의 『두이노의 비가(*Duino Elegies*)』의 경우처럼 위
대한 시가 "도약을 통해 아름다움과 공포를 통합"하듯이,
"좋은 이야기들은 모두 만돌라"라고 한 적이 있다. 두 개의
원이 부분적으로 겹쳐질 때 형성되는 아몬드 모양의 만돌라
는, 두 대극의 중첩 그 이상을 뜻한다고 그는 설명한다. "사

2 라이너 마리아 릴케, 『두이노의 비가/오르페우스에게 바치는 소네트』, 안문영
· 옮김, 문학과지성사, 1991, 12쪽.

람들은 처음에 이것을 말하고 또 저것을 말한다. 그러다가 점차 이야기의 기적적인 힘으로 두 대극이 서로 겹쳐지고, 마침내 똑같아진다. 이야기는 선과 악이 대항해서 승리하는 것을 토대로 한다고 생각할 수도 있지만, 심오한 진리는 선과 악이 하나로 되는 것이다."[3] 문제는 통합인데, 대체로 통합을 이루는 인간의 능력은 부족하기에 좋은 서사는 통합을 위한 만돌라의 상상력을 펼친다고 논의한다. 두 대극이 갈등을 넘어서 통합으로 나아갈 수 있는 치유의 가능성을 만돌라의 아몬드 형상은 환기한다는 얘기다. 김혜정의 『아무도 불안하지 않다』 역시 만돌라의 상상력을 통해 불안한 카타르시스에서 불안의 카타르시스로 나아갈 수 있는 치유의 지평을 모색한 텍스트들이다. 대화와 통합보다는 단절과 갈등의 골이 너무나도 깊은 현실, 치유의 가능성보다는 타락한 욕망과 한없이 두려운 불안과 공포에 병들고 분열된 인간, 상생이나 공생보다는 경쟁과 승자독식이 우선시되는 세계에서 우리는 무엇을 어떻게 고민하면 좋을지 독자들과 고뇌하며 대화를 나누고 싶어 하는 소설들이다. 물론 표제처럼 '아무도 불안하지 않은' 세상은 가능하지 않을지도 모른다. 그러나 가능하면 그런 세계에 근접하면 좋을 터이다. 그러기 위해서 불안을 깊이

---

3 로버트 존슨, 『당신의 그림자가 울고 있다』, 고혜경 옮김, 에코의 서재, 2007, 123~131쪽.

더 깊이 앓은 연후에 만돌라의 통합과 치유의 지평으로 우리 함께 가자고 제안한다. 무엇보다 먼저 가장 두려워하는 자기 그림자와 정직하게 대면하고 성찰하는 일이 중요하다고, 거기서부터 우리의 이야기를 시작해보자며 슬며시 만돌라의 아몬드 이미지를 펼쳐 보인다. 우리는 모두 불안한 존재이지만, 이런 이야기들은 불안한 우리에게 어떤 위안을 준다.

예고도 없이 바람이 불고 비가 오는 날들이 있었다. 구름이 해를 덮고 빗방울이 모여 초록을 지우는 시간, 내 안의 불모가 그들을 불러내곤 했다. 불안하거나 혹은 불온한 영혼들을. 그들은 여전히 상실의 아픔을 떨치지 못한 채 그 자리를 서성이고 있었다.

이 영혼들을 세상으로 내보내야 할까. 꼭 그래야 하는 건 아니잖나. 책을 묶기 전에 생각이 많았다. 많은 생각은 언제나 그렇듯 바람직하지만은 않다. 결국 이들을 세상에 보내기로 했으니까.

불안하다고 해서 내가 나 아닐 수 없듯, 불안하다고 해서 내 인물들 또한 내 인물들이 아닐 수 없다. 아마도 불안한 나는 불안한 그들을 사랑하여 세상에 보내기로 한 것일 테다. 그리하여 그들과 내가 불안에 더욱 침잠하기를, 비로소 더는 불안하지 않기를 바랐던 것이리라.

　불안한 영혼들에게 빛의 거처를 내어준 강출판사에 깊이 감사드린다. 존귀한 언어로 남루한 작품을 보듬어주신 우찬제 선생님과 순정한 마음으로 작품의 숨을 채워주신 박주영 작가님께는 말로 다 할 수 없는 고마움을 입었다. 불안한 너여도 괜찮아, 하며 오랜 시간 소설에 깃들어 살게 해준 다정한 마음들에 사랑을 전한다.
　덕분에 이 길을 조금은 더 갈 수 있을 것이다.

2024년 1월
김혜정

수록 작품 발표 지면

붉은 가시 _『학산문학』 2023년 여름호

세번째 남자 _『서시』 2008년 가을호

아내의 이구아나 _『문장웹진』 2007년 4월호

공룡의 집 _『문학과행동』 2015년 봄호

창고 _『작가들』 2008년 겨울호

비비 _『리토피아』 2010년 가을호

마루 _미발표작

아무도 불안하지 않다

© 김혜정

1판 1쇄 발행 　|　 2024년 1월 22일

지은이 　|　 김혜정
펴낸이 　|　 정홍수
편집 　|　 김현숙 이명주
펴낸곳 　|　 (주)도서출판 강
출판등록 　|　 2000년 8월 9일(제2000-185호)

주소 　|　 서울시 마포구 동교로17안길 21 (우 04002)
전화 　|　 02-325-9566
팩시밀리 　|　 02-325-8486
전자우편 　|　 gangpub@hanmail.net

값 14,000원
ISBN 978-89-8218-334-8　　03810

• 이 도서는 한국출판문화산업진흥원의 '2023년 중소출판사 출판콘텐츠 창작 지원 사업'의 일환으로
　국민체육진흥기금을 지원받아 제작되었습니다.